Mit siebenundzwanzig Zeichnungen
von Matthias Beckmann

Dies Buch ist für Feli.

Das Mädchen riss sich von der Hand seines Vaters los und lief weg. Auf keinen Fall sollte er es weinen sehen, verstand es doch selbst nicht, weshalb es plötzlich so furchtbar traurig war, dass ihm die Tränen in die Augen schossen. Verzweifelt drängte es sich durch die Horden kleiner Kinder, die nach der Vorstellung im Foyer des Theaters herumtobten, und kauerte sich schließlich in der hintersten Ecke des großen Raums, wo der Vater es nicht sehen konnte, auf den Boden. Es zog das iPhone aus der Tasche seines Kapuzenpullovers und schickte all seinen Freundinnen Tränen-Smileys. Wischte sich dabei mit der flachen Hand die echten Tränen so lange aus dem Gesicht, bis keine mehr kamen.

Als es wieder klar sehen konnte, bemerkte es neben sich eine kleine Holztür, so weiß gekalkt wie die Wand und ohne Schloss oder Griff. Neugierig tastete es mit den Fingern in den schmalen Spalt zwischen Holz und Stein hinein. Die Tür bewegte sich, doch so schwer, als hätte sie schon lange niemand mehr geöffnet. Das Mädchen stand auf, zog mit aller Kraft am Türblatt, und schon strich ihm ein Strom kalter, modriger Luft über das Gesicht. Eine dicke Staubschicht bedeckte den nackten Steinboden vor der gähnenden Dunkelheit und im Licht, das aus dem Foyer hineinfiel, sah das Mädchen die erste Stufe einer Wendeltreppe, darüber eine zweite, die im Dunkel verschwand. Als es hörte, wie sein Vater nach ihm rief, schlüpfte es durch die Tür und zog sie hinter sich zu.

Im selben Moment war alles rabenschwarz um es her. Das Herz schlug dem Mädchen bis zum Hals. Es schaltete die Taschenlampe am iPhone ein und setzte einen Fuß auf die erste Stufe der Treppe, dann auf die nächste, wieder auf die nächste, und immer weiter ging es hinauf. Dabei hielt es sich im bleichen LED-Licht an der steinernen Säule fest, um die sich die Spindel der Wendeltreppe eng nach oben schraubte. Plötzlich war das Licht aus. Das Mädchen blieb zitternd stehen. Der Akku, wusste es, hatte eben noch fünfundsiebzig Prozent gehabt.

Vorsichtig tastete es sich Stufe für Stufe im Dunkeln langsam weiter. Spürte, wie es immer kälter wurde. Hielt sich an der steinernen Säule fest und zog mit der anderen Hand die Kapuze über den Kopf. Musste daran denken, wie es am Morgen zu Hause unbedingt den neuen weißen Kapuzenpullover anziehen und die ziemlich komplizierten Zöpfe hatte flechten wollen, die ihm eine Freundin gezeigt hatte, obwohl die Mutter ständig drängelte, weil es längst zum Zug musste. Als es sich daran erinnerte, musste es beinahe wieder weinen. Was fiel dem Vater ein, dachte es wütend: Puppentheater war Kinderkram. Doch während es die Treppe, die nicht enden wollte, immer weiter hinaufstieg, hatte es das Gefühl, als würde es immer kleiner dabei, Stufe für Stufe, und gleich würde es in der Dunkelheit ganz verschwinden, überhaupt nicht mehr da sein und fast freute es sich darüber. Da stieß es mit dem Fuß gegen etwas Hartes.

Das Mädchen hielt den Atem an. Ob das wieder eine Tür war? Tatsächlich ertastete es Holz, und als es sich mit aller Kraft dagegenstemmte, öffnete auch diese Tür sich. Froh, dem Dunkel zu entkommen, schlüpfte es hinaus und begriff im selben Moment, dass die Dunkelheit nicht wich. Zwar spürte es die Enge der Wendeltreppe nicht mehr, nun aber hatte es das Gefühl, als müsste der Raum riesig sein, in dem es stand. Das Geräusch seines Atems verlor sich ins Unendliche. Ängstlich tastete sein Blick das Schwarz nach etwas ab, an dem er sich festhalten könnte.

Und nach einer Weile machte es tatsächlich Schatten aus, dann dünnes Licht, das von oben herabzusickern schien. Unmerklich und langsam schälte sich ein Raum aus der Dunkelheit, ein unabsehbar riesiger Raum. Hoch oben erkannte das Mädchen die offenen Balken eines Dachstuhls, und dann zwischen den Balken ein Dachfenster, durch das Mondlicht hereinfiel, und in der Mitte des riesigen Dachbodens, an dessen Rand es stand, eine Stelle, auf die das Mondlicht herabschien, als hätte man einen runden weißen Teppich ausgelegt.

Und nun entdeckte das Mädchen auch noch etwas anderes, Gestelle an den Seiten des riesigen Raums, hohe hölzerne Gestelle, an denen etwas hing. Neugierig traute es sich hinüber, nachzusehen, was da war, machte Füße und Arme im Dämmer aus, schwankende Glieder, bunte Gewänder. Es waren Marionetten, Marionetten übereinander, nebeneinander, unzählige Marionetten, die so leicht an ihren dünnen Fäden hingen, dass sie, als das Mädchen an ihnen vorüberging, zu klappern begannen. Erschrocken blieb es stehen, zu unheimlich war dieses Geräusch.

Und während das Klappern langsam wieder leiser wurde, hörte das Mädchen noch etwas anderes. Schritte näherten sich aus dem Dunkel. Sein Herz begann wild zu schlagen, während es diesen Schritten hilflos entgegenhorchte. Und dann tauchte aus dem Dunkel eine Gestalt auf, zunächst kaum zu erkennen, die sich langsam dem Lichtteppich in der Mitte des Dachbodens näherte. Zuerst konnte das Mädchen ein gelbes Gewand ausmachen, dann zwei schwarze Zöpfe, und schließlich blieb die Gestalt mitten im Mondlicht stehen und begann zu singen.

>>Ach wie herrlich, ach wie schön
Ganz allein am Strand zu gehn!
Ich bin die Prinzessin Li Si
Weil ich nicht will, mich finden nie sie.<<

»Li Si?«

Dem Mädchen fiel ein Stein vom Herzen. Schnell lief es zu der Prinzessin hinüber, an die es seit Jahren nicht mehr gedacht hatte und die ihm als Kind so lieb gewesen war.

»Guten Tag, Mädchen«, sagte die Marionette und nickte mit ihrem hölzernen Kopf. »Hab keine Angst. Ich bin die Prinzessin Li Si. Weil ich nicht will, mich finden nie sie. Humm dideldum schrumm.«

»Mich auch nicht!«

Das Mädchen musste lachen und spürte, wie die Angst sich löste. Es wollte der Prinzessin, die es mit ihren Puppenaugen freundlich ansah, gleich erzählen, wie es vor dem Vater davongelaufen und auf welch seltsame Weise es hierhergelangt war, als es plötzlich lautes Getrappel hörte. Es spähte ins Dunkel.

»Hab keine Angst, Mädchen«, sagte die Prinzessin Li Si.

Im selben Moment erschien ganz langsam, als käme er aus dem Dunkel wie unter einer Decke hervor, ein Storch im Licht, eine alte, ganz abgestoßene Marionette, die ihre langen Beine vorsichtig setzte und deren Kopf neugierig von links nach rechts und von rechts nach links pendelte.

Einen Moment lang betrachtete das Mädchen wie verzaubert den alten Storch, dann wurde das Geklacker und Geschepper im Dunkel immer lauter und eine ganze Blechbüchsenarmee erschien, dann drei kleine Teufel, ein Skelett, die Mumin-Familie, das Mädchen wusste gar nicht mehr, wohin schauen, Papageien und Nachtigallen und Eulen und Möwen flatterten über es hinweg, Esel und Pferde und ein kleiner Rehbock sprangen aus dem Dunkel heran, weiße wollige Schafe, Schlangen verschiedener Länge und Farbe krochen heran, Katzen, deren Schwänze aufgeregt durch die Luft wischten, und ein kläffender Dackel.

Das Mädchen sah, wie immer mehr der Marionetten, die eben noch an den hohen Gestellen an den Seiten des Raums gehangen hatten, sich von ihren Fäden befreiten und auf den Boden herabkletterten, und es entdeckte unter all den Tieren, die um es her zu wimmeln begannen, Frau Wutz und den Pinguin Ping, Schusch, den Waran mit seiner roten Ballonmütze, den See-Elefanten, den Löwen und Kater Mikesch, und zwischen all den Tieren Professor Habakuk Tibatong und Aladin, Zwerg Nase, Frau Holle und den Räuber Hotzenplotz, die kleine Hexe und Zoppo Trump, den Kleinen Prinzen mit dem Fuchs, Seppl und die Großmutter, den Polizisten Alois Dimpfelmoser und Jim Knopf, Frau Waas, den Scheinriesen Tur Tur, der immer kleiner wurde, je näher er kam, und Lukas mit der Lokomotive Emma, die langsam heranfuhr und sich dabei vorsichtig Platz in der Menge machte.

Alles drängte heran an den hellen Lichtkreis, in dem das Mädchen mit Prinzessin Li Si stand. Es gab ein Geschiebe und Geschubse, ein Pony stolperte auf dem glatten Boden über einen Zwerg und das Mädchen war von dem ganzen Durcheinander viel zu verwirrt, um zu bemerken, dass all die Marionetten ebenso groß waren wie es selbst und dass sie sich ganz ohne Fäden bewegten, als wären sie wirklich lebendig, und dabei auch noch sprachen und wieherten und meckerten. Vor allem aber bemerkte das Mädchen nicht, dass noch jemand aus dem Dunkel herankam. Erst, als die Gestalt direkt vor ihm stand, sah es überrascht zu ihr auf.

Eine wunderschöne Frau stand da vor dem Mädchen, riesengroß, in einem altmodischen Damenkostüm aus cremeweißer, glänzender Seide, das dem Mondlicht glich. Den einen Arm hatte sie in den anderen gestützt, eine schmale silberne Uhr am Handgelenk. Sie hielt eine Zigarette zwischen den Fingern und rauchte. Nagellack und Lippenstift hatten ganz dasselbe Rot wie ihre hochhackigen Schuhe.

»Rauchen ist ungesund«, sagte das Mädchen.

Die Frau nickte lächelnd und setzte sich mit einem Seufzer auf den Boden, all die Marionetten machten ihr bereitwillig Platz, ihre Beine mit den roten Schuhen lagen schließlich nebeneinander wie die eines Rehs. Und schon hatte sie einen silbernen Aschenbecher in der Hand, den sie aufklappte, um die Zigarette darin auszudrücken.

»Du hast recht, Rauchen ist ungesund. Aber zu meiner Zeit hat man es eben getan.«

»Zu Ihrer Zeit? Was meinen Sie damit?«

»Ja Herzchen, was denkst du denn? Ich bin doch schon lange tot!«

Dem Mädchen gruselte es, doch was sollte es tun?

»Hab keine Angst, Mädchen«, sagte Prinzessin Li Si wieder, die jetzt ganz so, wie chinesische Prinzessinnen das tun, neben der Frau auf dem Boden kniete.

»Wer sind Sie?« fragte das Mädchen leise.

»Ich bin Hatü.«

»Hatü?«

»Das klingt lustig, nicht wahr?« Die Frau lächelte dem Mädchen zu. »Meine Schwester hat das erfunden. Eigentlich heiße ich Hannelore, aber das konnte sie als Kind nicht aussprechen.«

»Hatü«, wiederholte das Mädchen. »Ich finde, das ist ein schöner Name.«

Hatü«, flüstert es neben ihrem Ohr. »Schläfst du?«

Hatü muss sich anstrengen, nicht zu lachen. Sie liegt auf dem Rücken, eine Wolke wandert über die Sonne und wirft einen Schatten auf ihre geschlossenen Lider. Dann brennt die Hitze wieder auf ihrer Haut. Das Gras kitzelt an den nackten Armen, an den nackten Füßen kitzelt es auch. Sie riecht den Duft der warmen Wiese, über der sich kein Luftzug regt. Nur das laute Zirpen der Heuschrecken ist zu hören. Manchmal, als hielten sie den Atem an, verstummen sie und es ist einen langen Moment totenstill. Sie stellt sich vor, wie der liebe Gott sie beide jetzt von oben betrachtet im hohen Gras, in denselben Dirndln mit roten Schürzen liegen sie da, die die Mutter ihnen extra für die Ferien geschneidert hat. Zwei Puppen, stellt sie sich vor, sind sie von dort oben, zwei Puppen auf einer Wiese. Im März ist sie acht geworden, ihre Schwester ist schon neun. Sie fühlt so heftig, dass ihr das Gefühl heiß aus dem Bauch hochsteigt, wie lieb sie Ulla hat.

»Ich will dir ein Geheimnis verraten«, flüstert Hatü.

»Was denn für ein Geheimnis?« flüstert die Schwester zurück, ganz dicht an ihrem Ohr. Sie spürt den heißen Hauch ihres Atems.

Hatü dreht den Kopf zu Ulla hin und öffnet die Augen. Die Schwestern sind keine Zwillinge, doch einander sehr ähnlich, und wenn sie Ulla ansieht, kommt es Hatü immer so vor, als schaute sie in einen Spiegel.

»Ich mag den Papa lieber als alles auf der Welt.«

»Noch lieber als mich?«

Hatü nickt. Sie ist so glücklich darüber, es ausgesprochen zu haben, und weiß, die Schwester ist ihr nicht böse deswegen. Und tatsächlich nimmt Ulla sie in den Arm. Sie wüsste nicht zu sagen, wie lange sie so auf der Wiese liegen, die Welt scheint stillzustehen.

»Hatü?« flüstert Ulla irgendwann. »Schau mal da drüben.« Sie zeigt auf die Berge.

Hatü dreht sich herum und blinzelt über das Tal.

»Eben stand die Sonne genau über dem Gipfel dort. Der heißt Elfer, weil es eben genau elf Uhr war. Und jetzt wandert die Sonne zum Zwölferkopf hinüber. Wenn sie über dem steht, ist es Mittag.«

Hatü betrachtet die Bauernhäuser im Tal, sieht die Kühe auf der Weide, kleine Punkte, und ahnt das dünne, kalte Glitzern der Breitach, die alles durchfließt. Und entdeckt im selben Moment die Mutter. Sie kommt schnell die Wiese herauf und winkt ihnen zu, schon hört Hatü ihr Rufen.

Die Schwestern springen ihr entgegen, die Wiese hinab, und stürzen in ihre Arme. Getrauen sich nicht zu fragen, was los sei, so eilig hat es die Mutter, sie zurück zum Bauernhaus zu bringen. Der Vater hat den blauen DKW schon aus der Scheune gefahren und ist gerade dabei, die Koffer auf dem Dachgepäckträger festzuschnallen. Die Mutter schickt die Kinder noch einmal auf die Toilette, die eine wartet vor der Tür auf die andere. Hatü spürt, dass etwas Schlimmes geschehen ist, und versucht hilflos, sich die Wohnung einzuprägen, in der sie seit zwei Wochen in der Sommerfrische sind, den Esstisch mit der Petroleumlampe, die beiden Stockbetten, die rotblauen Gardinen, den schwarzen Holzbalkon mit dem tief herabgezogenen Dach. Als die Schwestern die Holzstiege wieder hinabpoltern, sitzt der Vater schon hinter dem Lenkrad und die Mutter wartet an der weit geöffneten Beifahrertür, um sie auf den Rücksitz zu verfrachten. Von ihren Vermietern, dem alten Bauernpaar, bei dem die

Mädchen morgens immer die Milch in einer abgestoßenen Blechkanne geholt haben, ist nichts zu sehen.

Der Vater wendet auf dem Hof und biegt auf den Sandweg zur Straße ein. Die Schwestern knien sich schweigend auf die Rückbank und beobachten traurig durch das ovale Rückfenster, wie das Bauernhaus mit der riesigen alten Kastanie immer kleiner wird im Staub, den der Wagen aufwirbelt, als wollte er ihre ganze Ferienzeit hinter einem Schleier verschwinden lassen.

Seltsam, dass du mich gefunden hast«, sagte Hatü nachdenklich. »Das ist ein sehr altes Haus, voller geheimer Türen und Treppen, im Mittelalter aus dicken Mauern errichtet und mit Gängen, von denen keiner mehr weiß, wozu sie einmal dienten. Noch nie ist jemand zu mir hier heraufgekommen. Aber dafür muss man ja auch schrumpfen.«

»Was meinen Sie damit?«

»Herzchen! Denkst du, ich bin riesengroß?«

Hatü hatte schon wieder eine Zigarette in der Hand und zündete sie mit einem silbernen Feuerzeug an, das sie neben den silbernen Aschenbecher legte. Der Rauch stieg durch das Mondlicht und das Mädchen sah ihm nach, wie seine zarten grauen Schleier sich in dem nachtschwarzen, unendlich hohen Dachstuhl verloren. Es nickte ängstlich.

Hatü schüttelte lächelnd den Kopf wie über ein kleines Kind, das etwas ganz Einfaches nicht versteht. »Die Marionetten sind nicht so groß wie du, Herzchen! Du bist jetzt so klein wie sie. Und ich hab sie alle gemacht!«

Stolz deutete Hatü mit der brennenden Zigarette um sich in die Runde.

Die unzähligen Marionetten, die sie beide mucksmäuschenstill ansahen, hatte das Mädchen ganz vergessen.

»Sie haben die gemacht?«

Hatü nickte.

»Mein Papa hat mir mal eine DVD mit Jim Knopf geschenkt.«

»Und? Hat es dir gefallen?«

»Ja, schon. Aber ich bin ja kein kleines Kind mehr. Ich bin zwölf.«

Hatü schüttelte lächelnd den Kopf. »Natürlich bist du ein Kind. Und sehr klein bist du jetzt auch. Habt ihr euch Jim Knopf damals zusammen angesehen, dein Papa und du?«

»Papa wohnt schon lange nicht mehr bei uns.«

Hatü rauchte schweigend und betrachtete das traurige Mädchen, das vor ihr auf dem Teppich aus Mondlicht saß. Als sie die Zigarette in dem kleinen silbernen Aschenbecher ausgedrückt hatte, sagte sie: »Ich hatte, wie alle Kinder, auch einen Vater. Und ich war noch viel jünger als du, da ging er weg und ich wusste nicht, ob ich ihn jemals wiedersehen würde.«

Das Mädchen sah die Frau neugierig an. »Weshalb ging er weg?«

»Er musste in den Krieg.«

G ott sei Dank! Das Telegramm ist angekommen!«
August Kratzert hat im Hof der Donauwörther Straße auf sie gewartet. Dem glatzköpfigen Wagnermeister gehört das Haus, in dem sie wohnen. Er selbst lebt mit seiner Frau Uschi und dem kleinen Theo im Erdgeschoss, hinter dem Haus befinden sich die Werkstatt und die große Halle, in de-

nen er Omnibusse baut. Der Vater hält sich nicht lange mit einer Begrüßung auf, sondern beginnt gleich die Koffer loszuschnallen und vom Dachgepäckträger herunterzuheben.

Die Hitze von zwei Sommerwochen steht in den dunklen Räumen der Wohnung. Die Mutter stößt Läden und Fenster auf und macht sich in der Küche daran, etwas zu Mittag zu kochen, der Vater verschwindet im Bad, Hatü geht von Zimmer zu Zimmer und wundert sich, wie fremd ihr alles vorkommt. Die gestickte weiße Decke auf dem runden Tisch im Esszimmer, Sofa und Klavier neben dem dunklen Bücherschrank im Wohnzimmer, das Schlafzimmer der Eltern, in dem die Läden noch geschlossen sind und sich das spärliche Licht auf der goldgrünen Tagesdecke und im Spiegel der zierlichen Frisierkommode sammelt. Selbst ihr eigenes Zimmer kommt ihr wie verwandelt vor. Ulla liegt auf ihrem Bett und liest. Hatü setzt sich auf den Boden und holt ihre Puppen hervor, die sie zwei Wochen lang nicht gesehen hat.

Doch sie muss immerzu an die Fahrt denken. Wie die Tachonadel des DKW zitterte. Landsberg am Lech flog vorüber, Igling, Kaufering, Hurlach. Am Fliegerhorst Lechfeld dröhnte ein großes Militärflugzeug über sie hinweg. Die Mutter fragte, ob es wohl nach Polen fliege, der Vater antwortete nichts. Die Schwestern sahen dem Flugzeug mit seiner gläsernen Nase und den beiden Propellern nach, an dessen Seitenruder das rote Hakenkreuz prangte. Wie es sich schwer in den noch immer wolkenlosen Himmel schraubte. Sie sahen noch ein zweites und ein drittes, dann verschwanden die Flugzeuge aus ihrem Blick. Wenig später tauchte rechter Hand der Siebentischwald auf, in dem sie am Sonntag manchmal spazieren gingen, dann das Rote Tor. Und obwohl Hatü eben noch traurig gewesen war, die Wiese am Waldrand verlassen zu haben, freute sie sich nun, alles wiederzusehen. Am Perlachturm und am Rathaus schienen noch mehr Hakenkreuzfahnen zu hängen als sonst, dicht an dicht bauschte sich träge der rote Stoff in der Hitze. Der Augustusbrunnen lag verlassen da und vor den Geschäften am Hohen Weg war kein Mensch zu sehen, kaum ein Auto auf der Straße.

Beim Essen sprechen die Eltern kein Wort und die Schwestern trauen sich noch immer nicht zu fragen, was los ist. Es gibt Bratkartoffeln mit Speck und nur das Klappern des Bestecks ist zu hören. Erst, als die Eltern sie später in den Flur rufen, begreifen sie, was geschehen ist. Die Anspannung des ganzen Tages löst sich und Hatü fängt an zu weinen, mit hängenden Armen schluchzt sie los, ihr ganzer kleiner Körper wird geschüttelt und die Tränen tropfen auf die rote Schürze des Dirndls und durch die Tränen hindurch sieht sie ihren Vater an, der jetzt in Uniform vor ihr steht, fremd in der grauen Jacke mit den grauen Metallknöpfen und dem silbernen Adler mit dem Hakenkreuz auf der Brust, und unter Tränen mustert sie die graue Hose und die schwarzen Stiefel, die sie noch nie an ihm gesehen hat, den Stahlhelm auf seinem Kopf, und weiß, es ist Krieg. Jetzt ist Krieg. Ihr Vater geht in die Hocke und nimmt Hatü in den Arm. Es dauert lange, bis sie aufhören kann zu weinen, und so lange hält er sie fest. Wischt ihr mit seinem Taschentuch die Tränen aus dem Gesicht, bevor er geht.

Es ist heiß in der Küche, heiß und still. Hatü kommt es vor, als ob nicht der Wind, sondern das gleißende Sonnenlicht selbst den dünnen Vorhang vor dem offenen Fenster bauschte und wiegte. Fast ein ganzes Jahr ist es her, seit der Vater wegmusste, und so sehr vermisst sie ihn gerade heute, dass ihr Blick hilflos umhertastet. Ulla, den Kopf tief über ihr Heft gebeugt, sitzt an der anderen Ecke des Küchentischs. Hatü streicht über das geblümte Wachstuch. Die Mutter an der Spüle pult Erbsen aus den Schoten, die eine Kollegin des Vaters aus ihrem Schrebergarten vorbeigebracht hat. Auf dem Regal neben ihrem Kopf, in der flachen Kupferschale, liegen seine Feldpostbriefe. Der Krieg gegen Polen, danach Dänemark und Norwegen, der Frankreichfeldzug, immer ist irgendwann ein Brief gekommen, und immer hat er geschrieben, es gehe ihm gut. Zuletzt, er sei in Calais stationiert. Sie sollten sich keine Sorgen machen. Küsse für seine beiden Mädchen.

Die Mutter hat in der Hitze nichts an als eine leichte Kittelschürze und die kleinen gelben Schläppchen, die Hatü so mag. Ihre weißblonden Haare trägt sie, anders als alle anderen Mütter, kurz und mit einer Wasserwelle, auf die sie viel Zeit verwendet. Hatü findet ihre Mutter, die einmal Schauspielerin am Theater gewesen ist, viel schöner als die Mütter ihrer Freundinnen.

»Fühlt sich doch das Insekt in einem Tropfen Wassers so selig, als wär es ein Himmelreich«, sagt die Mutter leise und ohne von den Erbsen aufzusehen.

Als könne sie ihre Gedanken lesen, beginnt sie, wie sie das manchmal tut, einen Text zu deklamieren und Hatüs Traurigkeit ist wie weggeblasen. Sie kennt die Sätze auswendig, auch wenn sie immer wieder vergisst, aus welchem Theaterstück sie stammen.

»So froh und so selig, bis man ihm von einem Weltmeer erzählt, worin Flotten und Walfische spielen!«

Worin Walfische spielen. Hatü muss immer lächeln bei diesem Satz. Und jetzt dreht die Mutter sich um und sieht ihre beiden Töchter an, in der einen Hand das Küchenmesser, in der anderen eine Erbsenschote, das kalte Wasser glitzert auf ihren Fingern. Und mit ihrer Zauber- und Sonntagsstimme, die plötzlich den Wiener Klang ihrer Herkunft nicht mehr verleugnet, fährt sie sehr laut fort.

»Nehmen Sie ihn denn hin, Milady! – Freiwillig tret ich Ihnen ab den Mann, den man mit Haken der Hölle von meinem blutenden Herzen riss.«

Die Mädchen sehen ihre Mutter mit offenen Mündern an. Immer wieder hat Hatü sich erzählen lassen, wie die junge Berliner Schauspielerin Rose Mönning dem ebenso jungen Schauspieler Walter Oehmichen begegnet ist. Wie die beiden sich ineinander verliebt und an verschiedenen Theatern zusammen gespielt haben, bis sie schließlich nach Augsburg gekommen sind. Und wie die Mutter ihre Karriere hat aufgeben müssen, weil hier keine Ehepaare engagiert wurden. Ein Meer, worin Walfische spielen.

»Hatü? Träumst du?« fragt sie lachend.

»Wieso?«

»Weil du einholen gehen sollst, Traumliese!« ruft Ulla vom anderen Ende des Tisches.

»Spring runter zu Kratzerts, lass dir die Lebensmittelkarten geben und kauf schnell ein Stück Butter.«

»Kann nicht Ulla gehen?«

»Die muss Aufgaben machen.«

Ulla schneidet ihr eine Grimasse.

»Depperle mit'm Rücksäckle!« kräht Hatü und rennt ins Wohnzimmer. Sie weiß, wie sehr das die Schwester ärgert, schon hört sie ihre nackten Füße auf dem Parkett hinter sich.

Sie jagen durch die Wohnung. Schließlich verbarrikadiert sich Hatü in ihrem Zimmer, den Rücken gegen die Tür, bis die Mutter schimpfend eine zu ihren Hausaufgaben zurückschickt, die andere hinaus.

Ihr Mann sei in der Werkstatt, erklärt Uschi Kratzert, als Hatü im Erdgeschoss schellt, und so läuft sie über den Hof zur großen Werkstatthalle neben dem Holzlager, deren Tore bei der Hitze weit offenstehen. Heraus dringt das helle Dengeln der Karosseriebauer und das Zischen der Schweißgeräte. Kaum tritt Hatü hinein, fängt Theo sie ab, der Sohn des Wagnermeisters, der auch heute hier in seiner HJ-Uniform herumstreunt, als hätte er keine Freunde. Er ist zwei Jahre älter als Hatü. Das weiße Fleisch seiner Waden unter den kurzen Hosen.

»Wo ist dein Vater?«

»Und deiner? Ich wette, der lässt sich's gut gehen, hat sicher noch keinen einzigen Schuss abgegeben, macht ja nur Fotos. Der soll sich mal an Guderian ein Beispiel nehmen, wie der mit seinen Panzern den Franzmann vor sich hergetrieben hat.«

»Ach, hör auf.«

Hatü sieht August Kratzert hinter einem Omnibus auftauchen, wie immer in seinem grauen Kittel und das karierte Taschentuch in der Hand, mit dem er sich den Schweiß von der Glatze wischt. Der Hausbesitzer hat die Lebensmittelkarte in der Kitteltasche und in Nullkommanichts ist Hatü wieder aus der Halle heraus, froh, von Theo wegzukommen, der ihr etwas nachruft, das sie nicht versteht.

Die Donauwörther Straße ist um die Mittagszeit nahezu verlassen, kein Auto ist zu hören, kein Mensch außer ihr auf dem Gehsteig unterwegs. Doch plötzlich hört Hatü ein dumpfes Dröhnen im Himmel, das langsam näher kommt. Sie läuft mitten auf die Straße, den Kopf im Nacken, das Dröhnen wird immer lauter. Und dann erscheinen, so weit weg und hoch oben, dass man sie gar nicht damit in Verbindung bringen mag, drei Flugzeuge, die ganz langsam über Hatü hinwegziehen, und es kommt ihr so vor, als wäre der Himmel ein Meer. Ein Meer, worin Walfische spielen.

Die Flugzeuge sind schon wieder verschwunden, Hatü steht noch mitten auf der heißen, leeren Straße, als plötzlich etwas explodiert, einmal, zweimal, immer wieder. Die Explosionen sind so laut, dass Hatü erschrocken auf die Knie fällt und sich schreiend die Hände auf die Ohren presst.

Erschrocken hielt sich das Mädchen mit beiden Händen die Ohren zu, als könnte es die Detonationen noch hier auf dem dunklen Dachboden hören. Mit großen Augen sah es dabei die Frau an, die, als wäre nichts geschehen, ruhig vor ihm saß.

»Ich finde«, sagte sie nachdenklich, »es wird Zeit, dass du mir erzählst, weshalb du hier bist.«

Aber das Mädchen wusste ja nicht, weshalb es hier war. Es hatte sich verlaufen, so einfach war das. War dem Vater weggelaufen, bei dem es jedes zweite Wochenende verbrachte. In dieser fremden Stadt und in dieser fremden Wohnung, in der es nicht einmal ein eigenes Zimmer hatte, sondern auf dem Sofa im Wohnzimmer schlafen musste.

»Mein Vater«, sagte das Mädchen und verstummte wieder.

»Ja?«

»Mein Vater wohnt jetzt hier. Aber ich wohne in Frankfurt, bei meiner Mutter.«

»Deine Eltern haben sich getrennt?«

»Geschieden.«

»Und du magst nicht herkommen?«

Das Mädchen schüttelte den Kopf.

»Kennst du denn Augsburg überhaupt?«

Das Mädchen überlegte. Es hatte sich noch nie für die Stadt interessiert, in der sein Vater jetzt lebte. Er holte es vom Bahnhof ab und sie gingen in seine Wohnung, ohne dass es jemals auf die Straßen und Häuser geachtet hätte.

»Nein? Das ist aber schade. Augsburg war, als ich klein war, also vor dem Krieg, eine wunderschöne Stadt. Es gab die prachtvollsten alten Häuser. Und es gibt den Lech. Und es ist so schön, wenn man die Alpen weiß in der Ferne schimmern sieht! Manchmal gab es, als ich klein war, einen Zirkus mit einem Elefanten und Clowns, und in jedem Sommer den Rummel mit Karussell und Schiffsschaukel, Schießbuden und Ständen mit Zuckerzeug. Und einmal kam ein Puppentheater in die Stadt, Zigeuner waren das, fahrendes Volk.«

»Zigeuner sagt man nicht.«

»Aber damals sagte man es. Uns hat es immer ein bisschen bei dem Wort gegruselt, denn die alten Leute erzählten, die Zigeuner würden Kinder stehlen.«

»Das stimmt aber nicht.«

»Natürlich nicht. Aber trotzdem haben wir uns vorgestellt, wie es wäre, in einem der Zigeunerwagen davonzufahren. Aber das wollte ich dir gar nicht erzählen, sondern, wie ich das erste Mal Marionetten gesehen hab. Die Zigeuner kampierten im Stadtpark, hier ganz in der Nähe, und wir Kinder saßen einfach im Gras, an ein Zelt kann ich mich nicht erinnern. Aber an einen Kasperl erinnere ich mich und an einen Polizisten, an Gretel und die Großmutter. Kasperl haute immer allen auf den Kopf, allen außer Gretel. Wir haben furchtbar gelacht. Ich wüsste gern, was aus den Puppenspielern geworden ist.«

»Weshalb?«

Hatü lächelte das Mädchen traurig an. »Alle Zigeuner kamen ins KZ.«

Auch dieses Wort, von dem das Mädchen nur halb wusste, was es bedeutete, hatte einen gruseligen Klang. Unsicher sah es sich nach den Marionetten um, die noch immer in einem weiten Kreis um sie beide herumstanden, als beobachteten sie ganz genau, was geschah. Und kaum hatte das Mädchen den alten Storch angesehen, machte der ein paar vorsichtige Schritte mit seinen langen Beinen auf es zu. Sein Kopf pendelte dabei von links nach rechts und von rechts nach links. Mühsam faltete der Storch seine langen Beine und setzte sich neben sie. Seinen langen roten Schnabel legte er müde auf den Boden.

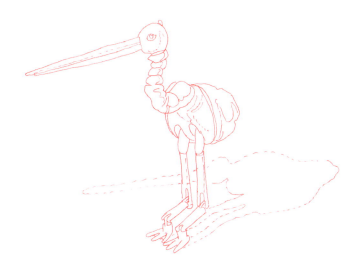

Rassenschande« sagt der Biologielehrer, und: »kostbares arisches Blut«.

Doch Hatü gelingt es nicht, sich zu konzentrieren. Nebel hat an diesem dunklen Herbstmorgen in den Straßen gestanden, und nun legen die Kugellampen im Klassenzimmer ihr schattenlos dünnes Licht über die Schülerinnen des Stetten-Instituts. Am Kartenständer dieselbe Rollkarte wie immer in den letzten Wochen. *Die Nürnberger Gesetze* steht dort in blutroter Fraktur, darunter *Deutschblütiger, Mischling 1. Grades, Mischling 2. Grades* und *Jude*. Hatü folgt gedankenverloren den Linien, mit denen die Kreise sich verbinden und neue Kreise hervorbringen, sie kennt das schon von den Erbsen und Pater Mendel. Großeltern, Eltern, Kinder. Weiße Kreise für Arier und schwarze Kreise für Juden, und halbweiße Kreise oder viertelschwarze. *Ehe gestattet* steht daneben und *Ehe verboten* und *Kinder werden Juden*.

»Der Jude«, sagt Dr. Fischer, den alle nur den Urwaldheini nennen, doch wieder schweifen Hatüs Gedanken ab. Vroni Schwegler, eigentlich Veronika, ihre beste Freundin, spielt vorsichtig Klavier auf der Schulbank und Hatü kann nicht aufhören, dabei zuzusehen, wie ihre Finger über die imaginären Tasten laufen, mal kraftvoll und dann wieder ganz zart. Fischer, wie immer in Uniform, kommt jetzt wieder auf sein Lieblingsthema, den Reichsparteitag von Nürnberg. Er war damals dabei, 1935, und wieder schwärmt er von den Aufmärschen der HJ und des BDM, und dass er unserem Führer bei einer Vorbeifahrt in seinem offenen Mercedes für einen Moment ganz nahe gewesen sei. Adolf Hitler habe ihn angesehen.

»Das Gesetz zum Schutze des deutschen Blutes und der deutschen Ehre wurde da einstimmig angenommen. Alle

Ehen sind seither verboten, die die Reinerhaltung des deutschen Blutes gefährden, was nicht nur die Juden meint, sondern auch Zigeuner, Neger und ihre Bastarde.«

Hatüs Blick huscht über die Rücken der Mitschülerinnen, um schließlich in der ersten Reihe anzuhalten, an dem Platz am Fenster, wo die kleine Marga Aumüller sitzt, die heute eine grüne Strickjacke trägt. Das ist früher der Platz von Bernadette gewesen. Im Sommer haben Vroni und sie Bernadette manchmal im Schwimmbad getroffen. Dann wurde der Schwimmbadbesuch für Juden verboten und danach ist sie auch nicht mehr zur Schule gekommen. Die Freundinnen hatten sich vorgenommen, sie einmal zu Hause zu besuchen, es aber immer wieder vergessen.

Das Stetten-Institut ist eine Schule für Mädchen. Das altertümliche Gebäude aus rotem Sandstein hat einen Erkerturm zur Straße und eine steile Giebelfront zum Martin-Luther-Platz, der früher nach der Heiligen Anna hieß, die auf einer Brunnensäule in seiner Mitte steht. Wie immer nach der Schule wartet Hatü hier auch heute auf Vroni. Sie sieht die alte Frau Friedmann vorübergehen. Die trägt den gelben Stern. Hatü kennt Frau Friedmann und ihren Mann, weil die beiden früher in dem herrschaftlichen Haus neben der Schule gewohnt haben, zu dem die alte Frau jetzt hinüberspäht. Sie hat oft auf den breiten Stufen vor der Tür gestanden und mit den Schülerinnen gesprochen, nun sind die Fensterläden verrammelt. Mussten verkaufen, hat die Mutter erklärt. Mit dem Geld wollten sie auswandern, doch das ist offenbar nicht gelungen. Vroni steht hinter Hatü und legt ihr die Hände vor die Augen.

»Wohin starrst du?«

Hatü schüttelt die Hände ab, doch Frau Friedmann ist schon verschwunden.

»Erinnerst du dich an Bernadette?«

»Bernadette?«

»Wir besuchen sie.«

Vor dem Fenster steht die Nacht so rabenschwarz, wie sie es erst ist, seit wegen der Bombenangriffe alles verdunkelt sein muss, alle Straßenlaternen erloschen sind und die Scheinwerfer der Autos abgeklebt zu schmalen Schlitzen. Aus dem Flur dringt ein dünner Lichtstreifen unter der Tür ins Zimmer, der Hatü beruhigt, denn sie kann nicht schlafen. Sie hört die Mutter in der Küche umhergehen. Den ganzen Tag hat sie an Bernadette denken müssen. Sie wüsste gern, wo ihr Vater jetzt ist, in diesem Moment. Er fehlt ihr so sehr, dass sie manchmal böse auf ihn ist, und darüber erschrickt sie sich.

»Schläfst du schon?«

Vom Bett der Schwester, das auf der anderen Seite des Fensters steht, kommt nur ein Brummen.

»Der Theo sagt, Vati sei gar kein richtiger Soldat. Er sei nur Fotograf.«

»Hm.«

»Glaubst du, er hat jemanden erschossen?«

Hatü spürt, dass ihre Schwester jetzt wach ist, wenn sie auch nichts sagt und sich nicht bewegt.

»Weißt du, wo die Juden hingebracht werden?«

Sie hört, wie Ulla den Kopf schüttelt. Das ist seltsam, denn sie kann es im Dunkeln nicht sehen, und hören kann sie eigentlich auch nichts.

Bernadettes Eltern hat ein Schuhgeschäft auf der Maximilianstraße gehört, das sie haben verkaufen müssen, aber der Name ist, wie beim Zentral-Kaufhaus, geblieben. Das Kaufhaus habe früher den Brüdern Landauer gehört, die vor ein paar Jahren emigriert seien, hat ihr die Mutter erklärt, die immer, wenn sie etwas braucht, das es woanders nicht gibt, sagt: Da gehen wir zum Landauer. Vielleicht ist auch Bernadette emigriert, probiert Hatü das neue Wort und bleibt stehen, als sie sieht, dass die Brunnenfiguren auf der Maximilianstraße abmontiert werden. Schweigend verpacken Männer im Nieselregen, der ihren blauen Drillich dunkel werden lässt, gerade den Augustus vor dem Rathaus in Stroh und anschließend in eine große Kiste, die sie mit dröhnenden Hammerschlägen zunageln.

Hatü und Vroni haben sich am Bahnhof verabredet, über dem Portal hängt das Spruchband: *Räder müssen rollen für den Sieg*. Beide tragen sie ihre BDM-Uniform, dunkelblaue Röcke, weiße Blusen und die schwarzen Halstücher mit dem Lederknoten, nachher ist noch Heimabend. Sie laufen zum Adolf-Hitler-Platz, den noch immer alle Königsplatz nennen, dann ein kurzes Stück über den Schießgraben, und schon sind sie in der Hallstraße.

Die Hausnummer 14 ist ein schmales viergeschossiges Gründerzeithaus auf der linken Straßenseite. Als sie davorstehen, ist sich Hatü nicht mehr sicher, ob es eine gute Idee gewesen ist herzukommen. Ein schwarzer Judenstern aus Pappe ist mit einem langen Nagel an der Tür befestigt, und als wohnte hier niemand mehr, hat man die Cellophanhäutchen über den Klingelschildern mit einem spitzen Gegenstand zerkratzt und die Namen unkenntlich gemacht. Doch gerade jenen, den sie suchen, kann man noch lesen: *Familie Polaschek*.

Hatü drückt auf den Klingelknopf. Von drinnen ist kein Läuten zu hören. Die Mädchen warten einen Moment, wissen nicht, was sie jetzt tun sollen, dann klopft Vroni an die hohe Tür. Auch jetzt regt sich nichts. Entschlossen drückt Hatü den Griff hinunter und wie von selbst öffnet sich die Tür. Nun, denkt sie, bleibt uns nichts anderes übrig, als auch hineinzugehen.

Überall Kisten und Möbel, übereinandergetürmt vor den Türen und selbst auf der Treppe, nur ein kleiner Pfad hinauf ist frei, Wäscheleinen voller Kleider, an irgendwelchen Haken befestigt, spannen sich durch das Treppenhaus. Und so still das Haus von außen wirkt, so sehr ist es innen von Geräuschen erfüllt, das Scheppern von Geschirr hören die Mädchen, Geräusche, als würden Möbel verrückt, das Schreien eines kleinen Kindes. Die Mädchen wissen nicht, wo Bernadette wohnt oder einmal gewohnt hat, und trauen sich auch nicht, an der nächsten Tür zu klopfen. Schweigend deutet Hatü die Treppe hinauf und Vroni nickt mit großen Augen, den Mund mutig zusammengekniffen. Leise steigen sie in den ersten Stock hinauf. Oben ist alles wie unten, Gerümpel, Wäsche, die geschlossenen Türen und das Durcheinander der Geräusche dahinter und die Mädchen zögern noch, was sie jetzt tun sollen, als das Geklapper und Gehuste hinter der Tür, vor der sie stehen, mit einem Mal erstirbt.

Erst leise, bald immer lauter, dringt nun der Gesang einer Männerstimme hervor, fremde, unverständliche Worte in einem klagenden, schleppenden Tonfall. Lauschend vergessen die Mädchen ihre Angst und rühren sich lange nicht, bis die Tür sich plötzlich öffnet. Ein gebückter alter Mann, die Haut wächsern, steht vor ihnen. Sie sind sich sicher, dass er sie fragen wird, was sie hier wollen, doch sein Blick geht durch sie hindurch. Seine Hose ist zu weit und wird nur von einem alten Gürtel gehalten. Ohne die Mädchen wahrzunehmen, schleicht er an ihnen vorüber. Aber Hatü erkennt ihn wieder und die Erinnerung lässt sie erstarren.

Wie sie mit der Mutter zum Einkaufen ging, früh am Morgen, und plötzlich war da Glas auf dem Bürgersteig und knirschte unter ihren Schritten, und es dauerte einen Moment, bis sie begriff, dass es die Scheiben der Geschäfte waren, an denen sie vorbeigingen. Überall hingeschmierte Davidsterne an den Türen. Die Mutter nahm Hatü bei der Hand und zog sie schnell weiter. Ein Pferd vor einem kleinen, zweirädrigen Karren scheute und Hatü schaute in das große, irre blickende Pferdeauge. Dann standen sie vor einem Mann, der in den Scherben seines Schaufensters kniete, in den Resten der Etageren und Regale, herausgerissen und zertrampelt mitsamt den Hüten und Mützen, die gestern wohl noch sorgsam darauf drapiert gewesen waren. Das war er gewesen.

Hatü kann nicht aufhören, ihm nachzusehen, da ruft jemand ihren Namen, einmal, zweimal, und sie befreit sich mühsam von den Bildern und sieht sich nach Vroni um, aber es ist nicht die Freundin, die sie gerufen hat. Vroni steht neben ihr und starrt in die Wohnung hinein, deren Tür noch immer weit offensteht. Hatü folgt ängstlich ihrem Blick. Durch einen schmalen Flur und eine weit geöffnete Flügeltür sieht sie in das hinein, was einmal der Salon einer herrschaftlichen Wohnung gewesen, nun aber vollgestellt ist mit Betten, Schränken, einem kleinen Tisch, einem Laufstall mit einem kleinen Kind darin. Ein Ofenrohr windet sich durch den hohen Raum hinauf bis zu einem der Fenster, um dort, wo eine Scheibe fehlt, ins Freie zu verschwinden. Schweigende Gesichter starren die beiden Mädchen an. Das einzige, in dem keine Angst steht, ist das eines großen Mannes in der Nähe der Tür, ein kleines Käppchen auf den grauen Haaren und über dem abgestoßenen Anzug einen weißen Schal. Ohne zu wissen, wie sie darauf kommt, ist sich Hatü im selben Moment sicher, dass es der Gesang dieses Mannes ist, den sie gehört haben.

»Hannelore!«

Wieder ist es ihr Name, der sie aus den Gedanken reißt. Zwischen all den Menschen drängt mühsam eine Frau nach vorn und bleibt in der Wohnungstür stehen.

»Frau Friedmann!«

»Was machst du hier, Hannelore? Wenn sie das rauskriegen, kommst du in den Katzenstadel.«

»Was ist der Katzenstadel?«

»Weißt du das nicht? Das Gestapo-Gefängnis an der Blauen Kappe.«

Hatü schüttelt den Kopf. Sie spürt, dass die Augen all der Menschen in der Wohnung auf sie gerichtet sind. »Wir wollten Bernadette besuchen. Die Bernadette Polaschek.«

Der große Mann musterte sie nun eindringlich. Hinter seinem breiten Rücken, hört Hatü, wird geflüstert.

»Bernadette ist nicht mehr hier«, sagt Frau Friedmann schnell. »Sie ist in Sicherheit. In Amerika, mit ihren Eltern.«

Amerika. Hatü wiederholt innerlich das Wort: Amerika. »Hier«, sagt die alte Frau Friedmann und Hatü schaut in ihre zitternden offenen Hände, »leben alle, die es von uns noch gibt in Augsburg.«

»Von den Juden?«

Wie Vroni das hervorstößt, gibt Hatü einen Stich ins Herz, ohne dass sie verstünde weshalb. Die alte Frau Friedmann lässt mit einem entsetzten Blick kraftlos die Arme fallen.

Hatü nimmt allen Mut zusammen.

»Und?« fragt sie stotternd, »wohin sind alle anderen?«

Das Flüstern erstirbt und der große Mann sieht zu Boden. Doch die alte Frau Friedmann lächelt plötzlich ein dünnes Lächeln. Und dieses Lächeln schwebt sehr lange in der Stille.

»Ihr müsst jetzt gehen«, sagt sie dann freundlich. »Und kommt nicht wieder. Versprichst du mir das?«

Hatü nickt. Sie hat einen Kloß im Hals.

»Es ist Schabbes, weißt du«, sagt Frau Friedmann wie zur Entschuldigung mit ihrem kleinen Lächeln. »Für alle, die nicht mehr in die Synagoge gehen können, spricht der Rabbi das Kaddish.«

»Das Kaddish?« fragt Hatü flüsternd.

»Das Gebet für unsere Toten.«

Aus der Mitte der stummen Marionetten, die noch immer um den kreisrunden Mondlichtteppich standen, als warteten sie auf etwas, das bald geschehen würde, trat plötzlich eine von ihnen ins Licht, vorbei an Prinzessin Li Si und dem alten Storch, der noch immer mit gefalteten Beinen neben dem Mädchen auf dem Boden saß. Ein kleiner Junge mit goldenen Haaren. Er trug eine hellgrüne Hose mit weiten Beinen und ein hochgeknöpftes ebenso grünes Hemd, dazu einen langen gelben Schal. Mit zögernden Schritten ging er mitten in das Licht hinein, das sich in seinen nach allen Seiten abstehenden goldenen Haaren verfing, setzte sich auf den Mondlichtteppich und begann, mit seiner hölzernen Hand über den Boden zu streichen. Als könnte er das Licht anfassen. Als ob er nachdächte oder träumte. Als ob er auf etwas wartete.

Seine Augen blinzelten nicht in seinem hübschen Gesicht und sein hölzerner Mund verzog sich nicht. Nur die Zeit verging, doch die kann man nicht sehen, und nachdem ein Stück von ihr vergangen war, stand der kleine Junge wieder auf, als wäre ihm plötzlich etwas eingefallen. Immer den Blick auf dem Mondlichtteppich, begann er umherzugehen, blieb stehen, ging weiter, hielt wieder inne, sah kurz auf, als hätte er etwas entdeckt, lief darauf zu, um es zu betrachten, ging wieder weiter, immer im abgezirkelten Lichtkreis, als wäre er ganz allein und es gäbe jenseits davon keine Welt.

»Wer ist das?« fragte leise das Mädchen.
»Das ist der Kleine Prinz«, sagte Hatü.
»Und was tut er?«
»Er sucht den Flieger. Oder den Fuchs. Oder seine Rose. Er ist sehr allein.«

»Komm, geh rein!«

Ulla knufft ihre Schwester in die Seite, doch Hatü schüttelt den Kopf und bleibt am Türspalt stehen. Im Esszimmer sitzen die Gäste schon um den festlich gedeckten Tisch und unterhalten sich über den Krieg, über die Luftschlacht um England, den großmäuligen Göring und über einen möglichen Kriegseintritt der Amerikaner. Hatü hat nur Augen für ihren Vater. Seit gestern Abend ist er wieder da. Die Schwestern schliefen schon, als er plötzlich zwischen ihren Betten stand. Hatü erschrak in dem wenigen Licht, das aus dem Flur auf ihn fiel, über den fremden Mann, doch dann hingen sie beide an seinem Hals und hielten ihn ganz fest.

Am Morgen war ihr erster Gedanke gewesen, sie habe vielleicht nur geträumt, dass er aus dem Krieg zurück sei, doch da saß er tatsächlich am Küchentisch. Und genau so sitzt er auch jetzt da, inmitten der Gäste, die seine Rückkehr feiern wollen, still und müde und etwas zusammengesunken. Über ein Jahr ist es her, dass der Krieg begann und er eines Tages diese Uniform anhatte, die er auch jetzt trägt, als müsste er gleich wieder weg. Hatü bekommt Angst, als sie das denkt, nimmt ihren Mut zusammen und geht hinein.

»Na sieh mal einer an! Wer kommt denn da?«

Sie kennt den Mann nicht, der sie so begrüßt. Hubert Schonger ist Filmproduzent, ein alter Bekannter der Mutter aus Berlin. Massig thront er neben ihrem Vater, der Bauch spannt die Weste seines Anzugs. Der Vater winkt Hatü zu sich und sie kuschelt sich in seinen Arm. Auch die Marschalls sind da, Eddi ist Operettensänger am Theater, seine Frau Hilde sitzt neben der Mutter. Ihr Sohn Hanns ist ein schlaksiger Junge mit mühsam gekämmtem Haar, dem der geschlossene Hemdkragen weit um den dünnen Hals steht.

Alle wollen vom Vater wissen, wie es nun weitergehe mit ihm und dem Theater. Er sei *uk* eingestuft, erklärt er einsilbig, unabkömmlich, da ihn die Reichstheaterkammer auf die Liste der *Unverzichtbaren* gesetzt habe. Also werde er wieder als Schauspieler und Spielleiter arbeiten.

»Und wenn sie das Theater schließen?« fragt Hilde Marschall.

Ihr Mann schüttelt den Kopf. »Führerweisung: Deutschlands modernste Bühne bleibt offen.« Gekonnt macht er Hitler nach: »Theaterbesuch ist kultureller Dienst am Volk!«

Alle lachen, doch Eddi sieht den Vater ernst an. »Du musst jetzt endlich in die Partei eintreten, Walter!«

Als Walter Oehmichen nicht antwortet, wechselt Schonger das Thema und erzählt von den Schwierigkeiten, in Kriegszeiten Filme zu machen. Obwohl er sich jüngst auf Märchenfilme verlegt hat, scheint er die glamouröse Filmwelt der Reichshauptstadt zu kennen, und die Frauen fragen nach Zarah Leander und Marika Rökk, sprechen über Theatertratsch und gemeinsame Freunde. Wenn das Gespräch, was unweigerlich öfter geschieht, auf jemanden kommt, der gefallen ist, verstummen alle für einen Moment. Gerade in so einem Augenblick bemerkt Hatü, wie Hanns sie mit einem verschmitzten Lächeln ansieht, und spürt, dass sie rot wird. Erst, als eine Frage sich allzu laut in dem Schweigen verkantet, das über dem Tisch steht, kann sie ihren Blick von ihm losreißen.

»Magst du uns nicht erzählen, was du im Krieg erlebt hast, Walter?«

Es ist Hilde, die das wissen will. Hatü sieht, wie die Mutter ihr Besteck zurück auf den Teller legt und ihren Mann ängstlich betrachtet. Der schüttelt nur den Kopf, trinkt einen Schluck Wein und dreht das Glas in den Händen, als überlegte er. Greift in seine Uniformjacke und zieht eine Packung Juno hervor, klopft eine Zigarette heraus und zündet sie an.

»Und, Mädels, mögt ihr Kino?« fragt Schonger in das Schweigen des Vaters hinein.

»Ja, sehr!« Ulla strahlt den Filmproduzenten an.

Schonger nickt zufrieden, greift in die Innentasche seines Nadelstreifenjacketts und zieht ein Päckchen bunter Papiere hervor. »Ihr kennt doch den standhaften Zinnsoldaten, ja? Habe ich verfilmt. Morgen ist Premiere hier in Augsburg. Und das sind eure Freikarten.«

Das sei sehr freundlich von ihm und werde für die Kinder sicher ein wunderbares Erlebnis, bedankt sich die Mutter.

Helmut Schonger hebt sein Weinglas. »Auf dich, Walter! Dass du gesund wieder da bist!«

Das Capitol am Moritzplatz ist das älteste Kino Augsburgs, ein umgebautes Patrizierhaus mit hoher Giebelfassade. Man hat ein Portal mit vier Statuen davorgesetzt, die nun durch die herabtrudelnden Schneeflocken auf die Zuschauer heruntersehen, die sich in Mänteln und Mützen vor den Lichtkästen mit den Plakaten drängen. Capitol heißt es erst seit ein paar Jahren, Palastlichtspiele steht noch oben am Giebel. Die Platzanweiserin bringt Hatü, Ulla und die Eltern zu ihren Sitzen in dem ausverkauften Saal. Sie können Helmut Schonger gerade noch zuwinken, der mit seiner mondänen Begleitung im Smoking in der ersten Reihe sitzt, dann wird es dunkel und die blecherne Fanfare der Wochenschau lässt das Gemurmel der Zuschauer verstummen. Berichte von der Front flackern vorüber. Hatü sieht, wie das Kinolicht über das ausdruckslose Gesicht ihres Vaters huscht.

Es waren einmal fünfundzwanzig Zinnsoldaten, alles Brüder, denn man hatte sie aus einem großen alten Zinnlöffel gemacht. Das Gewehr hielten sie im Arm und das Gesicht geradeaus. Die Stimme des Erzählers füllt das Dunkel und das geisterhafte Licht auf der Leinwand nimmt Hatü gefangen. Da ist schon der Zinnsoldat, und da die Balletttänzerin, auf die sie sich besonders gefreut hat. Sie ist sehr schön und kann wirklich tanzen, und ist ihr roter Kussmund auch unbeweglich, so klimpert sie doch mit den Augen. Dann aber erscheint ein Troll, ein hässlicher Geselle, der einen der Zinnsoldaten angreift, weil er die Balletttänzerin erobern will, und Hatü freut sich zunächst, als seine vierundzwanzig Kameraden ihm zu Hilfe eilen und ein Kugelhagel mit Feuer und Rauch auf den Unhold niedergeht. Doch die Kamera zeigt erbarmungslos lang, wie er qualvoll verbrennt, und er tut Hatü plötzlich leid. Sie verbirgt ihr Gesicht an der Schulter des Vaters.

»Und? Hat es euch gefallen?« will er wissen, als sie alle wieder vor dem Kino stehen.

»Gar nicht!« Hatü ist noch immer entrüstet. »Das war nicht das Märchen von Andersen. Da gibt es keinen Troll!«

Der Vater betrachtet nachdenklich seine Töchter und zündet sich eine Zigarette an. Heute trägt er keine Uniform, sondern seinen weichen braunen Hut und den Wollmantel. Die Zigarette im Mundwinkel, steckt er die Packung zurück in die Tasche.

»Schonger will, dass ich für ihn arbeite«, sagt er zur Mutter und sieht sie mit zusammengekniffenen Augen an, während ihm der Rauch ins Gesicht weht. »Ich soll Drehbücher schreiben, Regie führen, all so was.«

»Mir hat es gefallen!«

Ulla, die in ihrem kurzen roten Mantel sehr friert, hüpft zwischen den beiden von einem Bein auf das andere. Von einem Tag auf den andern ist es Winter geworden und die Luft klirrend kalt. Rose Oehmichen betrachtet ihren Mann zweifelnd, sagt aber nichts. Als er die Zigarette ausdrückt, greift Hatü seine Hand.

Der Weihnachtsbaum ist ziemlich mickrig, aber größere gab es nicht, und so haben ihn die Schwestern über und über mit Lametta und Kugeln behängt. Das minderwertige Stearin der Kerzen brennt knisternd, immer wieder geht eine von ihnen aus und der Vater entzündet sie erneut. Ulla streicht mit der Hand über den weichen Pullover, den ihr die Mutter gestrickt hat. Der Sekt glitzert in den schmalen Schalen mit Goldrand, die nur zu besonderen Anlässen benutzt werden. Hatü stolziert mit den Stiefeln durch das Wohnzimmer, die sie sich gewünscht hat. Sicher hat die Mutter dafür Marken tauschen müssen, vielleicht noch Kaffee oder Zucker. Auch der Vater hat einen Pullover bekommen, die Mutter ein Buch, in dem sie blättert. Die Schwestern haben den Eltern ein Bild gemalt. Es zeigt die Berge mit der Wiese und dem Bauernhaus, in dem sie vor dem Krieg in den Ferien waren. Anderthalb Jahre ist das jetzt her. Das Bild hält den Moment fest, als sie wegfuhren, aus dem Auspuff des kleinen blauen Autos quillt Rauch.

»Da ist noch was.«

Der Vater nickt hinüber zu den beiden Päckchen unter dem Baum. Gespannt lösen die Schwestern das bunte Papier. Darunter verbergen sich zwei Spanschachteln, Ulla gelingt es zuerst, ihre zu öffnen, eine kleine Gestalt liegt darin, sorgsam auf zerknülltes Seidenpapier gebettet.

»Eine Puppe«, sagt Ulla überrascht. Dafür ist sie doch viel zu alt.

»Eine Marionette«, sagt der Vater.

Ulla nimmt sie vorsichtig heraus. Das Spielkreuz an den Fäden klappert auf den Boden, der Vater greift es sich und entwirrt die Fäden. Es ist ein König mit goldener Krone. Hatü betrachtet ihre eigene Marionette. Auch sie trägt eine Krone, doch aus silberner Pappe, der hölzerne Kopf ist schwarz angemalt und hat krause Wolle als Haar.

»Hast du die selbst gemacht?«

Der Vater nickt. Behutsam nimmt Hatü das Spielkreuz und legt den König auf den Teppich. Ein Schwung mit den Fäden, und schon steht er auf seinen beiden hölzernen Füßchen, um die sich sein silberner Mantel bauscht. Eine Bewegung mit der Hand und er hängt in der Luft, als könnte er fliegen. Hatü muss lachen und der König landet wieder auf seinen Füßen. Nun gelingt ihr eine Verbeugung vor seinem goldenen Bruder. Konzentriert lassen Hatü und ihr Vater die Köpfe der beiden nicken und sich die Hände geben. Ulla schaut begeistert zu. Da verliert ihr König plötzlich sein goldenes Gewand und Hatü erschrickt, als die Illusion zerbricht. Sie sieht, wie die rohen hölzernen Leistchen an ihren Scharnieren wackeln, und dass die Fäden an kleinen Ösen festgemacht sind, nur die Hände und das Gesicht noch übrig von der lebendigen Gestalt.

»Keine Sorge, Ulla, ich nähe deinem König ein besseres Kleid!«

Die Mutter sieht ihre beiden Töchter vom Sofa aus mit einem traurigen Lächeln an. »Das ist jetzt das zweite Weihnachten im Krieg.«

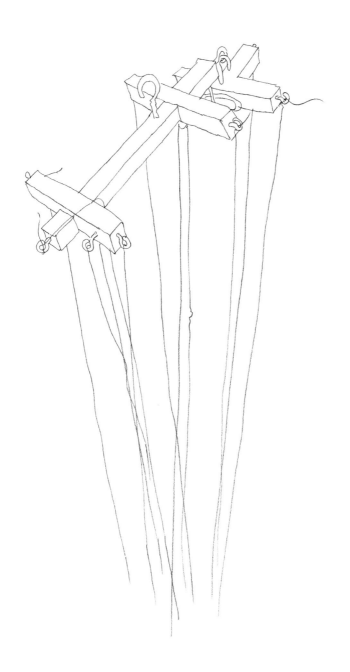

»Ja, aber diesmal bin ich bei euch«, sagt der Vater und lässt den nackten König vorsichtig auf den Boden gleiten.

»Der große Bruder von Ines ist im Krieg gestorben«, sagt Ulla leise, setzt sich neben ihren Vater und schmiegt sich an ihn.

»Man sagt: gefallen«, verbessert die Mutter.

»Als ob er hingefallen wäre? Das verstehe ich nicht. Er ist doch tot.«

»Ja.«

Der Vater hat sich eine Zigarette angezündet. »Viele sind tot, Hunderttausende liegen tot da draußen. Und vielleicht, weil man sich das nicht vorstellen mag, nennt man es so.«

»Wer sind denn die beiden?« fragt Hatü, in der Hand noch immer ihre Marionette.

»Die Heiligen Drei Könige sind das. Also zwei davon«, sagt der Vater. »Deiner ist Kaspar. Und der von Ulla, das ist Balthasar.«

»Sie bringen dem Jesuskind Gold, Weihrauch und Myrrhe.« Die Mutter streicht dem Vater durchs Haar.

»Als wir im Sommer in Calais lagen«, beginnt er zu erzählen, »waren wir in einer Schule einquartiert. Das Klassenzimmer, in dem wir biwakierten, war voller kleiner Tische, Bänke und Stühle. Und in einer Ecke stand ein Puppentheater. Wir hatten viel Zeit und nichts zu tun. Also baute ich eines Tages, weil die Puppen zu dem Theater nicht zu finden waren, aus Pappe selber welche und improvisierte vor den Kameraden. Die Wirkung war verblüffend.«

»Was meinst du?« Seine Frau sieht ihn neugierig an.

»Es war ganz anders als im richtigen Theater. Ich hatte die Puppen aus allem zusammengebaut, was sich eben finden ließ, klapprige Dinger waren das, ganz unansehnlich, mit ein paar Stofffetzen behangen. Und doch waren sie lebendig. Und meine Kameraden, alles harte Kerle, die grauenvolle Dinge erlebt hatten, wurden plötzlich wieder zu Kindern. Es kam mir so vor, als wäre mir das als Schauspieler auf der Bühne niemals so gut gelungen.«

»Was habt ihr erlebt?«

Der Vater schüttelt den Kopf. »Frag nicht. Aber von dem Gefühl, wie alles, was geschehen war, plötzlich verschwand, komme ich nicht mehr los. Wie alle lachten, als die Puppen einfach nur hochflogen und wackelten.«

»Wir müssen noch Melchior machen, den dritten König«, sagt Hatü leise. »Sonst ist es nicht richtig.«

Der Vater schaut sie nachdenklich an.

»Wir?« fragt er.

Zu Silvester sind sie bei Krohers eingeladen. Wölfi und Christoph, die beiden Jungs, sind schon lange im Bett. Ihre Mutter hat ihnen versprechen müssen, sie um Mitternacht zu wecken, aber Hatü glaubt, dass sie schummelt. Sie selbst fühlt sich sehr erwachsen, weil sie zum ersten Mal aufbleiben darf, und kämpft, neben Ulla auf dem Sofa, tapfer gegen ihre Müdigkeit. Hatü mag die Wohnung der Krohers, einer bekannten Familie in Augsburg, *Tabakhandel en gros und en détail*. Hier ist alles ganz anders als bei ihnen zu Hause. Es gibt Stühle aus verchromtem Stahl und offene Regale aus weißem Lack, an den Wänden hängen große bunte Bilder. Nur, dass es keinen Weihnachtsbaum gibt, gefällt Hatü nicht, lediglich einen Schwibbogen mit kleinen roten Kerzen. Franz Kroher ist Fotograf. Vor allem aber ist er mit dem Dichter Bert Brecht auf dem Gymnasium gewesen und hat mit ihm eine Schülerzeitschrift herausgegeben, von der jedoch nur sechs Hefte erschienen sind, wie er immer betont, wenn der Vater ihn wieder danach fragt.

»Das wäre was!« sagt der Vater dann jedes Mal und summt den Mackie-Messer-Song. »Die *Dreigroschenoper* hier in Augsburg!« Er hat die Uraufführung im Theater am Schiffbauerdamm in Berlin gesehen. »Verboten!« sagt er dann resigniert und zuckt mit den Schultern.

Dass Erna Kroher als Kind die damals neu eröffnete Waldorfschule in Stuttgart besucht hat, war seinerzeit Stadtgespräch in Augsburg. Später hat sie Musik studiert und ist als Konzertpianistin um die Welt gereist. In einer Ecke des Wohnzimmers steht ein schwarzer, glänzender Flügel, vor dem Abendessen hat sie darauf gespielt, und weil sich alle für den Silvesterabend fein gemacht haben, kam es Hatü vor, als wären sie in einem richtigen Konzert. Der Vater trägt eine Fliege zum weißen Hemd und Abendanzug, Franz Kroher eine schmale schwarze Krawatte, seine feine Goldbrille glitzert im Licht der Kerzen. Die beiden Frauen haben Abendkleider an, weshalb sie auch mit einem Taxi gekommen sind. Hatü ist noch nie mit einem Taxi gefahren. Erna Kroher sieht so anders aus als die Mutter, sie hat einen Bubikopf und ihr Kleid hat einen tiefen Ausschnitt. Hatü hört den Gesprächen der Erwachsenen zu, bis die Müdigkeit ihr die Lider schließt und ihr Kopf an Ullas Schulter sinkt.

Die alten Silberglocken vom Nordturm des Doms, die als Erste zu läuten beginnen, wecken sie wieder auf. Schon ist auch die große, tiefe Glocke vom Südturm zu hören, jetzt fallen die Glocken von St. Ulrich und Afra in das Geläut zum Jahreswechsel ein. Schlaftrunken sieht Hatü, wie Franz Kroher ein Tablett mit hohen Sektflöten balanciert, in der goldenen Flüssigkeit steigen glitzernde Bläschen auf.

»Auf das neue Jahr! Auf 1941!« ruft seine Frau, hebt eines der Gläser und prostet ihren Gästen zu, die sich in einem Halbkreis um sie gruppiert haben.

»Dass der Krieg nicht mehr lange dauert«, sagt die Mutter ernst und hält ihre beiden Töchter im Arm. »Und dass wir niemanden, den wir lieben, verlieren!«

Der Vater nimmt zwei Gläser und reicht eines seiner Frau.

»Auf die Marionetten!« sagt er.

»Marionetten?«

Erna Kroher lacht den Vater überrascht an und lässt ihr Glas an seines klingen. »Was denn für Marionetten?«

Aus dem Radio kommt leise Musik. Sanft grün glimmt, wie ein aufgeklappter Fächer, der gläserne Viertelkreis mit den Namen der Sendestationen. Hatü, den Kopf auf der Sessellehne, liest sie sich immer wieder selbst vor: Riga, Danzig, Lille, Triest, Gleiwitz, Belfast, Hörby, Bratislava, Göteborg, Posen, Paris, Stockholm, Roma, Kiew, Sevilla, Katowice, Beromünster, Beograd. Der Vater hat das Gerät zur Olympiade in Berlin gekauft. Der geschwungene Schriftzug *Saba*. Die Musik bricht ab.

»Achtung, Achtung! Hier ist der Großdeutsche Rundfunk. Wir geben die Luftlagemeldung. Im Reichsgebiet befindet sich kein feindliches Flugzeug. Wir geben die Zeit: Mit dem Gongschlag ist es 14 Uhr und 2 Minuten. Bericht des OKW: Die Bismarck hat den britischen Schlachtkreuzer Hood vernichtet. Es folgt eine Reportage über die Landung deutscher Fallschirmjäger auf Kreta.«

Hatü lässt mit einem der schwarzen Drehknöpfe die stählerne Nadel von links nach rechts über den Senderfächer pendeln und wechselt die Frequenzen. Manchmal nah und deutlich, manchmal leise wie aus sehr großer Entfernung, überlagert vom Zirpen und Zischen des Äthers, sind Stimmen zu hören, in Sprachen, die Hatü nicht versteht. Fetzen von Musik, die untergehen im elektrischen Flirren, über das wieder ferne Worte herankommen wie auf glitzernden Wellen. Dann der klare Refrain eines Liedes, gesungen von einer Frauenstimme, und wieder eine fremde Sprache, und noch eine und eine weitere. Dann endlich Musik, Hatü schließt die Augen. Vor dem Fenster steht der Frühlingsnachmittag, vom Hof dringt manchmal Hämmern aus der Karosseriewerkstatt herauf. Irgendwann vier dumpfe Trommelschläge: Da-da-da-damm. Und noch einmal: Da-da-da-damm. Und dann eine klare Stimme: »England. Hier ist England. Zunächst die Nachrichten in Schlagzeilen.«

Da stürzt der Vater aus dem Esszimmer herein, in der Hand eines seiner Textbücher, und schaltet das Radio aus. »Das ist verboten, hörst du! Das darfst du nicht hören.«

»Wieso verboten?«

Der Vater schüttelt nur den Kopf.

»Wieso verboten?« fragt Hatü noch einmal.

Doch gerade, als er ihr antworten will, steht die Mutter in der Tür und hält ihr die Augsburger Zeitung hin.

»Schau mal, Hatü, was dein Vati für ein berühmter Mann ist!«

Hatü sieht ein großes Bild ihres Vaters. *75. INSZENIERUNG VON WALTER OEHMICHEN ALS OBERSPIELLEITER* lautet die Überschrift des Artikels. Hatü fängt an zu lesen.

»Ich muss zur Probe«, sagt der Vater mit einem Seufzer, der überspielen soll, wie stolz er auf die Würdigung ist.

»Kreidekreis?« fragt die Mutter.

Die Eltern sehen sich auf eine Weise an, dass Hatü nicht weiterlesen kann.

»Welche Version nimmst du denn nun?«

Der Vater zuckt mit den Achseln. »Den Klabund natürlich.«

»Walter! Der ist verboten.«

»Und was soll ich spielen? Den Müll hier?« Wütend wirft er das Textbuch auf den Boden. Er atmet tief durch. »Klabund ist viel besser als dieser Johannes von Guenther.«

»Trotzdem. Du bringst uns alle in Gefahr.«

»Weißt du, was ich mache? Wir spielen den Klabund und schreiben, es sei von Guenther. Das merkt keiner.«

»Ich will nicht, dass du wieder in den Krieg musst.«

»Wer weiß, vielleicht ist bald schon vorbei. Jetzt, wo Heß nach England geflogen ist. Vielleicht wird bald alles anders.«

»Der Stellvertreter des Führers?«

Hatü schaut den Vater ernst an. »Dr. Fischer sagt, er sei das Opfer von Halluzinationen geworden. Wegen seiner alten Kriegsverletzungen.«

Der Vater streicht ihr über den Kopf. »Im Theater erzählen sie, er wolle einen Frieden mit den Engländern aushandeln. Der Krieg sei verloren.«

»Papa! Rommel treibt die Engländer in Afrika vor sich her. Dr. Fischer sagt, der Endsieg stehe bevor.«

Die Mutter verschwindet kopfschüttelnd in die Küche. Der Vater sieht Hatü mit einem traurigen Lächeln an und sie kommt sich plötzlich dumm vor. Er geht zum Radio und macht es wieder an, doch nur ganz leise. Wieder sind die vier dumpfen Schläge zu hören: Da-da-da-damm. Und noch einmal: Da-da-da-damm.

»Das ist die BBC«, sagt er und setzt sich auf Hatüs Sessellehne. »Die Trommelschläge sind das Morsezeichen für V. V wie Victory: Sieg.«

»Hier spricht London!«

»Und warum reden die nicht Englisch, Papa?«

»Damit du sie verstehst.«

Doch vielleicht gerade, weil der Vater das sagt, fällt es Hatü schwer, der Stimme zu folgen, die jetzt spricht, furchtbar alt und gravitätisch kommt sie ihr vor, und ihre Gedanken schweifen immer wieder ab. Bis ihr nach einer Weile einige Sätze kristallklar ins Bewusstsein dringen: »Deutsche Hörer, werdet ihr mir glauben, wenn ich euch versichere, dass diese Siege – sofern man sie so nennen kann – genauso hohl, sinn- und hoffnungslos sind wie die früheren. Es gibt keinen Nazi-Sieg. Alles, was so aussieht, ist blutiger Unsinn, ist im Voraus annulliert.«

Die Stimme verstummt und das Rauschen wird wieder lauter.

»Was meint er damit, Papa?«

»Das ist Thomas Mann«, sagt der Vater und schaltet das Radio aus.

Das ist keine Antwort. Hatü wartet auf eine Erklärung, doch der Vater streicht ihr nur wieder über den Kopf.

»Jetzt muss ich aber wirklich zur Probe. Magst du mitkommen?«

Natürlich will sie mitkommen! Sie liebt es, in einer der Logen hoch oben über dem leeren Parkett zu sitzen, das dunkel ist bis auf das Schreibbrett mit der Klemmlampe, das man dem Vater zwischen der dritten und vierten Reihe befestigt hat.

An diesem Nachmittag verliert sich auch die Bühne im Dunkel, aus dem ein einzelner Scheinwerfer drei Schauspieler hervorholt, dicht an der Rampe. Zwei Männer mit langen Spießen und eine junge Frau. Alle halten das Textbuch in Händen, das auch vor dem Vater liegt, der ihnen jetzt mit der Hand sein Zeichen gibt. Hatü legt den Kopf auf die samtgepolsterte Brüstung. Die drei treten einen Schritt zurück, sehen sich an, und nach einem Atemholen beginnt die Schauspielerin zu sprechen. Es ist Carola Wagner. Hatü hat sie schon oft gesehen und weiß, was jetzt geschieht. Wenn der Vater sein Zeichen gibt, verändert sich alles. Carola Wagner fixiert die beiden Männer, als sollten sie ihr nicht entkommen, während sie spricht. Doch diesmal stimmt etwas nicht, Hatü spürt es genau.

»Aufhören!« ruft der Vater im selben Moment.

Er stürmt durch die Sitzreihen nach vorn und die kleine Treppe hinauf, die man bei den Proben dort aufstellt, schon steht er im Scheinwerferlicht und Hatü beobachtet, wie er gestikulierend auf die Männer einredet. Stumm treten sie ins Dunkel zurück, und nun steht der Vater an ihrer Stelle. Carola Wagner sieht ihn an und beginnt von Neuem zu sprechen. Und diesmal greifen die Hände der Schauspielerin in die Luft, als könnte sie sich an ihr festhalten, und ihre ganze Gestalt scheint sich in ihrem schönen Mund zu konzentrieren, der jetzt all diese Worte sagt, auf die zu achten Hatü nicht in der Lage ist, so sehr fasziniert sie die Verwandlung.

»Da kein Mensch mehr hört, will ich meine Klage in den Schneesturm schreien. Höre mich, Sturm! Ich klage es dir, Schnee! Ihr Sterne hinter den Wolken, lauscht! Und unter der Erde, ihr, die ihr den Winterschlaf schlaft: Maulwurf und Hamster und Kröte, ihr träumenden Dämonen auch, wacht auf! Es darf kein Schlaf und kein Traum sein, wenn einem Menschen Unrecht und Untat geschieht. Ihr Toten in den Särgen, angetan mit den Gewändern aus Brokat und Sackleinewand, schüttelt eure schlotternden Glieder wie Pagodenglocken, dass sie klingen, dass sie zum Aufruhr läuten! Erhebt euch! Kommt über die weißen Felder gewandert wie weiße Ratten über den Schnee!«

Mauersegler kreischen in endlosen Attacken pfeilschnell durch den Hof, als ertrügen sie den blauen Himmel nicht an diesem Sommertag im August 1941. Die Hitze steht über dem feinen, im Licht flirrenden Staub, in dem die Reifenabdrücke der Omnibusse vor der Werkstatt zerbröseln. Kaspar bückt sich und seine hölzerne Hand zieht einen feinen Strich in den Sand. Seine silberne Krone blitzt in der Sonne. Dann setzt er sich ganz vorsichtig in dem Kreis hin, in dem er steht, und das Leben scheint aus ihm zu entweichen, sein Kopf klappt nach vorn und die ganze Gestalt sinkt in sich zusammen, es kringeln sich die Fäden um ihn. Hatü, die auf einem Holzstapel hockt, hält gedankenverloren das Spielkreuz in der Hand und sieht auf die Marionette hinab. Es sind große Ferien und zum ersten Mal meint sie zu spüren, wie die Zeit vergeht. Sie kann nicht sagen, was sie damit meint, nur, dass die Zeit nicht mehr verschwindet wie früher. Immer weiter geht sie und die Mauersegler kreischen wütend durch sie hindurch.

Zehn Jahre ist Hatü jetzt alt. Und sie muss in diesem Moment an die Panzer in der Wochenschau denken, wie sie durch die endlose russische Steppe nach Osten fahren, und so schnell sie auch fahren, hört das Fahren doch niemals auf. Hatü spürt eine Traurigkeit in sich, so groß, dass sie nicht in die Welt passt, und zieht an einem der Fäden des Spielkreuzes. Kaspar wirft seinen Kopf herum und sieht sie an, als wollte er sie trösten.

»Eine Negerpuppe!«

Hatü erschrickt und sieht auf.

»Eine Negerpuppe!« sagt Theo noch einmal verächtlich, der vor ihr steht, wie immer in seiner HJ-Uniform.

»Das ist keine Negerpuppe.«

Sie will nicht mit ihm streiten, weiß sie doch, was er sagen wird. Über den Vater wird er sich wieder lustig machen, der ein Feigling sei und sich vor der Front drücke. Sie will das nicht hören, nicht heute, wo alles so zittrig ist in ihr.

»Es ist einer der Heiligen Drei Könige«, sagt sie leise.

Theo steht dicht vor ihr und sie hat Angst, dass er auf die Marionette tritt, ob aus Versehen oder mit Absicht, zuzutrauen wäre es ihm so oder so. Sie nimmt das Spielkreuz hoch, die Fäden spannen sich, und Kaspar hüpft neben sie auf den Holzstapel. Prompt hockt Theo sich in jenen Kreis im Sand hinein, den Kaspar um sich gezogen hatte, und mustert sie.

Hatü streicht sich unsicher das Haar aus dem Gesicht. Sie sieht die winzigen Schweißtropfen auf seiner Stirn, so nah ist er ihr. Er leckt sich mit der Zunge über die aufgeworfenen Lippen. Seine wasserblauen Augen sehen sie unverwandt an. Er hat blonde, fast unsichtbare Wimpern. Er riecht nach Schweiß. Er sagt kein Wort. Aber jetzt lächelt er. Und sie, weil sie nicht weiß, was sie tun soll, lächelt zurück. Da drängt er zwischen ihre Beine. Das harte Gürtelschloss kratzt durch den dünnen Stoff ihres Sommerkleides über ihren Oberschenkel und die Marionette fällt klappernd auf den Boden.

Hatü kann sich nicht rühren. Sein Mund kommt immer näher. Sie versteht, dass Theo sie küssen will, und begreift zum allerersten Mal, was es bedeutet, dass sie ein Mädchen ist und er ein Junge. Was es wirklich bedeutet.

Und dann ist plötzlich Hanns da und schickt Theo weg wie einen Hund.

Seit jenem Abend, als der Vater aus dem Krieg zurückkam und er mit seinen Eltern zu Besuch war, hat sie ihn nicht mehr gesehen. Sie sieht zu ihm hoch. In seinen kurzen Lederhosen und dem weiten Hemd steht er vor ihr und streicht sich verlegen das Haar aus dem Gesicht. Erst jetzt spürt Hatü ihr pochendes Herz.

»Danke«, sagt sie, dreht sich nach Kaspar um, hebt ihn auf und pustet den Sand von seinem silbernen Umhang.

Eine Sirene dröhnt durch die Halle und ein riesiger Tiegel ruckt heran, in dem goldenes Feuer schwappt. Mit gigantischen Ketten und einem ebenso gigantischen Haken hängt der Tiegel an einem Laufkran. Der Urwaldheini brüllt gegen den Lärm der Sirene an. Zur ersten Stunde hat er sie zum Tor der MAN bestellt und über das Werksgelände hierher in die Gießerei geführt, eine unabsehbar große Werkhalle, von stählernen Streben und genieteten Trägern gestützt. Die Klasse drängt sich zwanzig Meter über dem Boden auf einem Laufsteg aus stählernen Gitterplatten und sieht hinab auf das Durcheinander aus Schmelzöfen, Werkbänken, Gussgruben und Haufen aus Rohstahl. Über all das hinweg schwebt der Tiegel heran. Er schwankt an seinem Haken und das goldene Feuer in ihm schwappt auflodernd hin und her, dann ist das dampfende und zischende Gefäß, hoch wie drei Männer, unter ihnen an seinem Ziel angekommen. Die Sirene verstummt und die Hitze beginnt zu ihnen heraufzusteigen. Beißt ihnen in die Haut.

»Die ganze Nacht«, brüllt der Lehrer, »hat man das Eisen zu Stahl geschmolzen.«

In der Gießgrube dort unten die Form, in die der gelb glühende Stahl fließen wird. Arbeiter, von Kopf bis Fuß mit schweren Mänteln und Helmen vermummt, deren Visiere ihre Gesichter verbergen, in ihren unförmigen Handschuhen lange Stangen, warten an der Grube. Und schon beginnt der Tiegel zu kippen und ein dickflüssiger Strahl ergießt sich hinein. Wie ein Feuerwerk stieben hellweiße Funken auf, fallen auf den Boden, verlöschen. Ein Geräusch, als fiele schwerer Regen auf große grüne Blätter, prasselt zu den Schülern herauf. Als die Grube, aus der es heller als die Sonne leuchtet, ganz gefüllt ist, kippt der leere Tiegel wieder hoch, noch immer im Inneren glühend. Die vermummten Arbeiter beobachten das geschmolzene Metall.

»Der Motor, der jetzt gegossen wird«, erklärt der Urwaldheini, den Blick wie die Schüler unverwandt auf das Geschehen dort unten gerichtet, »wird einmal das Herzstück eines U-Boots sein. Zwei davon, mit jeweils zweitausend Pferdestärken, tragen mit ihrer Kraft den heldenhaften Kampf unserer Soldaten in alle Weltmeere und bis vor die Küste Amerikas!«

Hatü stellt sich eiskaltes schwarzes Wasser vor und das kalte, stählerne U-Boot darin. Wie es wegsinkt nach unten, immer weiter weg vom Licht. Die glühende Grube leert sich nun zusehends, während fauchende Flammen aus der Form züngeln, und schließlich ist sie leer. Was geschieht mit dem flüssigen Stahl und was mit dem kalten Wasser des Meeres, was mit den sprühenden Funken und was mit dem Schwarz der Tiefsee? Hatü stellt sich ein Schiff vor, sieht es von unten, wie aus einem U-Boot heraus, sieht den Kiel vorüberziehen im hellen Licht der Wasseroberfläche, zu der sie hinaufschaut, und wie sich ein Torpedo hineinbohrt in den Schiffsleib und ihn zerreißt, sieht Tote im Wasser treiben, in diesem eiskalten Wasser, ihre Haut weiß wie Milch, mit ausgebreiteten Armen und kopfunter, Marionetten an den Fäden des Meeres.

»Da!«

Einer der Schüler deutet mit der ausgestreckten Hand nach unten, und dann entdeckt auch Hatü, hoch oben auf dem Laufgitter zwanzig Meter über der Gießereihalle, wie an mehreren Öffnungen der Form kleine Pfützen des leuchtenden Stahls erscheinen, als käme, nach einem langen Weg durch die Dunkelheit, das Licht selbst wieder zutage. Sanft steigt es empor. Der Guss ist zu Ende. Ob er gelungen ist, wird man erst wissen, wenn alles abgekühlt ist, tagelang wird es dauern, bis man die Form entfernen kann. Diese Form, die aus nichts besteht als Sand, jenem Sand, über den die Wellen aller Meere rollen.

Die Buden des Christkindlesmarktes drängen sich am Königsplatz. Wegen der Verdunklungsvorschriften sind sie in diesem Jahr unbeleuchtet, nur kleine, abgeschirmte Lampen werden jetzt nach und nach entzündet, ihr Licht fällt schütter auf Lebkuchen und Bratäpfel. Das Angebot ist mager, viele Zutaten sind rationiert, dafür gibt es Selbstgemachtes, Holzspielzeug und Rauschgoldengel, Pullover und Wollhandschuhe, Gläser mit Marmelade. Als wäre alles wie immer, schlendern die Augsburger, tief in ihre Mäntel vergraben, daran vorüber. Es soll bald schneien. Eine Wehrmachtskapelle spielt Weihnachtslieder unter dem festlich geschmückten Christbaum mit der Krippe. Das Messing ihrer Instrumente leuchtet in der Dämmerung. Die roten Fahnen mit dem Hakenkreuz haben fast etwas Weihnachtliches, ihr Rot glimmt langsam weg und die weißen Kreise werden fahl. Arm in Arm ziehen Ulla und Hatü von einer Bude zur nächsten. Mutter hat sie ermahnt, sich nicht zu lange aufzuhalten, am Bahnhof werden heute zwei Kilo Äpfel an jedes Augsburger Kind ausgeteilt, da sollen sie sich anstellen. Doch zuvor wollen sie noch Lebkuchen kaufen.

Gerade, als Ulla der Marktfrau das Geld hinüberreicht, erzählt ihr Hatü, Hanns sei vielleicht auch hier. Sie sagt es ganz leise und sieht die Schwester dabei nicht an. Ulla prustet los. Hatü hat der Schwester nicht erzählt, was ihr im Sommer mit Theo zugestoßen ist, wie sie auch Hanns nie gefragt hat, weshalb er damals so unerwartet auftauchte. Aber daraus hat sich alles ergeben. Dass sie sich seither manchmal treffen nach der Schule. Und dass sie so vorsichtig miteinander umgehen.

»Da ist er!« Hatü nimmt einen Lebkuchen aus der Tüte und freut sich.

Auch Hanns hat die beiden schon entdeckt. Er ist von seinem Fahrrad gestiegen und lacht Hatü an, während die Mädchen zu ihm hinüberschlendern. Als Ulla ihm erklärt, sie müssten dringend zum Bahnhof, wegen der Äpfel, nickt Hanns nur. Kaum haben sie den Königsplatz verlassen, nimmt die Dunkelheit sie auf. Keine Straßenlaterne brennt, die Leuchtreklamen sind ausgeschaltet, die Fenster der Wohnungen abgeklebt oder mit dichten Vorhängen verhängt.

Auch der Bahnhofsplatz liegt im Dunkeln, das Transparent zwischen den gusseisernen Säulen des Empfangsgebäudes ist kaum zu erkennen, gleich daneben hat sich eine Schlange aus Kindern gebildet, mit oder ohne ihre Eltern, die um die Ecke des Bahnhofs herumreicht. Wortlos stellen Ulla, Hatü und Hanns sich an und rücken langsam in der Kälte mit den anderen vor. Die Nacht liegt über den Gleisen. Gelegentlich rattert ein Zug vorüber.

Es dauert eine ganze Weile, bis sie den Waggon zumindest sehen können, geschmückt mit den schwarzweißen Bannern der NS-Volkswohlfahrt, aus dem heraus die Äpfel verteilt werden, und sie haben ihn fast erreicht, als ein Lastwagen vom Bahnhofsplatz her um die Ecke biegt und neben ihnen hält. Der große Motor schüttelt den Wagen im Leerlauf. Im selben Moment kommen Polizisten mit geschulterten Karabinern im Laufschritt von der Wachstube heran, aus deren geöffneter Tür jetzt helles Licht auf den Kies fällt. Während die Polizisten auf den Fahrer einreden, sieht Hatü in diesem Licht zur Ladefläche des Lastwagens hinauf.

»Schau nicht hin!« zischt Ulla.

Doch Hatü kann nicht anders, als die Frauen anzustarren, die dicht an dicht auf der Pritsche kauern. Ausgemergelte Gesichter müder Greisinnen, die stumm zu ihnen hinabsehen. Sie entdeckt auf einem der Mäntel den gelben Stern, dann noch einen. Und dann entdeckt sie das Gesicht der alten Frau Friedmann. Und im selben Moment fährt der Lastwagen los. Hatü ist so erschrocken, dass sie nicht weiß, ob sie sich vielleicht nur eingebildet hat, was sie meint gesehen zu haben. Als sie dem Wagen hinterher will, hält Hanns sie am Arm fest.

»Lass mich!«

Doch erst, als der Lastwagen hinter einem Schuppen verschwunden ist, lockert sich der Griff, und sie schüttelt seine Hand ab. Sie muss wissen, ob es tatsächlich Frau Friedmann war, und läuft los.

Nicht zu dem Schuppen läuft sie hinüber, sondern zurück zum Bahnhofsplatz, wo sie rechter Hand in die Halderstraße einbiegt, denn das ist der kürzeste Weg. Sie läuft so schnell sie kann. Beachtet die Ruine der ausgebrannten Synagoge nicht, auf deren Kuppel man ein Flugabwehrgeschütz montiert hat, dessen Vierlingsrohre in die Dunkelheit weisen. Als sie wieder am Christkindlesmarkt vorüberkommt, hört sie, dass die Wehrmachtskapelle gerade ein Weihnachtslied intoniert: *O Heiland, reiß die Himmel auf.* Und schon ist sie über die Kaiserstraße hinweg und steht heftig atmend vor der Hausnummer 14 in der Hallstraße. Seit ihrem Besuch vor anderthalb Jahren ist sie nicht mehr hier gewesen.

Nicht nur, weil sie so schnell gerannt ist, schlägt ihr das Herz bis zum Hals. Die Tür des schmalen Gründerzeithauses steht offen. Der schwarze Judenstern neben den zerkratzten Klingeln ist verschwunden. Hatü macht einen Schritt über die Schwelle und bleibt stehen. Was sie am Weitergehen hindert, ist die absolute Stille, die ihr aus der Dunkelheit entgegenschlägt. Hier ist niemand mehr, denkt sie, und Traurigkeit schnürt ihr die Kehle zu.

Die Marionette auf dem Küchentisch ist nichts als rohes Holz, zusammengehalten von kleinen eisernen Ringschrauben, die der Vater unten in Kratzerts Werkstatt zurechtgebogen hat. Sie verbinden den Kopf und die Arme mit dem Körper und der Hüfte, die wiederum nichts ist als ein

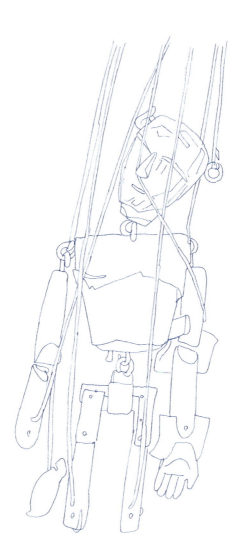

Querhölzchen, an das die Beine mit schmalen Läppchen angenagelt sind. Ebensolche Läppchen sind die Ellbogen und Knie. Links und rechts am Kopf, an den Schultern, an Unterarmen und Beinen sind die Schnüre befestigt. Das ist alles. Und es sähe kaum wie ein Mensch aus, gäbe es nicht Hände und Füße, die der Vater sorgsam geschnitzt hat mit Fingern und winzigen Zehen.

»Er ist aus Lindenholz«, erklärt der Vater. »Das ist das beste, es ist weich und fasert nicht. Im Mittelalter hat man Madonnen und Heilige daraus gemacht.«

»Er?« fragt Hatü.

Der Vater deutet auf den Kopf der Marionette: »Es ist Hänsel.«

»Der aus dem Märchen?«

Der Vater nickt.

Es war so finster und auch so bitter kalt. Hatü kauert auf einem Küchenstuhl und sieht hinaus in den fallenden Schnee. Am Fenster wachsen Eisblumen. Sie muss an das Gesicht der alten Frau Friedmann denken, im schütteren Licht auf dem Lastkraftwagen. Wo sie jetzt wohl ist, bei dieser Kälte? Und an die Wochenschaubilder von den Soldaten im russischen Winter, an die weiße Steppe, über die der Wind pfeift, an Panzer, die in Schneewehen verschwinden, an totgefrorene Pferde und an vermummte Gesichter mit vereisten Bärten. *Der Führer hat seinen Armeen vor Moskau Halt befohlen.* Hatü sagt sich das fremde Wort innerlich immer wieder vor: Moskau, Moskau, Moskau. Sie muss an die Gießerei denken, an die vermummten Menschen mit ihren Schutzanzügen und Visieren, mit denen sie sich vor dem Feuer schützten wie die Soldaten vor dem Eis. Und an das glühende Eisen muss sie denken, wie es in dem riesigen Tiegel heranschwebte.

Und an die schwebenden Toten im eiskalten Wasser. Wie Marionetten schweben sie. Und da hat der Vater plötzlich einen Hammer in der Hand, Hänsels Kopf in der anderen wie einen Apfel und schlägt ihm Nägel in die Augen. Hatü schreit erschrocken auf. Sie meint den Schmerz zu spüren, obwohl es doch nur ein Stück Holz ist. Aber es sind doch Augen wie ihre eigenen, die sich jetzt mit Tränen füllen.

»Hatü, bitte schau her!«

Durch ihre Tränen hindurch sieht sie: Auf den runden glänzenden Polsternägeln bildet das Licht kleine Aureolen, die wie Pupillen leuchten. Und Hänsel, lebendig jetzt, sieht Hatü lächelnd an.

Hatü liegt neben Vroni im Schatten einer der Weiden, die hier in Eching am Ufer des Ammersees stehen. Die Freundinnen sind in aller Herrgottsfrühe zu ihrer Radtour aufgebrochen. Jetzt flirrt die Mittagshitze. »Hyazinth«, flüstert Hatü, als wäre es ein Zauberwort, und Vroni lächelt, ohne sie anzusehen. Beide sind sie wegen seines Vornamens in den Grafen Strachwitz verliebt, dessen Panzer in diesen Augusttagen endlich Stalingrad erreicht haben. Sie blinzeln in den blauen Himmel. Es ist still bis auf das Geräusch des Wassers, das sanft über die Kiesel schwappt. Ein ganz leichter Wind weht ihnen vom See her den Schweiß von der Haut. Sie betrachten ihre knochigen Knie. Beide sind sie in diesem Jahr ein ganzes Stück gewachsen und finden sich viel zu dünn. Irgendwann gehen sie schwimmen. Die harten, glatten Kiesel schmerzen unter den Fußsohlen, als sie ins tiefe Wasser waten, das im ersten Moment furchtbar kalt ist. Sie tauchen prustend und lachend unter. Der See ist klar bis auf den Grund. Kleine Fische huschen silbrig ins Dunkel davon. Die Mädchen schwimmen träge umher. Es gluckst und gluckert im Uferschilf. Die Zeit hält an.

Später liegen sie wieder auf der Decke bei ihren Fahrrädern. Vroni hat die Augen geschlossen. Hatü angelt ihr Buch aus dem Fahrradkorb und liest Vroni daraus vor.

»Als der Wind gegen das Haus und die kleinen, undichten Fensterscheiben stieß«, liest sie, »fing hinter mir an dem Drahtseil die stille Gesellschaft mit ihren hölzernen Gliedern an zu klappern. Ich drehte mich unwillkürlich um und sah nun, wie sie, vom Zugwind bewegt, mit den Köpfen wackelten und die steifen Arme und Beine durcheinanderregten. Als aber plötzlich der kranke Kasperl seinen Kopf zurückschlug und mich mit seinen weißen Augen anstierte, da dachte ich, es sei doch besser, ein wenig an die Seite zu gehen.«

»Die weißen Augen sind gräuslich«, murmelt Vroni und schläft ein.

Im Mai ist ihr großer Bruder bei der Schlacht von Charkow gefallen. Er liegt in fremder Erde, hat die Mutter bei der Trauerfeier immer wieder gemurmelt und ein Foto herumgereicht, das ein Kreuz aus weißen Birkenstämmchen zeigte, darauf der Stahlhelm ihres Sohnes. Ein Tropfen fällt aus Hatüs nassen Haaren auf die offene Buchseite. Sie wischt ihn weg. *Pole Poppenspäler* sei das schönste Buch über Marionetten, das es gebe, hat der Vater gesagt. Nachdenklich sieht Hatü über den See. Im Süden steigt die Alpenkette unvermittelt hinter dem Wald hoch, granitgrau und schroff, und auch jetzt im August leuchtet noch der weiße Schnee auf den Gipfeln.

Eigentlich ist es nur ein großes Brett, mit dem der Vater den Türrahmen zwischen Esszimmer und Wohnzimmer verschließt, aber er hat es liebevoll gestrichen, Säulen und Blumenranken darauf gemalt, eine Nymphe auf einem steigenden Pferd, und als die geschlossenen Läden darin nach beiden Seiten aufschwingen wie Flügel, sitzen die Schwestern mit ihrer Mutter plötzlich nicht mehr im Wohnzimmer, sondern in einem Zuschauerraum, und ihr Blick geht auf eine winzige Bühne, die ganz genauso aussieht wie in einem wirklichen Theater. Die Überraschung ist dem Vater gelungen! Sie klatschen begeistert. Und schon hören sie das Geklapper von Schritten und dann erscheint Hänsel. Er kommt langsam von der Seite, geht ein paar Schritte, sieht sich um, als wäre ihm noch alles fremd. Schließlich aber tritt er nach vorn an die Rampe und winkt ihnen zu.

»Wenn ich bitte zur Besichtigung bitten dürfte!«

Sofort springen die Mädchen auf und laufen ins Esszimmer hinüber. Staunend stehen sie in der Tür und sehen jetzt, woran der Vater in den letzten Wochen unten in der Werkstatt jede freie Minute gearbeitet hat: Der ganze Raum ist von einem hölzernen Gestell ausgefüllt, das fast bis zur Decke reicht, Marionetten hängen daran und miniaturkleine Scheinwerfer, und der Vater ist gerade dabei, noch mehr Marionetten aus einer Kiste zu nehmen. Hänsel ist schon da, jetzt kommt auch Gretel dazu. Sie hat blonde Zöpfe aus Wolle. Der bucklichen Hexe mit ihrer großen Nase hat der Vater einen Besen in die Hand gegeben. Ein Reh gibt es noch, einen winzigen Schmetterling und das Waldvögelchen, das im Märchen die Brotkrumen aufpickt. Und schließlich die wunderschöne Fee Zimberimbimba, die auf einer glänzenden Kugel balanciert.

Der Vater zieht die Schuhe aus und steigt auf den Esstisch, den er an die Rückseite der Bühne herangerückt hat.

»Das ist unsere Spielbrücke«, sagt er und schaut zu seinen Töchtern hinab. »Darauf stehen die Puppenspieler.«

Ulla schüttelt skeptisch den Kopf, da ist Hatü schon hinaufgeklettert.

»So nehmen wir die Marionetten«, sagt der Vater und macht es ihr vor. »Und so hängen wir sie wieder zurück, wenn wir sie nicht mehr brauchen.«

Er erklärt den Bühnenwagen, auf dem später die verschiedenen Bühnenbilder stehen werden. Jetzt ist ein Wald dort zu sehen und das Haus der Hexe.

»Kriech mal unter den Tisch, Ulla. Da gibt es einen Sperrholzkasten mit drei Schaltern. *Scheinwerfer 1*, *Scheinwerfer 2* und *Scheinwerfer 3* steht daran. Das ist das Stellwerk. Leg mal den ersten Schalter um.«

Ulla krabbelt unter den Tisch und tut, was der Vater sagt. Die Bühne ist jetzt in warmes Abendlicht getaucht. Die Mutter aus dem Wohnzimmer klatscht. Der Vater nimmt Gretel vom Haken, lässt sie über die Bühnenrückwand fliegen und gibt Hatü das Spielkreuz in die Hand. Nun klettert auch Ulla auf den Tisch. Der Vater gibt ihr den Hänsel.

»Und jetzt wird probiert!«

Anfangs müssen die Schwestern sich anstrengen, dass die Füße ihrer Marionetten den Boden berühren, als stünden sie wirklich darauf, doch die Erfahrung mit Kaspar und Balthasar hilft ihnen. Während sie noch üben, nimmt der Vater die Hexe vom Haken und sie schwebt zwischen Hänsel und Gretel auf die Bühne.

Die Mutter, die ihnen vom Wohnzimmer aus zusieht räuspert sich und sagt mit sehr unheimlicher Stimme: »Knupper, knupper, Kneischen, wer knuppert an meinem Häuschen?«

Die Schwestern lassen Hänsel und Gretel erschrocken zueinandertrippeln, weil die Marionetten jetzt genauso viel Angst haben wie sie selbst, und flüstern: »Der Wind, der Wind, das himmlische Kind.«

Da krümmt die Hexe den Zeigefinger und lockt Hänsel zu sich, was schauerlich aussieht. Er solle doch bitte eine Marionette machen, die genau wie im *Pole Poppenspäler* einen Finger bewegen könne, hat Hatü den Vater angebettelt, und nun freut sie sich ebenso sehr darüber, wie sie sich gruselt. Langsam geht Hänsel zu der bösen Hexe hinüber, seine hölzernen Füße klackern dabei über die Bühne, gleich wird sie ihn in den Käfig stecken. Es ist, als wären die Marionetten lebendig und es spielte überhaupt keine Rolle, dass die Mädchen sie an ihren Fäden halten, so sehr sind sie in das Märchen versunken. Da reißt der Vater plötzlich das Spielkreuz hoch und die Hexe fliegt aus der Szene. Die Schwestern sehen ihn überrascht an.

»Das ist der Herzfaden«, sagt er und zieht mit dem Zeigefinger eine unsichtbare Linie in die Luft von dem armen Hänsel zu ihnen.

»Der Herzfaden?« fragt Hatü.

»Der wichtigste Faden einer Marionette. Nicht sie wird mit ihm geführt, sondern mit ihm führt sie uns. Der Herzfaden einer Marionette macht uns glauben, sie sei lebendig, denn er ist am Herzen der Zuschauer festgemacht.«

»Das hast du dir ausgedacht, Papa«, ruft Ulla.

Der Vater lacht. Er hat sich eine Juno angesteckt, der Aschenbecher kippelt auf einer Ecke der Bühnenwand. Er zieht den Rauch tief ein und stößt ihn wieder aus. Mit der

glühenden Zigarettenspitze zeichnet er wieder jene unsichtbare Linie in die Luft.

»Könnt ihr ihn denn nicht sehen?«

Da hören die Schwestern Applaus aus dem Wohnzimmer, und als wollten sie das seltsame Wort schnell hinter sich lassen, stürmen sie zur Mutter hinüber.

»Wie waren wir?« fragt Ulla.

»Großartig!«

Die Mutter umarmt sie beide. Aber etwas fehle noch, sagt sie, verschwindet für einen Moment im Schlafzimmer und kommt mit einem Kleid aus hellblauer Seide zurück.

»Das ist dein Kostüm als Luise!« Der Vater sieht sie überrascht an.

»Ja, das ist mein Kostüm als Luise. Aber das brauche ich ja nun nicht mehr. Jetzt bin ich keine Schauspielerin mehr, sondern Kostümbildnerin. Und zwar in unserem eigenen Theater!«

Die Mädchen schreien entsetzt auf, als die Mutter das Kleid zerreißt.

»Papperlapapp!« sagt sie. »Hilf mir mal, Ulla.«

Und schon beginnt in der Küche die Nähmaschine zu rattern, während Hatü mit dem Vater vor der leeren Bühne steht.

»Weißt du, weshalb ich Marionetten so liebe?« fragt er.

Hatü sieht ihn fragend an.

»Die Fäden, an denen sie hängen, setzen genau in ihrem Zentrum an, weshalb man denkt, ihre Bewegungen hätten so etwas wie eine Seele. Dabei folgen ihre Glieder bloß dem Gesetz der Schwere. Das sie aber gar nicht kennen. So wenig wie Eitelkeit. Alle Menschen sind eitel. Und alle Menschen brauchen den Boden, um darauf zu ruhen. Marionetten aber nutzen ihn nur wie Elfen, um ihn zu streifen. Das macht ihre Grazie. Verstehst du?«

»Grazie?«

»Ja, Grazie.«

Bevor Hatü weiter nach dem Wort fragen kann, das sie nicht kennt, ist die Mutter aus der Küche zurück und befestigt blaue Seide mit ein paar Nadeln an der bemalten Theaterfront.

»Das ist unser Puppenschrein!« sagt die Mutter zufrieden.

Der Puppenschrein. Hatü gefällt der Name, der so kostbar klingt. Glücklich betrachtet sie die winzige Bühne.

»Aber sollte ein Theatervorhang nicht rot sein?« fragt Ulla.

Der Vater schüttelt den Kopf.

»Im Menschentheater schon, denn rot ist die Farbe unseres Blutes. Marionetten aber haben kein Blut. Ihr Theater hat die Farbe des Himmels.«

Hatü lag schweigend auf dem Boden, die Hand über den geschlossenen Augen, ihr Kostüm glänzte im Mondlicht. Das Mädchen saß noch immer vor ihr. Und es betrachtete sie, als könnte es das Kind, das diese Frau einmal gewesen war, in ihr noch wiederfinden. Irgendwann öffnete sie die Augen und zündete sich wieder eine Zigarette an. Und begann zu singen, während ihr der Rauch aus dem Mund strömte.

»Hänsel und Gretel verliefen sich im Wald.
Es war so finster und auch so bitter kalt.
Sie kamen an ein Häuschen von Pfefferkuchen fein.
Wer mag der Herr wohl von diesem Häuschen sein?«
»War Ihr Vater ein Nazi?«

Der Gesang brach abrupt ab. »Wie kommst du darauf?«

»Na ja, weil er nicht mehr in den Krieg musste. Und weil er weiter am Theater arbeiten konnte. Sind nicht alle, die gegen die Nazis waren, geflohen?«

Hatü schüttelte ernst den Kopf. »Nein, so war das damals nicht. Aber ehrlich gesagt haben meine Schwester und ich darüber auch nicht nachgedacht. Nicht vor dem Ende des Krieges.«

»Ihr Vater hat auch geraucht.«

»Das stimmt«, sagte Hatü. Lächelnd zeigte sie mit der Zigarettenhand nach oben. »Schau, wie der Rauch durch die Luft schwebt. Ebenso schwerelos sind Marionetten.«

Das Mädchen sah, wie Prinzessin Li Si dem Rauch mit den Augen folgte, der von der glühenden Spitze aufstieg. Und auch der alte Storch schaute nach oben, bevor er seinen Schnabel wieder müde auf den Boden legte, neben seine ineinandergefalteten langen Beinen. Bei ihm, am Rand des Mondlichtteppichs, saß der Kleine Prinz mit den goldenen Haaren, und auch er blickte sehnsüchtig dem Rauch nach, wie er sich kräuselte und aufstieg und im Dunkel des Dachstuhls sich verlor.

»Das mit der Grazie verstehe ich nicht«, sagte das Mädchen nachdenklich.

»Machst du Ballett?«

Das Mädchen nickte.

»Und kannst du Spagat?«

Das Mädchen nickte wieder, sprang auf, stellte sich mitten auf den Mondlichtteppich und sank in den Seitspagat. Langsam beugte es den Oberkörper, bis er ganz flach auf dem Boden lag.

»Bravo! Und was kannst du noch?«

Es stand auf und zeigte die Ballettpositionen mit Port de bras, drehte sich in einer akkuraten Pirouette und endete nach ein paar Trippelschritten in einer Arabesque, die Arme elegant ausgestreckt.

»Noch mal bravo! Aber Marionetten sind anders. Soll ich es dir zeigen?«

Das Mädchen konnte sich nicht vorstellen, was Hatü meinte. Trotzdem nickte es.

»Wirklich? Hast du auch keine Angst?«

Natürlich hatte es Angst, aber es war auch neugierig. Mit zusammengekniffenen Lippen schüttelte es den Kopf.

Hatü drückte die Zigarette in dem silbernen Aschenbecher aus und stand auf. Riesengroß hielt sie die Arme über das Mädchen, die Handflächen offen nach unten, und das Mädchen spürte, wie es leichter zu werden begann. So, als tropfte das Gewicht von seinem Körper ab wie Wasser. Zuerst fühlten die Arme sich leichter an, dann die Beine, dann der Kopf, und dann kam es dem Mädchen so vor, als stünde es gar nicht mehr auf dem Boden, sondern spielte dieses Stehen nur noch, während es eigentlich schon schwebte, und das war ein wunderschönes Gefühl. Wie von selbst stand es plötzlich auf den Zehenspitzen, eine richtige Ballerina. Glücklich schaute es zu Hatü hinauf, die ihm zulächelte und jetzt schnell eine Hand nach oben riss.

Mit einem Schwung flog das Mädchen in die Luft, als wären da Fäden an seinem Kopf, Fäden an seinen Oberschenkeln, an den Händen, an den Schultern, die es nach oben zogen. Doch anders als auf dem Trampolin im Garten oder als einmal das Flugzeug auf einem Urlaubsflug mit den Eltern in ein Luftloch geraten war, fühlte sich das nicht so an, als machten alle Gliedmaßen sich selbständig, sondern, als tanzte sein Körper in der Luft. Einen Tanz, von dem es immer schon geträumt hatte. Von all den Pirouetten, Sautés, Ballottés und Grand jetés, die dem Mädchen jetzt zum allerersten Mal und unwirklich leicht gelangen. Es huschte über den Mondlichtteppich, als wäre er eine Bühne.

Nach einer Weile spreizte Hatü die Finger einer Hand und die Arme des Mädchens breiteten sich aus, die andere Hand zog sie nach oben und das Mädchen legte sich in die Luft wie ein Vogel. Das war nun kein Tanz mehr: Es flog! Hatü bewegte einen Zeigefinger und sein Kopf schaute sich um. Es sah hinab auf die Marionetten, die vom Rand des Mondlichtteppichs bis weit in das Dunkel hinein standen, und sah, dass alle Augen ihm folgten bei seinem Flug, all die Puppenköpfe mit ihren geschnitzten Augäpfeln, auf denen die glänzenden Polsternägel wie Pupillen leuchteten.

Schön war es, so zu fliegen! Aber auch ein bisschen unheimlich, denn es fühlte sich an, als wollte alles an seinem Körper etwas, aber es war nicht sein eigener Wille, der das wollte. Hatü zog beide Hände nach oben und nun schwebte das Mädchen plötzlich dicht vor ihrem Gesicht. Klein wie ein Kolibri vor einer Blüte schwebte es einen langen Moment in Hatüs Lächeln. Dann ließ sie das Mädchen vorsichtig wieder hinab. Es spürte, wie seine Füße über den Boden liefen, ohne ihn zu berühren, noch immer ganz schwerelos und tatsächlich so, wie es sich immer die Bewegungen der Elfen vorgestellt hatte.

Schließlich nahm Hatü beide Arme herab und im selben Moment hatte das Mädchen sein Gewicht wieder und empfand zum ersten Mal, wie das ist für die Menschen, an denen immerzu alles nach unten möchte und die sich unentwegt gegen die Anziehung der Erde wehren müssen. Ein bisschen zittrig und verwundert stand es da und schaute Hatü ungläubig an.

Die Gäste verteilen sich im Flur, als warteten sie im Theaterfoyer auf das Klingeln zur Vorstellung. Vater schenkt Sekt aus. Gerade sind die Krohers mit ihren beiden Jungs gekommen. Auch Vroni ist da und flüstert Hatü mit leuchtenden Augen ins Ohr, wie aufgeregt sie sei. Carola Wagner, so schön wie immer in einem Kleid mit großem Dekolleté, hat eine junge Debütantin des Stadttheaters im Schlepptau, die beim Lachen ihre großen weißen Zähne zeigt. Moritz Hauschild, ein früherer Regieassistent des Vaters, scheint das Lachen verlegen zu machen. Er kommt geradewegs von der Front und ist der Einzige, der Uniform trägt. Hatü erkennt das Eiserne Kreuz zwischen seinen Kragenspiegeln. Der linke Ärmel seiner Uniformjacke, ordentlich flach gebügelt und mit einer Sicherheitsnadel festgesteckt, ist leer. Erna Kroher hält dem Vater ihr leeres Glas hin. Hatü sieht, wie er ihr nachschenkt und dann zur Tür geht, um den Ehrengast des Abends zu begrüßen, dem die Mutter an der Garderobe gerade Mantel und Hut abnimmt.

Erich Pabst war Intendant in Osnabrück, als die Eltern sich dort kennenlernten. Er hat sie seinerzeit überredet, mit ihm nach Augsburg zu kommen. Seit er 1936 die Stadt wieder verlassen hat, sehen sie sich nur selten. Er trägt tatsächlich einen Frack. Und ein Monokel wie sein großes Vorbild Fritz Lang, in dessen Stummfilm *Der müde Tod* er als junger Schauspieler eine kleine Rolle hatte. Der Vater winkt seine Töchter heran und sie geben dem berühmten Intendanten artig die Hand.

»Meine Große hat heute Geburtstag.«

»Und wie alt bist du geworden?« Pabst lächelt Ulla zu.

»Dreizehn«, sagt sie schüchtern. Es ist der 15. November 1942. Sie ist froh, dass Pabst sie nicht mehr beachtet.

»Eigentlich war Der müde Tod ja auch ein Grimm'sches Märchen«, sagt Pabst.

»Gevatter Tod«, nickt der Vater.

»Ja, natürlich. Lang hat immer gesagt, über die inneren Probleme des Menschen erfahre man aus den Märchen am meisten. Sie seien die Fibel, aus der man als Kind die eigenen Gefühle zu lesen gelernt habe. Deshalb hören sie auch nicht auf, uns zu ergreifen.«

Hatü ist viel zu aufgeregt, um zuzuhören. Ihre Blicke huschen umher. Auch die Kratzerts sind jetzt da, der Vater hat sie eingeladen, weil der Karosseriebauer ihm in den letzten Monaten seine Werkstatt überlassen hat. August Kratzert schwitzt in seinem ungewohnten Anzug, und auch Theo scheint sich in seiner HJ-Uniform unwohl zu fühlen. Die Erinnerung, wie er sie im Hof bedrängt hat, überfällt Hatü wieder, schnell sieht sie weg.

»Weißt du noch, wie es uns gelungen ist, Strauss herzuholen?« Pabst schlägt dem Vater lachend auf die Schulter. »Die Elektra auf der Freilichtbühne war ein Triumph!«

»Ja«, nickt der Vater. »Aber ich hab Blut und Wasser geschwitzt!«

»Jung warst du! Und jetzt? Schau dich an! Landesleiter der Reichstheaterkammer.«

Der Vater schüttelt unwirsch den Kopf.

»Fritz Lang«, mischt sich Carola Wagner ins Gespräch der beiden Männer, »soll ja noch am selben Tag, als man ihm die Leitung des deutschen Films anbot, alles stehen und liegen gelassen und den Nachtzug nach Paris genommen haben.«

Sie macht eine Pause und sieht Pabst fragend an. »Und dann gleich weiter nach Amerika.«

Bevor Pabst etwas erwidern kann, klingelt es erneut und alle sehen zu, wie die Mutter den neuen Gast begrüßt. Ein alter Mann, dem das Gehen sichtlich schwerfällt. Sein Anzug, an der Weste eine goldene Uhrkette, ist abgestoßen. Plötzlich ist Vroni bei Hatü und schiebt die Hand in ihre. Halbjude, flüstert sie und Hatü erschrickt, während die Mutter den Gast ganz langsam heranführt. Pabst, dem man seine Überraschung anmerkt, versucht einen Scherz, über den niemand lacht.

»Arthur! Wie schön, dass es Sie auch noch gibt!«

Arthur Piechler fühlt sich sichtlich unwohl unter all den Blicken, die ihn mustern. Ein flackerndes, entschuldigendes Lächeln huscht über sein Gesicht. Dabei kann er nichts dafür, dass sein Erscheinen allen unheimlich ist, weil sie nicht wissen, was dem stadtbekannten Komponisten drohen mag. Und unheimlich sind sie sich selbst, weil sie sehr genau wissen, dass das, was ihm droht, für sie keine Rolle spielt. Es ist, als wäre er schon gar nicht mehr da. Wie einen Geist sehen sie ihn an und das Schweigen, das bleiern auf der Runde lastet, erträgt vor allem Erich Pabst kaum. Ihn erinnert der Komponist unangenehm an eine eigene Schuld. Als Intendant hat er den jüdischen Kapellmeister des Theaters entlassen. Es gab Gründe, es gab Rücksichten, aber es wäre doch noch nicht nötig gewesen. Er spürt, dass er das Schweigen keine Minute länger aushält, und sein Blick fällt durch das Monokel auf einen dicklichen Jungen in HJ-Uniform.

»Na, Pimpf!« ruft er ihm zu. »Wie steht's um den Endsieg?«
Theo wird puterrot im Gesicht.

»Ach, lassen Sie doch den Jungen, Pabst.«

Arthur Piechler legt Theo sanft eine Hand auf die Schulter. Die beiden Männer sehen sich an. Da schlägt Rose Oehmichen dreimal den Gong.

Alles atmet erleichtert auf, strömt ins Wohnzimmer und verteilt sich auf den Stühlen und Sesseln, die einen Halbkreis um die Fassade des Puppenschreins bilden. Ganz zuletzt suchen sich, etwas divenhaft, auch Carola Wagner und die Debütantin ihre Plätze. Immerhin fünfzehn Besucher hat ihr kleines Theater, denkt Hatü stolz.

Sie hat ein Schild geschrieben, auf dem *Bühneneingang* steht, und es an die Tür des Esszimmers geheftet, die sie jetzt hinter sich schließt. Aufgeregt nimmt sie das Spielkreuz der Gretel vom Haken und ruft sich noch einmal ins Gedächtnis, was ihr nach den Proben der letzten Wochen längst in Fleisch und Blut übergegangen ist. Das ist das Kopfholz, seine beiden Fäden beeinflussen die ganze Haltung der Marionette. Gretel schüttelt den Kopf. Das ist die Fußwippe, von der die Fäden für die Beine abgehen. Gretel macht ein paar Schritte. Das ist das Schulterholz, nur lose am Kreuz befestigt, es trägt das Hauptgewicht der Marionette und sorgt dafür, dass ihr Kopf sich frei bewegen kann. Und schließlich das Handholz. Gretel winkt zu ihr herauf. Dann gibt es noch den Komplimentierfaden, mit ihm kann die Marionette sich verbeugen.

Den Herzfaden aber gibt es nicht. Und es gibt ihn doch in der unheimlichen Verwandlung, die Hatü jedes Mal erlebt, wenn der ganze klappernde Apparat aus Holz und Schrauben und Fäden durch eine einzige Bewegung ihrer erhobenen Hände zu einem Wesen mit Wünschen und Absichten zu werden scheint. Aber jetzt ist keine Zeit für solche Gedanken, Hatü hört, wie ihr Vater nebenan allen viel Vergnügen wünscht. Sie lauscht auf das Rascheln und Stühlerücken, auf das Husten und Tuscheln, das, wie in einem richtigen Theater, langsam verstummt.

Ulla und die Eltern kommen herein. Alle wissen, was zu tun ist. Der Vater und die beiden Mädchen steigen leise auf die Spielbrücke. *Toitoitoi!* flüstert er und zieht eine kleine Spieluhr auf. Als die Melodie einsetzt, dreht er an der kleinen Kurbel und langsam öffnen sich die Läden. Hatü kommt es vor, als würde die Stille nebenan noch ein wenig stiller, und sie stellt sich vor, wie der Vorhang jetzt hellblau im Dämmer glänzt. Der Vater nickt zu der Mutter hinunter, die den Vorhang unter den letzten verzauberten Tönen aufzieht und die Scheinwerfer einschaltet. Die Stube im Haus des Holzhackers und seiner Familie erscheint in schummrigem Licht. Ulla hält die Spielkreuze von Gretel und Hänsel, die in ihren kleinen Betten liegen und sich nicht rühren.

»Was soll aus uns werden?« sagt der Vater. Seine Marionette lässt den Kopf hängen. »Wie können wir unsere armen Kinder ernähren, da wir für uns selbst nichts haben?«

Von der Seite der Bühne sagt die Mutter: »Weißt du was, Mann? Wir wollen morgen in aller Frühe die Kinder hinaus in den Wald führen, wo er am dichtesten ist. Da machen wir ihnen ein Feuer und geben jedem noch ein Stückchen Brot, bevor wir an unsere Arbeit gehen. Sie finden den Weg nicht wieder nach Haus und wir sind sie los.«

»Nein, Frau«, sagt der Vater. Seine Marionette schüttelt grimmig den Kopf. »Das tue ich nicht! Wie sollt ich's übers Herz bringen, meine Kinder im Walde allein zu lassen! Die wilden Tiere würden bald kommen und sie zerreißen.«

»Oh, du Narr!« sagt die Mutter, »so müssen wir alle vier Hungers sterben, du kannst nur die Bretter für die Särge hobeln.«

»Aber die armen Kinder dauern mich doch.« Die Stimme des Vaters klingt jetzt todtraurig. Seine Marionette sackt am Tisch in sich zusammen.

Die Mutter schaltet den Scheinwerfer aus, sodass nur der Mond noch in die Stube scheint, eine Pergamentpapierscheibe im Fenster an der Bühnenrückwand, hinter die der Vater ein Lämpchen geklebt hat. Schnell gibt ihm Hatü die Marionette der Mutter und nimmt von Ulla, die schon darauf wartet, Gretel.

»Nun ist's um uns geschehen«, sagt sie und lässt Gretel in ihrem Bett matt den Kopf schütteln. Konzentriert sieht sie Ulla an.

»Still, Gretel«, antwortet Ullas Hänsel. »Gräme dich nicht, ich will uns schon helfen.«

Der Vorhang rauscht zusammen, die hellblaue Seide wippt einen Moment lang nach. Alles geht jetzt so schnell, dass Hatü keine Zeit bleibt, über ihr Spiel nachzudenken. Schon schiebt die Mutter den nächsten Bühnenwagen vor, ändert die Beleuchtung, und der Vorhang geht wieder auf. Jetzt ist es Tag und die Mutter sagt: »Nun legt euch ans Feuer, ihr Kinder, und ruht euch aus, wir gehen in den Wald und hauen Holz. Wenn wir fertig sind, kommen wir wieder und holen euch ab.«

Doch die Eltern kommen nicht wieder. Ulla sagt: »Wir werden den Weg schon finden.«

Aber sie finden ihn nicht. Sie gehen die ganze Nacht und noch einen Tag von Morgen bis Abend, ohne aus dem Wald herauszukommen, und haben nichts zu essen als die Bee-

ren, die sie pflücken. Nun ist's schon der dritte Morgen und wenn nicht bald Hilfe kommt, müssen sie verschmachten. Da greift der Vater sich das schöne schneeweiße Vögelein, lässt es über die Bühne flattern und pfeift dazu. Es fliegt vor Hänsel und Gretel her und sie folgen ihm, bis sie zu einem Häuschen gelangen, auf dessen Dach es sich setzt. Das ist ganz aus Brot gebaut und mit Kuchen gedeckt, die Fenster sind von hellem Zucker.

Ulla wirft Hatü einen Blick zu und lächelt. Mit feiner Hänsel-Stimme sagt sie: »Wir wollen uns dranmachen und eine gesegnete Mahlzeit halten. Ich will ein Stück vom Dach essen, Gretel, du kannst vom Fenster essen, das schmeckt süß.«

Sie lässt Hänsel die Arme ganz hoch recken, wozu sie sich selbst auf die Zehenspitzen stellen und das Spielkreuz über ihren Kopf halten muss. Und Hatü trippelt mit Gretel vor das Fenster und bewegt den Puppenkopf, als schlecke sie daran wie an einem Lutscher. Die Marionetten wollen gar nicht mehr aufhören damit, denn die Schwestern verstehen die beiden nur zu gut. So viel Mühe sich die Mutter auch macht, gibt es doch Tage, an denen sie hungrig vom Tisch aufstehen. Und Lebzelten erst, Honigkuchen, Pfefferkuchen! Hatü muss an den Christkindlesmarkt denken, der in diesem Jahr noch dunkler und trauriger war als im letzten.

»Knupper, knupper, Kneischen, wer knuppert an meinem Häuschen?« ruft endlich die Mutter.

Ulla und Hatü, über die Bühne gebeugt, in den Händen die Spielkreuze, antworten wie aus einem Mund: »Der Wind, der Wind, das himmlische Kind!«

Da eine Marionette wegen der Fäden nicht durch eine Tür gehen kann, kommt die Hexe hinter der Fassade des Häuschens hervor. »Ei, ihr lieben Kinder, wer hat euch hierhergebracht? Kommt nur herein und bleibt bei mir, es geschieht euch kein Leid.«

Sie krümmt den Zeigefinger ihrer rechten Hand, was der Vater lange geübt hat, weil es dafür einen eigenen Faden braucht, der auch noch auf ungewöhnliche Weise an der Marionette befestigt werden musste. Unheimlich sieht es aus, wie die Alte die Kinder lockt. Und so geht das Stück langsam seinem Ende entgegen. Hatü hat ihren Auftritt mit der guten Fee Zimberimbimba, die auf einer glänzenden Kugel steht und die der Vater dazuerfunden hat. Und der Käfig kommt auf die Bühne.

»Hänsel, streck deine Finger heraus, damit ich fühle, ob du bald fett bist«, ruft die Mutter mit ihrer schrecklichsten Hexenstimme. Hatü befestigt in einem Moment, in dem die Zuschauer es nicht sehen können, schnell das Knöchelchen an Hänsels Hand, das er der Hexe nun entgegenstreckt.

Und schon steht Gretel vor dem Ofen, den der Vater in der Werkstatt aus Eisenblech geschweißt hat. In seinem Innern glüht es, und echter Rauch steigt daraus auf. »Ich weiß nicht, wie ich's machen soll. Wie komm ich da hinein?«

»Dumme Gans«, sagt die Hexe, »die Öffnung ist groß genug, siehst du wohl, ich könnte selbst hinein.«

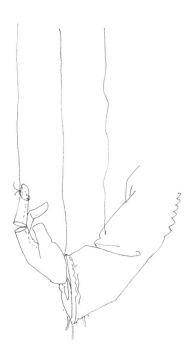

Sie wackelt heran und steckt den Kopf in den Backofen. Der Vater steht neben Hatü, ihre Arme mit den Spielkreuzen berühren sich. Sie lassen keinen Blick von dem, was auf der Bühne geschieht. Es braucht einen Trick, damit es für die Zuschauer so aussieht, als verschwände die Hexe tatsächlich im Ofen, und beide müssen sich sehr konzentrieren, damit er gelingt. Und dennoch denkt Hatü an die Fabrik, an die Hitze und den geschmolzenen Stahl. Wie furchtbar muss es sein, in einem Ofen zu verbrennen! Und an die alte Frau Friedmann muss sie denken und an den leeren Uniformärmel des armen Moritz Hauschild. Und sie merkt, dass der Vater sie ansieht, weil er nicht weiß, warum sie zögert. Da gibt Gretel der Hexe einen Stoß, macht die eiserne Tür zu und schiebt den Riegel vor. *Hu! Da fängt sie an zu heulen, ganz grauslich, aber Gretel läuft fort und die gottlose Hexe muss elendiglich verbrennen.*

Stumm machten die Marionetten Platz und Hänsel und Gretel traten nach vorn, Gretel in ihrem karierten Kleid und den dicken Wollzöpfen neben dem strubbeligen Hänsel. Ihre nackten Holzfüße klackerten über den Boden. Hänsel begann gleich damit, auf dem Mondlichtteppich weiße Kieselsteine zu verteilen, die im Licht glänzten wie lauter silberne Batzen. Das Mädchen sah zu, wie er langsam einen nach dem anderen auf den Boden legte, und das Herz wurde ihm schwer dabei. Als Hänsel keine Kiesel mehr hatte, setzte er sich zu Gretel mitten ins Licht.

»Ich würde gern nach Hause«, sagte das Mädchen.

Hatü, die den Marionetten schweigend zugesehen hatte, sah sich nach ihm um. »Weißt du denn, wo das ist?«

Das Mädchen dachte an seine Mutter und an sein Zimmer, an seine Freundinnen und an die Schule, und dann musste es wieder an seinen Vater denken, der jetzt bestimmt nach ihm suchte.

»Nein«, sagte es traurig.

»Da musst du wohl noch bei uns bleiben.« Hatü begann wieder leise zu singen: »Hänsel und Gretel verliefen sich im Wald. Es war so finster und auch so bitter kalt.«

Das Mädchen wurde noch trauriger bei diesem Lied. Dann aber kniete sich Prinzessin Li Si ganz so, wie chinesische Prinzessinnen das tun, neben Hatü auf den Boden. »Hab keine Angst, Mädchen«, flüsterte sie ihm zu. »Jetzt, wo du fliegen kannst, bist du eine von uns.«

Unsicher musterte das Mädchen die Marionetten um es her und stellte sich vor, wie es wäre, wenn die Prinzessin recht hätte und es eine von ihnen sein könnte. Vielleicht eine Tänzerin wie die aus dem Märchen vom standhaften Zinnsoldaten. Für immer schwerelos und leicht, und seinem Körper wäre ganz egal, was es dachte und wollte.

Hatü schlüpft durch die angelehnte Tür ins Wohnzimmer. Die Omama lächelt ihr vom Sofa aus entgegen, auf dem die Mutter ihr das Bett aufgeschlagen hat. Gedämpft von einem Seidentuch, verbreitet die Stehlampe einen dünnen roten Schein. In der Hand hat Hatü das Buch, das ihr die Omama mitgebracht hat. Fast zwei Tage hat ihre Fahrt nach Augsburg gedauert. Stundenlang, hat sie erzählt, habe sie in der Nacht auf Nebengleisen warten müssen, während endlos die Waggons mit Soldaten in Richtung Osten vorbeigerattert seien, von dort kommend die Lazarettzüge mit den Verwundeten. *Kasperle auf Reisen:* Zunächst war Hatü enttäuscht gewesen von diesem Geschenk, doch obwohl es ein Kinderbuch ist, konnte sie nicht anders, als die Geschichte vom Kasperl, der keine Puppe, sondern wirklich lebendig ist, in einem Rutsch durchzulesen. Auf dem Titelbild ist eine rote Kutsche zu sehen, der lachende Kasperl hinten auf dem Gepäckbrett. Der Graf mit seiner Allongeperücke schaut sich nach dem blinden Passagier um.

»Am besten hat mir gefallen, wie der Kasperl fast hundert Jahre in dem alten Schrank verschlafen hat.«

»Hätt auch tausend Jahre schlafen können«, sagt die Omama.

»Tausend Jahre?«

»Bis unser Tausendjähriges Reich vorüber ist! Aber so lang wird's gar nicht dauern. Was ist der Unterschied zwischen der Sonne und dem Hitler?«

Hatü schüttelt den Kopf.

»Die Sonne geht im Osten auf und der Hitler geht im Osten unter.«

Hatü weiß nicht, ob sie lachen soll. Solche Witze darf man nicht erzählen. Die Omama aber lacht, bis sie von ihrem eigenen Lachen husten muss.

»Was bist du groß geworden, Mäderl!« sagt sie zärtlich. »Du glaubst wohl, du bist schon zu alt für ein Kasperlbuch?«

Hatü nickt verlegen. Sie hat ihre Omama sehr lieb, die in Berlin wohnt, wo sie vor langer Zeit den Opapa kennengelernt hat, der schon lange gestorben ist. Eigentlich aber stammt sie aus Wien und Hatü mag den Klang ihrer Stimme und die fremden Wörter, die nur sie benutzt und, ganz selten, auch die Mutter. Einmal haben sie die Omama in Berlin besucht und Hatü erinnert sich noch genau an die hohen Zimmer in ihrer Wohnung, die knarzenden Dielen und einen glänzend gelben Kachelofen, der fast bis zur Decke reichte und auf dem ein Adler thronte aus Porzellan. Ansonsten hat sie fast alles vergessen von der großen Stadt, nur ein paar Worte weiß sie noch und seltsamerweise Farben, die zu ihnen gehören: Tiergarten, das ist dunkelgrün, Café Kranzler rot und elfenbein.

»Die Berge von Leichen, Hatü! Fünfhunderttausend in Stalingrad, fünfzigtausend jetzt bei Kursk, zerfetzt, erschossen, verhungert, erfroren. Und noch viel mehr bei den Russen, den Engländern. Alles Söhne von Müttern!«

Ihr Blick geht über Hatü hinweg, doch dann wird ihr bewusst, wie unpassend es ist, ihre Enkelin mit all dem zu belasten, und sie lächelt ihr schmerzhaft zu. »Spielst du denn gern Kasperltheater?«

Durch Hatüs Kopf wirbeln die grauenvollen Bilder. Noch nie hat jemand so mit ihr gesprochen. Sie nickt heftig.

»Deine Mamschi macht aber auch schöne Kostüme! Weißt du eigentlich, dass ich ihr das Nähen beigebracht hab? Hat sie dir erzählt, weshalb sie Rose heißt?«

Hatü schüttelt den Kopf.

»In Paris hat's vor langer Zeit einmal eine Putzmacherin gegeben, wie ich früher selber eine war. Und die hat Rose geheißen, Rose Bertin.«

»Was ist eine Putzmacherin?«

»Eben eine wie die Rose Bertin. In ihrem Geschäft hat man alles kaufen können: Hauben und Halstücher, Mascherln und Muffs, Fächer, Gürtel, Handschuhe, Pantoffeln und lauter solche Sachen. Die Rose Bertin war so berühmt, dass selbst die Königin Marie Antoinette ihre Sachen getragen hat. Besonders berühmt waren ihre Frisuren mit Blumen, Früchten oder Federn darin.«

»Blumen und Früchte in den Haaren? Das glaub ich nicht!«

Hatü muss lachen. Doch gleich ist sie wieder ernst und schaut das Kasperlbuch vor sich auf den Knien an.

»Wie war es, als du ausgebombt wurdest?« fragt sie leise.

Die Omama ist eine kleine, dralle Person, die sich auch im Alter ihr Kussmündchen bewahrt hat, das sie stets mit rotem Lippenstift betont. Immer trägt sie eine Perlenkette eng um das weiche Fleisch ihres Halses. Jetzt flattern die fast durchsichtigen Lider über ihren hellen Augen, während sie Hatü lange ansieht. Auf dem Tischchen neben dem Sofa steht ein Glas Wasser, über dem ein Spitzentaschentuch liegt. Mit einem Seufzer nimmt sie es herunter und trinkt einen Schluck.

»Sie kommen immer in der Nacht. Erst die Vorausflieger, die die Ziele markieren, Tannenbäume nennen die Berliner, was dann hell am Himmel steht. Dort, weiß man, fallen gleich die Bomben. Es ist ein unheimliches, kaltes Licht, das über den Häusern glitzert. Und schon kommen die Bomber, Hunderte von ihnen, wie Kraniche, die in den Süden ziehen, und ihr Dröhnen erfüllt die Luft.«

»Aber im Bunker ist man doch sicher, Omama? Wir haben einen im Keller, einmal mussten wir schon hinein. Darin können wir schlafen wie der Kasperl in seinem Schrank.«

»Ja, die im Bunker an giftigen Gasen ersticken, schauen wirklich so aus, als täten sie schlafen. Anderen aber zerreißt es die Lungen, das ist blutig. Und wieder andere werden gekocht im heißen Wasser aus den kaputten Leitungen. Oder zerschmettert, wenn die Bunkerdecke unter dem einstürzenden Haus nachgibt.«

Die Großmutter verstummt, als sie das Entsetzen in Hatüs Gesicht sieht.

»Hitler, Göring, Himmler und Goebbels sitzen im Bunker: ein Volltreffer. Wer überlebt?«

Hatü schüttelt stumm vor Angst den Kopf.

»Na wir!«

Die Großmutter lacht. Und ist erleichtert, als auf dem Gesicht ihrer Enkelin tatsächlich ein Lächeln erscheint.

Es hat geschneit am Morgen und in der trockenen Kälte weht der Schnee in dünnen Fähnchen über den Boden, sammelt sich an den Säulen, um den Brunnen, in den flachen Sandsteinstufen, und das weiße Glitzern versieht den Kreuzgang des Klosters Maria Stern in der Abenddämmerung mit unwirklichen Konturen. Hatü, eingemummelt in ihren Wintermantel, hat ihr Fahrrad in der Nähe der Pforte abgestellt, ohne einen Blick für den hohen schmalen Turm des Klosters mit seiner Zwiebelhaube, der zwischen den beiden steilen Giebeln der Fassade aufgeht wie ein Blumenstengel. Nach den vielen Vorstellungen, die sie in den letzten Monaten für Freunde gegeben haben, spielt der Puppenschrein heute zum ersten Mal nicht zu Hause, sondern vor den verwundeten Soldaten hier im Kloster. Auch auf die Militärlastwagen mit dem roten Kreuz, die im Hof parken, achtet sie nicht, nicht auf den Verhau aus weißen Bettgestellen und anderem Krankenhausinventar, das sich in einer Ecke auftürmt, nicht auf das Feuer, von Männern in weißen Kitteln mit immer neuen Bündeln aus blutigem Verbandsmaterial genährt. Doch ein leiser Ruf genügt, sie aus ihren Gedanken zu reißen.

»Hatü!«

Überrascht dreht sie sich um. Hanns steht am Brunnen in der Mitte des Hofes.

»Ich hab keine Zeit, ich muss spielen«, ruft sie ihm zu und will weiter. Versteht selbst nicht, weshalb sie nicht freundlicher zu ihm ist.

»Das weiß ich doch! Deshalb bin ich ja hier.«

Da bleibt sie doch stehen. Betont langsam schlendert er zu ihr herüber, die Hände in den Hosentaschen, den Kragen der viel zu dünnen Jacke aufgestellt. Die Haare fallen ihm ins Gesicht, und als er vor ihr steht, pustet er sie weg und lächelt ihr in der Dämmerung zu.

»Wegen der blöden Puppen seh ich dich überhaupt nicht mehr.«

»Dann komm halt mit«, sagt sie schnippisch.

Warme, verrauchte Luft schlägt ihnen entgegen, als Hatü die schwere Tür des Refektoriums aufdrückt, dazu ein unangenehm süßer Geruch nach Jodtinktur und Schweiß. Bei Kriegsbeginn wurde das Kloster zum Hilfslazarett und das Refektorium zum Krankensaal. Hatü und Hanns suchen sich ihren Weg zwischen den Betten hindurch und an den Rotkreuzschwestern mit ihren weißen Hauben und Kittelschürzen vorbei, die Nierenschalen bringen und Bettpfannen wegtragen, Verbände wechseln und jenen Verwundeten, die sich nicht aufzurichten vermögen, ein Glas Wasser an die Lippen führen.

Der Vater ist schon dabei, die Scheinwerfer auszurichten. Als er Hatü entdeckt, drückt er seine Zigarette aus und macht ein säuerliches Gesicht, aber nicht etwa, weil sie zu spät käme. Seit ein paar Wochen gibt es keine Juno mehr, die Zigarettenfabrik in Berlin wurde bei einem Luftangriff zerstört, und was er stattdessen rauchen muss, schmeckt ihm nicht.

Bevor Hatü hinter den Vorhang schlüpft, sieht sie sich noch einmal nach Hanns um. Verloren steht er zwischen all den Männern, die, mit nichts als Unterwäsche am Leib, in dem überhitzten Raum auf ihren Betten liegen. Überall Verbände und chromblitzende Gestelle, die bandagierte Beine und Arme fixieren, umwickelte blutige Stümpfe, morphiumnasse Augen, die ins Nichts gehen. Wie schmächtig und jung er zwischen den Soldaten aussieht, dabei ist er zwei Jahre älter als sie, fünfzehn wohl schon. Bald wird er selber einer sein, denkt sie, und er tut ihr leid. In diesem Moment wird das Licht im Saal bis auf die Scheinwerfer gelöscht. Bevor sie sich zur Spielbrücke umwendet, sieht Hatü gerade noch, wie Hanns sich schüchtern auf das Fußende eines Bettes setzt.

Als die Schwestern mit der Mutter und der Großmutter in den Luftschutzkeller kommen, sind Kratzerts schon da. Der Hausbesitzer, der auch Luftschutzwart ist, drückt die schwere Stahltür zu, legt die Riegel um und setzt sich wieder auf den Stuhl neben das Drahtfunkgerät. Gerade knistert eine Stimme aus dem kleinen Lautsprecher.

»Achtung! Achtung! Hier spricht das Flugüberwachungskommando Südwest. Wir geben eine Luftlagemeldung! Der gemeldete Verband Feindflugzeuge hat seinen Kurs geändert und befindet sich jetzt im Anflug aus Richtung Süden. Schätzungsweise dreihundert Bomber der Royal Air Force fliegen über Amiens in den Raum Augsburg ein. Wir melden uns in Kürze wieder.«

Früher standen Fahrräder und alte Kisten hier, das Regal mit den Konserven und Einmachgläsern ist noch da, dazu jetzt Feldbetten und ein paar Stühle. Im Laufe des letzten Jahres wurde die Kellerdecke mit Holzstämmen abgestützt, der Lichtschacht zugemauert, der Eingang mit der Stahltür versehen. Überall in der Stadt wurden die Keller so umgebaut, während aus vielen Städten des Reichs Meldungen über Bombardierungen kamen und die Wochenschau Bilder der Ruinen zeigte. Bis auf einen einzigen Angriff ist Augsburg bislang verschont geblieben, aber alle wissen, das ist nur eine Frage der Zeit, zu kriegswichtig sind die Messerschmitt-Werke und MAN. Und so steht seit Monaten in der Wohnung ein Koffer mit allen Dokumenten und der nötigsten Kleidung neben der Eingangstür, dazu eine Tasche, in die hat die Mutter noch schnell alle vorhandenen Lebensmittel gepackt, als eben der Alarm losging.

Es ist die Nacht des 25. Februar 1944. Die Frauen setzen sich auf die Kisten, die Kinder auf eines der Feldbetten, Hatü kuschelt sich in die Arme ihrer älteren Schwester. Der Vater ist nicht bei ihnen. Im Theater wird *Der Kreidekreis* gegeben und er hat sich zur Brandwache einteilen lassen. In ängstlicher Erwartung horchen alle in die Stille hinein. Schnell beginnt es stickig zu werden im Keller, durch das Lüftungsgitter neben der Stahltür kommt nur wenig Frischluft herein. Hatü beobachtet Theo, der in seiner HJ-Uniform auf einem der anderen Feldbetten sitzt und an den Nägeln kaut. Als er ihren Blick bemerkt, formen seine Lippen ein tonloses Wort, das sie nicht versteht.

Dann gibt es eine Explosion in allernächster Nähe, alle schreien, die Glühbirne flackert ein paarmal in ihrem Drahtkäfig und verlöscht. Doch bevor es im Keller dunkel wird, sieht Hatü jeden einzelnen Stein der Wände erzittern und wie der Putz von der Decke herabrieselt. Der Staub hüllt sie im Dunkeln ein, sie spürt ihn auf den Lippen, in den Augen, hält sich ihre Jacke vor den Mund und muss doch husten.

Das Einzige, was sie noch hört, ist das Fiepen in ihren tauben Ohren. Der Betonboden vibriert unter den Explosionen, die ihn jetzt ohne Pause erschüttern, aber nur dumpf zu ihr durchdringen. Und irgendwann hört sie, wie von fern, die Stimme der Schwester nah an ihrem Ohr.

»Hänsel und Gretel«, singt Ulla leise, »verirrten sich im Wald.« Hatü biegt ihr Handgelenk so zu sich hin, dass sie die Leuchtziffern der Uhr ablesen kann: Kurz nach eins ist es.

Irgendwann leuchtet die Glühbirne flackernd wieder auf. Im Raum tanzt der Staub wie Nebel. Niemand bemerkt zunächst, dass es draußen längst still geworden ist, so sehr kämpfen alle hustend um jeden Atemzug. Als endlich die Entwarnung über Drahtfunk kommt, wirft Kratzert die beiden Hebel der Stahltür herum und stößt sie auf. Vergessen die Angst, was draußen ist. Nur Luft!

Vorhänge aus Brandfontänen jagen unter scheußlichem Geheul gen Himmel, der blutrot ist. Der Schnee auf dem Hof schwarz vor Asche. Vorsichtig wagt die kleine Gruppe sich um das Haus herum, das wie ein Wunder unzerstört ist, und tastet sich vor zur Straße. Die Mutter hält jede der beiden Schwestern an einer Hand. Alles scheint verschwunden in Feuer und dichtem Rauch. Von überall hört man Menschen schreien im ohrenbetäubenden Lärm, vor Angst oder vor Schmerz, sieht sie fliehen vor den Explosionen, den zusammenstürzenden Fassaden, dem Feuerregen, der aus den brennenden Dächern herabweht. Hatü starrt reglos in das Inferno, als könnte sie sich nicht sattsehen daran.

Erst am Morgen kommt der Vater zurück. Knirschend zertritt er eine Scherbe und Hatü wacht davon auf. In Stiefeln und Mantel steht er da und Hatü sieht ihm mitten in das entsetzte, müde Gesicht. Die Wucht der Detonationen hat alle Fenster bersten lassen, nun weht ein eisiger Wind durch die Zimmer. Scherben überall, schwarze Asche auf den Möbeln. Hatü erinnert sich an das Fauchen der Flammen in der Nacht, die der Wind immer wieder anfachte. Die Mutter saß lange zitternd auf einem Stuhl. Keiner hatte einen Blick für den anderen. Irgendwann sind alle in Mänteln und Schuhen in ihre Betten gekrochen. Nun ist es still. Ein neuer Tag, doch hell geworden ist es nicht. Der Atem steht dem Vater gefroren vor dem Mund, während er erzählt. Das Theater zerstört, völlig ausgebrannt. Es war so kalt, dass das Wasser in den Schläuchen und Spritzen der Feuerwehr gefror. Hilflos hätten sie zusehen müssen, wie alles verbrannte.

»Und die Marionetten?«

Der Vater schüttelt nur stumm den Kopf.

Sie sieht ihn an, bis die Gewissheit in ihrem Inneren ankommt. Dann springt sie wortlos auf, stürmt die Treppe hinab und durch die nutzlose zerbrochene Haustür hinaus auf die Straße. Die Sonne ist nichts als eine rote Scheibe im dichten Rauch. Hatü taucht ein in den Strom der Flüchtlinge, große Bündel auf den Schultern, Handwagen, vollgepackt mit geretteter Habe. Abgefackelte Bäume, verkohlte Körper mit verglasten Augen auf den Gehsteigen, Pferdekadaver, beißender Brandgeruch. Alle wollen hinaus aus der Stadt. Eine Weile irrt Hatü mit ihnen umher, dann ist sie, ohne zu wissen auf welchem Weg, am Ziel.

Die Ruine des Theaters dampft, glüht aus, man spürt die Hitze des Feuers noch. Hatü öffnet ihren Mantel, während sie sich vorsichtig Schritt für Schritt vorantastet in das zerstörte Gebäude. Leitungen, Balken, Mauerreste türmen sich um sie auf, durcheinander, übereinander, verbrannt und zerstoßen, von der Hitze verbogene Eisenträger wachsen gierig dem Licht zu, das Parkett schlägt Wellen, als brandete es an einen unsichtbaren Strand.

In all dem entdeckt Hatü tatsächlich den Puppenschrein, sieht die verkokelten Reste der gemalten Nymphe. Die Augen ihres steigenden Pferdes sehen sich angstgeweitet nach dem schwarzen Ruß um, der es von allen Seiten verschlingen will. Doch keine der Puppen findet sie mehr, Hänsel nicht, nicht seine Eltern, nicht das schöne schneeweiße Vögelein, das Reh nicht und nicht die Fee Zimberimbima auf ihrer leuchtenden Kugel. Nicht einmal die Hexe mit dem beweglichen Finger. Doch dann entdeckt sie Gretel, mit dem Gesicht in der Asche, die blonden Zöpfe nur mehr schwarze Stoppelreste auf dem nackten Kopf. Und ein Fetzen des seidenen hellblauen Vorhangs, der einmal das Kostüm ihrer Mutter als Luise Miller gewesen ist, flattert, unbegreiflicherweise unversehrt und leuchtend wie je, im heißen Wind, der durch die Ruine streicht.

A lles verbrannt! Alles verbrannt!«
Das Mädchen drehte sich erschrocken um, als die laute Stimme loskrähte. Ein hämisch lachender Kasperl stand so dicht hinter ihm, dass seine lange Nase ihm beinahe in die Augen hackte.

»Wer bist denn du?« entfuhr es ihm. »Etwa der Kasperl aus dem Buch von der Omama?«

»Ein Kasperl von einer Omama? Nein, das bin ich nicht!«

Erschrocken musterte das Mädchen das derbe Gesicht, in das ein Lachen eingeschnitten war, das von einem Ohr zum andern ging. Der Kasperl trug eine spitze Kappe mit einer großen Schelle daran und viele immerzu klingelnde kleine Schellen an seinem rotblauen Wams.

»Na«, rief er den Marionetten zu, die ihn ängstlich ansahen und leise miteinander wisperten, »erklärt der Göre doch, wer ich bin!«

Das Gewisper verstummte, aber niemand sagte etwas.

»Oh, ihr braven Marionetten!« höhnte der Kasperl. »Von nichts habt ihr keine Ahnung nicht. Wisst nicht, wie es draussen ist, in der wirklichen Wirklichkeit, kennt nur hier diesen Dachboden und die juchzenden Kinderchen im Theater Tag für Tag. Ich aber hab alles gesehen dort draußen. Alles ist tot und verbrannt! Tot und verbrannt!«

»Kasperl, sei jetzt still!«

Hatü war aufgestanden und sah die unheimliche Marionette drohend an. Doch gar nicht eingeschüchtert, sondern offensichtlich sehr zufrieden betrachtete er sie, als hätte er nur darauf gewartet, dass Hatü ihn zurechtwies.

»Sei still, sei still«, äffte er sie nach. »Was willst du mir den Mund verbieten? Das kann keiner dem Kasperl nicht! Sei du doch selber still mit deinen alten Geschichten. Keine deiner Marionetten hast du nicht beschützt, alle sind verbrannt! Und was ist mit mir? Was hast du mit mir gemacht? Sei du doch selber still!«

Er drehte ihr eine Nase. Und im selben Moment spürte das Mädchen, wie seine Holzfinger sich um ihr Handgelenk schlossen, mit einem so harten Griff, als wüchse das Holz um ihre Knochen fest. Es schrie auf und versuchte sich zu befreien, doch umsonst.

»Kasperl!« ermahnte Hatü ihn streng.

»Ja, wie? Ja, was?«

»Lass das Mädchen los.«

Der Kasperl schaute sich nach dem Mädchen um, als hätte er gar nicht bemerkt, dass er es festhielt. Den Griff seiner Hand aber lockerte er nicht, sondern zog das Mädchen, ganz im Gegenteil, mit einem Ruck an sich, während er sich schon seinen Weg durch die Marionetten bahnte, die ihm ängstlich Platz machten. Hilflos stolperte das Mädchen, fest in seinem Griff, hinter ihm her. Es sah sich flehentlich nach Hatü um, die reglos dastand und keine Anstalten machte, ihm zu helfen.

Und dann fing der Kasperl an zu rennen. Er lief schnurstracks in die Dunkelheit des Dachbodens hinein, und bei jedem seiner Schritte klingelten die Schellen. Das Mädchen schrie um Hilfe, doch er hielt es fest und zischte ihm zu, es solle den Mund halten, sonst gäbe es Prügel, und so presste es weinend die Lippen aufeinander und stolperte ihm hinterdrein. Der Mondlichtteppich, nach dem es sich immer wieder umsah, wurde kleiner und kleiner, das Licht um es her schütter, fahl und grau, und irgendwann konnte das Mädchen nichts mehr sehen. Im Klingeln seiner Schellen und im Klappern seiner hölzernen Marionettenfüße stolperte es durch die Dunkelheit. Fiel es hin, zog er es hoch und sie rannten weiter, stolperte es erneut, zog er es wieder hoch. Bis er endlich stehen blieb.

»Hab tausend Jahre geschlafen«, zischte der Kasperl dem Mädchen ins Ohr und presste es im Dunkeln an sich. »Tausend Jahre, die vergingen wie im Flug. Und nun ist alles verbrannt. Alles verbrannt!«

Hier ist schon lange niemand mehr gewesen, in der Werkstatt am Rand der tief im Schnee versunkenen Wiese. Keine Fußstapfen führen zu der Tür mit den bunten Scheiben, die fast hinter einem riesigen Holunder verschwindet. Oft hat Hatü durch das rote und blaue Glas gespäht, doch jetzt traut sie sich zum ersten Mal hinein und der Geruch von Holz schlägt ihr entgegen. Überall stapeln sich Bretter und Balken in allen Größen und Zuschnitten, zerbrochene Stühle, alte Schlitten und Wagenräder. Sägemehl bedeckt den Boden um die mächtige Bandsäge, hat sich in den Spinnweben am Fenster verfangen, verteilt sich überall auf der Hobelbank und dem ganzen Sammelsurium aus Fuchsschwänzen und Bügelsägen, Raspeln und Feilen, Winkelmaßen, Stecheisen und Hohlbeiteln, Schraubzwingen und Leimtöpfen, auf den Blechdosen voller Nägel.

Wenige Wochen nach dem Bombenangriff lag eines Tages ein Brief auf dem Küchentisch, mit dem Reichsadler darauf, der das Hakenkreuz in seinen Fängen hielt. KLV stand darunter, Kinderlandverschickung. Die Mutter brachte die Schwestern zum Bahnhof. Ein Zug voller Kinder, der in Füssen, da war es fast schon Abend, quietschend hielt. Lange mussten sie auf dem Bahnhofsvorplatz im Schnee warten, bis endlich ein Lastwagen mit Holzvergaser heranrumpelte, auf den ihr Gepäck verladen wurde. Sie selbst marschierten zu Fuß los, über die Lechbrücke hinweg und die Landstraße entlang nach Schwangau. Gleich bei der Ankunft dort wurden die Schwestern getrennt.

Lagermannschaftsführer ist der junge HJ-Oberscharführer Heinz Menkes. Fahnenappell und Zapfenstreich, Geländespiele und Sportwettkämpfe, Bastel- und Liederabende. Manchmal schreibt die Mutter, wie es ihr ergeht in der zerstörten Stadt und was sie vom Vater hört. An Hatüs Geburtstag hat sie ein Päckchen geschickt mit einer Kerze und wollenen Handschuhen. Dass die Omama nach Wien gefahren sei, nach Hause, hat sie geschrieben. Und wenige Wochen später, dass die Omama gestorben sei. Da hat Hatü sehr geweint. Es ist kalt in der Werkstatt, doch Hatü setzt sich trotzdem an die Hobelbank. Zweierlei holt sie aus den Taschen ihrer Jacke, den verbrannten Kopf der Gretel und einen ganz klein gefalteten Zeitungsartikel, den sie sorgfältig ausbreitet und glatt streicht.

DER »PUPPENSCHREIN« GIBT SICH DIE EHRE! WALTER OEHMICHEN NEBST FAMILIE STELLTE SEIN MARIONETTENTHEATER VOR. Hatü liest den Artikel Wort für Wort, obwohl sie ihn beinahe auswendig weiß. Er berichtet aus einer Welt, die es nicht mehr gibt. *Da waren wir gestern nun dabei, wie ein kleines – tatsächlich nur etwa 40 Zentimeter großes – Schauspieler-Ensemble sich einer bevorzugten Oeffentlichkeit sehr lieb und auch liebenswert vorstellte. Zwar geschah es nicht im Stadttheater und im Zentrum der Stadt, sondern draußen in Göggingen im Reservelazarett Maria-Stern vor Verwundeten, die damit einen durch KdF vermittelten fröhlichen Nachmittag gewannen.* Hanns! denkt sie. Hanns war damals dort. Sie erinnert sich noch, wie er auf sie gewartet hat im Klosterhof. Jetzt, hat die Mutter geschrieben, ist er doch noch als Flakhelfer eingezogen worden. Hoffentlich geschieht ihm nichts!

Drei Jahre lang hat Walter Oehmichen mit seiner Familie an der Bühne mit allen ihren Einrichtungen, an den Puppen gebaut, gebastelt, getüftelt und geschnitzt. So quasi als Erholung vom großen Theater, mit der Liebe zum Theater, die auch in der Freizeit Theater braucht. Auf diese schätzenswerte Weise ist nun eine Bühne entstanden, die es in sich hat. Alles ist dem großen Apparat abgeguckt bis auf die diversen Scheinwerfer, auf die verschiebbare Bühne, auf die Widerstände bei der Beleuchtung, auf den Rauch aus dem Backofen der Hexe. Das ganze Theaterchen nennt Walter Oehmichen »Puppenschrein«. Und als eine feine und verwunschene Truhe ist es auch gebaut. Es steht auf einem schmalen Sockel und zeigt vor Beginn der Vorstellung zwei verschlossene, bunt bemalte Läden. Sie sind in lustigem Barock geschwungen und öffnen sich geheimnisvoll zum heiteren Geklimper einer Spieluhr, damit der geraffte seidene Vorhang auch zu seinem Recht kommt.

Die Spieluhr. Auch die Spieluhr ist in jener Nacht im Theater verbrannt. Hatü betrachtet die schwarzen Haarstoppeln auf dem Kopf Gretels. Immer muss sie an die Bombennacht denken und den Morgen danach, als die Sonne nicht durch den Rauch drang. An die Nachrichten von Plünderungen und die Hinrichtungen von *Volksschädlingen*, wie es auf Plakaten hieß. Und wie der Vater eines Tages wieder in Uniform vor ihnen stand und dann nicht mehr da war. Und dass sie selbst seitdem das Gefühl hat, erwachsen zu sein, ohne zu wissen, was das bedeutet. Nur, dass es sich anfühlt wie ein bitterer Geschmack im Mund, weiß sie. Dass sie keine Schuld hat und sich doch schuldig fühlt. Dass sie nichts Falsches getan hat und doch alles falsch ist.

Hatü mustert an der Wand hinter der Hobelbank das Sortiment von Schnitzmessern und breiten, schmalen, runden und halbrunden Beiteln, das dort hängt. Auf dem Boden ein Stapel gesägter Klötze. Eiche fasert nicht, hat ihr der Vater erklärt, ist aber zu hart, Buche auch. Lindenholz dagegen, hat der Vater gesagt und gelächelt, ist weich, gut zu schnitzen und fasert ebenfalls nicht. Hatü faltet den Zeitungsausschnitt zusammen und steckt ihn wieder ein. Noch einmal sieht sie die Gretel an, dann hebt sie einen der Holzklötze auf die Hobelbank, spannt ihn in den Schraubstock, angelt sich ein schweres Schnitzeisen und einen hölzernen Klöppel von der Wand und beginnt.

Als der Klotz die vage Form eines Kopfes hat, legt sie ihn vor sich hin, kramt aus einer der Schubladen einen Bleistift hervor und markiert, wie sie es beim Vater gesehen hat, die Vorderseite mit einer senkrechten Linie, zeichnet Augen, Nase, Mund ein. Dann greift sie sich eines der Schnitzmesser. Und wieder hört sie den Vater: Halte es immer vom Körper weg! Wie oft hat er ihr das eingeschärft. Dabei hat er sie nie schnitzen lassen. Hatü muss daran denken, wie sie neben ihm stand und ihm zusah. Traurig macht sie sich daran, die Wangen auszuhöhlen, die Lippen zu wölben, die Augäpfel zu runden und mit einem feinen scharfen Messer die Augenlider einzukerben. Man muss auf die Maserung des Holzes achten, damit nichts ausbricht, hört sie den Vater. Schnell liegt die Hobelbank voller Messer, es gibt welche für gerade Linien, für Rundungen, für Kehlungen in dieser und für Kehlungen in jener Weise, und als sie einmal einen Moment innehält, sieht sie überrascht, was sie eigentlich schnitzt: einen Kasperl.

Und obwohl seine Augen noch blind sind, sieht er sie an. Hatü erinnert sich daran, wie der Vater dem Hänsel die Polsternägel in die Augäpfel schlug, als wollte er ihn foltern, und wie das gefolterte Holz sie dann mit glänzendem Blick ansah. Die Augen ihres Kasperls sind noch tot, aber ein breites Lachen hat er schon, und dicke Backen, in die seine Mundwinkel stechen. Doch je länger sie ihn betrachtet, um so mehr beginnt sie sich vor ihm zu fürchten. Denn das Lachen, das sie ihm gemacht hat, ist nicht fröhlich, sondern böse. Hatü, die nicht bemerkt hat, dass die Sonne, die eben noch über dem Schnee draußen glitzerte, längst verschwunden ist, spürt erst jetzt, wie furchtbar kalt ihr ist und dass sie am ganzen Körper zittert. Das Dunkel kriecht aus allen Ecken der eiskalten Werkstatt. Puppen sind nicht lebendig, man muss sie nicht fürchten, Hatü weiß das. Doch sie weiß, das Gegenteil ist ebenso wahr.

Ängstlich betrachtet sie die Kerbe des bösen Lachens im Gesicht ihres Kasperls. Dann nimmt sie das Schnitzmesser wieder zur Hand. Was soll sie tun, damit es fröhlich wird? Sie will das Messer gerade ansetzen, da fährt ihr ein stechender Schmerz unter die Haut und sie lässt es erschrocken fallen. Blut tropft auf den Boden. Sie sieht, wie die Holzspäne die roten Tropfen aufsaugen und dabei aufblühen wie Mohn.

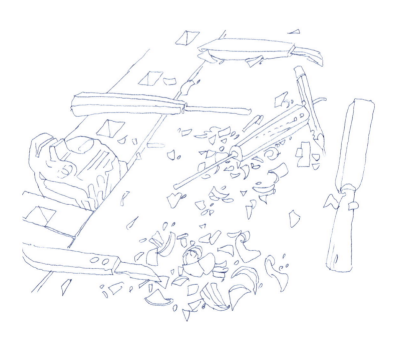

Marionetten atmen nicht. Lange Zeit war es in der Dunkelheit völlig still und nichts zu hören gewesen als hin und wieder das helle Klingeln einer der Schellen am Wams des Kasperls. Um das Handgelenk sein regloser, holzharter Griff. Doch jetzt war da plötzlich seine Stimme ganz dicht am Ohr des Mädchens.

»Das bin ich!« flüsterte er heiser. »Verstehst du: Ich bin das!«

Das Mädchen schüttelte den Kopf und weinte. Es verstand nicht, was der Kasperl damit meinte und was er von ihm wollte. In was für eine Welt war es geraten, geschrumpft auf die Größe von Marionetten? Marionetten, die sprechen konnten und sich ohne Fäden bewegten, als wären sie lebendig, und die ihm Angst machten. Es wusste, es hielt diese Finsternis nicht länger aus. Zitternd holte es mit der freien Hand sein iPhone aus dem Kapuzenpullover. Der Kasperl ließ es seltsamerweise geschehen. Das Mädchen kümmerte nicht, was das bedeuten mochte, es wollte nur, dass es jetzt sofort hell war, drückte den Homebutton und der Bildschirm leuchtete auf. Es spürte, wie seine Angst nachließ im bunten Licht. Dann aber sah es, ganz dicht vor sich, in das böse grinsende Gesicht des Kasperls und begriff, was er meinte.

Da bist du ja! Ich hab dich überall gesucht!«

Überrascht sieht sich Hatü nach Ulla um.

»Mir ist so kalt«, sagt sie leise und umarmt die große Schwester.

»Du bist ja auch ganz durchgefroren. Komm, schnell! Ich hab dir deine warmen Sachen mitgebracht.«

Hatü nickt. Noch einmal betrachtet sie die roten Blüten zu ihren Füßen und schließt fest die Hand um den Schnitt.

Der Oberscharführer hat ihnen gestattet, einen Pullover unter der Uniformjacke zu tragen, auch einen Schal, und Winterstiefel statt der üblichen Halbschuhe. Schlotternd zieht Hatü sich in der eiskalten Werkstatt um.

Der verharschte Schnee knirscht unter ihren Schritten. Sie beeilen sich, zu den anderen zu kommen, nehmen ihre Fackeln und stapfen durch den verschneiten Wald. Der Atem steht ihnen vor dem Gesicht. Am Fluss angekommen, reihen sie sich in die Formation der Hitlerjungen ein, die schweigend und reglos, in kurzen Hosen und Hemd, mit Fahnen und Wimpeln, den riesigen Holzstoß umstehen, den sie mitten auf der Lichtung aufgeschichtet haben. Die hohen Tannen sind ausgestanzte schwarze Silhouetten, hinter denen der Mond sich versteckt. Vom Fluss braust Eiseskälte herauf. Hatü schlottert noch immer. Es ist totenstill in der Runde, bis Oberscharführer Menkes, ein Primaner, kaum älter als die ältesten Schüler, endlich seine Fackel entzündet. Schwarz blakt es auf, dann beißt der helle Schein sich gierig fest. Menkes geht langsamen Schritts zu dem Holzstoß, die Trommeln schlagen, alle reißen die rechte Hand hoch zum Hitlergruß, und er steckt das bleiche Holz in Brand.

Es ist Treibholz aus dem Fluss, Astgewirr und vertrocknetes Tannengezweig, dazu Wurzelstöcke und alte Bretter, und in all das frisst sich das Feuer schnell hinein. Der Oberscharführer, den Blick starr auf die prasselnden Flammen gerichtet, sieht sich nicht nach ihnen um.

»In diesen Jahren des Krieges«, beginnt er, »dürfen wir niemals den stillen Dank und das verpflichtende Gedenken an jene vergessen, deren Opfer uns diese weihnachtliche Feier ermöglichen. Deshalb brenne dies Feuer für all die Getreuesten, die an den weiten Fronten dieses Krieges Ewige Wache halten. Für all unsere tapferen Soldaten, die sich gerade in diesem Moment, in diesem Winter 1944, nach fünfjährigem heldenhaftem Ringen anschicken, in einer großen Offensive des Führers unsere Feinde für immer aus Europa zu vertreiben.«

Alle kennen die Sondermeldungen, seit Tagen reden die Pimpfe über nichts anderes als die neuen Tiger-Panzer, mit denen die SS den Amerikanern in den Ardennen schwere Verluste beigebracht haben soll. Und so laut sie nur können, fangen jetzt alle an zu singen. *Flamme empor, Flamme empor,* singen sie Strophe für Strophe des alten Liedes aus den Befreiungskriegen und denken dabei an nichts anderes als an das Feuer, das prasselnd und hell das Holz verschlingt. Hinauf in die schwarze Nacht stiebt es, eine mächtige Säule, als wollte es den Himmel selbst entzünden.

Dr. Maier, mit *ai*, dem eigentlich längst pensionierten Latein- und Geschichtslehrer, fallen die paar Schritte schwer, als er vortritt. Er stützt sich auf seinen Regenschirm, und als er seinen weichen braunen Hut abnimmt, kleben seine dünnen, etwas zu langen grauen Haare an den Schläfen. Unter den Pimpfen ist verächtliches Kichern zu hören, Dr. Maier scheint es nicht zu bemerken. Er streicht die Haare aus dem Gesicht und lässt dabei seinen Blick schweifen, als wollte er sich jeden von ihnen einprägen.

»Die Wintersonnenwende«, sagt er mit müder Stimme, »ist die tiefste Nacht des Jahres. Wie die Edda überliefert, glaubten unsere Vorfahren, in dieser Nacht versuche Skjøll, ein riesenhafter Wolf, die Sonne zu verschlingen. Es ist eine gefährliche Zeit für die Menschen. Odin führt die Wilde Jagd an. Und doch schenkt dieses Fest Mut und Hoffnung. Das Licht ist noch winzig, aber es ist da. Heute beginnt die Verbannung der Dunkelheit. Alles, was tot scheint, wird neu geboren.«

Ein kleines Lächeln huscht über das starre Gesicht des Lehrers. »Die Dunkelheit ist da, aber sie hat ihren Kampf bereits verloren.«

Nachlässig hebt Heinz Menkes die rechte Hand zum Gruß und Maier senkt den Kopf. Hatü tut der alte Mann leid. Wieder werden die Trommeln geschlagen. Jetzt, weiß sie, kommt das Weihelied. Da macht ihre Schwester plötzlich einen Schritt nach vorn und alle Augen richten sich auf sie.

»Siehe, es leuchtet die Schwelle,

Die uns vom Dunkel befreit«, beginnt Ulla mit schwankender Stimme zu singen. Vers für Vers wird sie sicherer.

»Hinter ihr strahlet die Helle

Herrlicher, kommender Zeit.«

Hatü versteht nicht, weshalb Ulla das tut. Und noch weniger versteht sie, weshalb sie dabei den Blick nicht vom Oberscharführer Menkes lässt.

»Die Tore der Zukunft sind offen,

Dem, der die Zukunft bekennt.

Und in gläubigem Hoffen

Heute die Fackel entbrennt.«

Ulla hebt die Hände und Hatü hört, wie ihre Stimme zittert. Sie tastet nach dem Kopf des Kasperls in ihrer Jacke.

»Stehet über dem Staube,

Ihr seid Gottes Gericht.

Hell erglühe der Glaube

An die Schwelle im Licht.«

Einen Moment lang ist es völlig still bis auf das Prasseln des Feuers. Alle sehen ihre Schwester an, dann tritt sie wieder neben Hatü, die das Glitzern von Tränen in ihren Augen sieht.

Die Pimpfe sind die Ersten, die loslaufen, um ihre Fackeln zu entzünden, und schnell gibt es ein ziemliches Durcheinander. Die Rottenführer haben Mühe, ihre Gruppen Aufstellung nehmen zu lassen für den Fackelmarsch zurück in die verschiedenen Lager. Als auch ihre Fackel endlich brennt, sieht sie sich nach ihrer Schwester um, die sie für einen Moment aus den Augen verloren hat, und entdeckt sie bei Menkes, der auf sie einredet. Hatü wartet, bis er sich abwendet, bevor sie zu ihr geht.

»Wieso hast du das gemacht?«
»Der Oberscharführer hat mich darum gebeten.«
»Und weshalb?«
Die Schwester gibt keine Antwort.
»Was ist denn mit dir?« fragt Hatü zaghaft.
Ulla schüttelt nur den Kopf. Und hat wieder Tränen in den Augen. Die Lichtpunkte flackern in einer langen Prozession den verschneiten Hang hinauf und leuchten tief in den dunklen Wald hinein. Im Licht ihrer Fackeln sehen die beiden sich an. Und Ulla drückt Hatü plötzlich ganz fest an sich.

»Bald ist alles, alles vorbei, Schwesterchen! Hast du deinen Kasperl, ja? Halt ihn schön warm.«

Wohin gehen, wenn es keinen Weg gibt? Welche Richtung schlägt man ein ohne Ziel? Wenn jeder Schritt in dieselbe Dunkelheit führt, die so tief ist, als hätte man die Augen gar nicht offen, und man sich zu träumen wünscht, um überhaupt etwas zu sehen, und seien es die eigenen inneren Bilder. War es denn überhaupt noch auf diesem unheimlichen Dachboden? Oder war die ganze Welt einfach verschwunden? Wie gern hätte das Mädchen sich jetzt im Licht des iPhones versichert, dass es noch existierte, aber das hatte der Kasperl. Es war der Preis gewesen für die Freiheit. Mit seinem hässlichen Lachen hatte er es dem Mädchen entwunden, das zu schwach gewesen war, sich zu wehren.

Es konnte nicht sagen, wie lange es gelaufen war, als irgendwann das Schwarz Konturen anzunehmen begann. Schraffierungen im Dunkel, Schleier von Dämmer, fast gab es wieder Oben und Unten, ein Gefühl für den Boden, über den es ging, so etwas wie Entfernung. Und plötzlich war da ein Schatten, als das Mädchen sich die Hand vor das Gesicht hielt. Und weil es selbst wieder da war, fühlte es sich ein bisschen weniger allein. Irgendwann konnte es einen Punkt ausmachen, von dem die graue Dämmerung ins Dunkel zu sickern schien, weit entfernt noch, aber damit hatte es wieder ein Ziel. Je länger es auf diesen Punkt zulief, um so heller wurde es. Dann konnte es erkennen, wo die Helligkeit ihren Ursprung hatte. Wie das Mondlicht durchs Dachfenster fiel. Es hatte sich nicht verlaufen. Schon tauchten die hohen hölzernen Gestelle wieder auf, leer und verlassen, dann erreichte es die ersten Marionetten, die noch immer, als wäre nichts geschehen, um den Mondlichtteppich versammelt standen. Kraftlos schlängelte sich das Mädchen zwischen ihnen hindurch und trat mitten ins helle Licht.

»Guten Tag, Mädchen«, sagte Prinzessin Li Si und nickte mit ihrem hölzernen Kopf. Hatü, die neben der Marionette auf dem Rücken lag und rauchte, richtete sich auf und sah es fragend an.

Hatü wedelt die Fliegen mit der Hand weg, doch sofort sind sie wieder da. Es ist Sommer. Seit Ende April die Amerikaner die Stadt kampflos besetzten, bevor sie weiter vorrückten in Richtung München, ist Frieden in Augsburg und der Adolf-Hitler-Platz heißt wieder Königsplatz. Der Himmel ist von einem ganz tiefen Blau. Hatü hat den Kopf weit im Nacken. Sie ist jetzt vierzehn und auf eine Weise, die sie nicht kannte, spürt sie sich unter dem neuen Kleid, das ihr die Mutter aus einem ihrer alten Kleider genäht hat. Ihre Hände sind voller Blasen vom Hopfenzupfen, zu dem man die Jugendlichen verpflichtet hat. Die Handschuhe zum Schutz gegen das Kupfervitriol zerreißen immer so schnell. Ein paar Wolken treiben langsam im Blau vorüber, Hatü schaut ihnen nach.

Ein US-Jeep überquert den Platz mit seinen verbrannten Kastanien, auf dem Rücksitz eine Nonne mit flatterndem Ordensgewand. Das ist Schwester Febronia, jeder kennt sie, sie dolmetscht zwischen dem Kommandanten der Militärregierung und dem neuen Bürgermeister. Es ist verboten, mit den amerikanischen Soldaten zu sprechen. Von halb zehn am Abend bis morgens um fünf ist es verboten, auf der Straße zu sein. Die Ration der Lebensmittelkarten beträgt wöchentlich zwei Pfund Brot, hundertfünfundzwanzig Gramm Käse, ebenso viel Butter, fünfzig Gramm Nudeln. Der Jeep hält vor dem beschlagnahmten Zentralkaufhaus, an dem unzählige amerikanische Fahnen flattern. An den Mauern noch die alten Parolen: *Sieg oder Sibirien*. Die Fensterfronten mit ihren leeren Fensterhöhlen wirken wie Masken, hinter denen sich all der Müll verbirgt, der einmal das Leben war, Möbel, Teppiche, Bücher. Der Gestank nach den Leichen, die noch immer unter dem Schutt liegen.

Die kleinen grünen Fliegen, die überall in den Müllbergen brüten, sitzen Hatü in den Haaren und krabbeln ihr in die Augen. Im Herbst soll die Schule wieder losgehen. Vielen geht es schlechter als uns, sagt die Mutter. Hatü denkt an den Vater, der endlich aus der Kriegsgefangenschaft geschrieben hat.

Darmstadt, Elisabethen-Hospital
3. Juni 1945
Meine geliebte Rose und liebe, süße Kinderchen!
Es ist mal wieder Sonntag und ein schöner Tag dazu. Ich bin im Garten spazieren laufen und die Wege zum xten Male gegangen. Ich kenne jeden Baum, jeden Stein – es ist immer dasselbe. Dabei kann ich mich sehr glücklich preisen hier zu sein – denn in den Lagern soll es teilweise nachts unangenehm sein. Wir haben kein Radio mehr und hören nur Gerüchte. Mal machen sie eine frohe Hoffnung – mal sind sie erschütternd düster und bringen schlaflose Nächte. O – dieses Grübeln ist furchtbar, die letzte Woche ist wie im Fluge vergangen. Ich habe in der Werkstatt des Tischlers arbeiten dürfen und habe mir eine Marionette gebaut, einen »Knochenmann«. Schauerlich schön ist er geworden. Kann mit dem Gebiss klappern, Arme und Beine fliegen davon, der Kopf fliegt vom Rumpf und wieder zurück. Das war eine schöne Bastelei und das Spielkreuz ist ein mechanisches.

Ist das Ihr Kasperl? Der, den Sie damals im Lager geschnitzt haben?«
Die ganze Zeit in der Dunkelheit hatte das Mädchen sich vorgestellt, wie es Hatü alles erzählen würde, wenn es ihm nur gelänge, sich zu befreien. Jetzt aber fühlte es nichts als Wut.

»Er kann nichts dafür, wie er ist.«

»Der ist total böse!«

»Er hat den Krieg in sich. Wie wir alle.«

»Und wieso singt er immerzu dieses Lied?«

»Was für ein Lied?«

»Das Lied mit dem Feuer. Ich musste weinen, so unheimlich war das. *Flamme empor, Flamme empor,* sang er immer wieder mit dieser krächzenden Stimme. *Flamme empor, Flamme empor.*«

»Als ich so alt war wie du«, sagte Hatü leise, »hab ich dieses Lied sehr gemocht. Aber nach dem Krieg war alles, was wir gemocht hatten, plötzlich verschwunden. Und doch war es immer noch da. Und wir fühlten uns schuldig deshalb.«

»Kinder haben keine Schuld an den Sachen, die passieren.«

»Das stimmt. So, wie du keine Schuld daran hast, was zwischen deinem Papa und deiner Mama geschehen ist. Trotzdem hat es sich für uns damals anders angefühlt.«

»Das hat mit meinem Papa gar nichts zu tun!« Das Mädchen wurde immer wütender. »Was will der Kasperl mit meinem iPhone?«

»Deinem iPhone?«

»Ja. Er hat mich erst gehen lassen, als ich es ihm gegeben habe.«

Unter den Marionetten kam Unruhe auf, als das Mädchen das sagte. Selbst der alte Storch hob seinen Kopf mit dem roten Schnabel.

»Ich soll Sie nach ihm fragen, hat er gesagt. Sie sollen mir seine Geschichte erzählen.«

Hatü betrachtete das Mädchen besorgt. »Er darf das Telefon nicht behalten. Wenn er es benutzt, wird er den Dachboden zerstören, die ganze Marionettenwelt, uns alle.«

»Mit meinem iPhone? Wie soll das denn gehen?«

»Es bringt alles mit allem zusammen.«

»Das ist doch Quatsch.« So redeten die Erwachsenen immer. »Es hat hier oben überhaupt keinen Empfang.«

»Trotzdem. Du musst es zurückholen.«

»Ich? Niemals geh ich zu ihm zurück! Ich wüsste auch gar nicht, wie ich ihn finden soll. Weiß nicht mal, wie ich hierher zurückgefunden habe.«

»Das macht nichts«, sagte Hatü ruhig.

»Verstehen Sie doch: Ich kenne den Weg nicht.«

»Ich sage doch: Das macht nichts.«

Das Mädchen spürte, wie die Angst wieder in ihm aufstieg, die es in der Dunkelheit gehabt hatte. Spürte den Griff des Kasperls um sein Handgelenk. Hörte seine krächzende Stimme.

»Ich bin viel zu schwach, um ihm das iPhone wieder wegzunehmen. Machen Sie das doch. Es ist schließlich Ihr Kasperl!«

»Das geht leider nicht.«

»Und wieso?«

Hatü schüttelte nur wortlos den Kopf.

»Sagen Sie es mir! Wenn ich das tun soll, müssen Sie es mir erklären. Und Sie müssen mir seine Geschichte erzählen!«

»Die Geschichte wirst du erfahren. Aber glaub mir, du musst es tun.«

»Weshalb denn?«

Hatü sah das Mädchen nur mit einem traurigen Lächeln an. Und da verstand es: Sie hatte Angst. Angst vor ihrer eigenen Marionette. Es spürte, wie die Dunkelheit bei diesem Gedanken wieder nach ihm griff, und fühlte sich wieder furchtbar allein. Doch wenn man ganz und gar verlassen ist, ist das auf eine traurige Weise tröstlich. Ruhig sah das Mädchen sich um. Prinzessin Li Si senkte den Kopf, als sein Blick sie traf, und der Storch ließ seinen Schnabel wieder auf die langen Beine sinken. Keine der Marionetten rührte sich.

»Na gut«, sagte es. »Ich mach es.«

Da kam plötzlich unter den Marionetten Bewegung auf. Eine von ihnen drängelte sich durch die Menge und watschelte ins Mondlicht.

»Ich tomme mit!«

Das Mädchen musste laut lachen. Seit es ein Kind war, hatte es nicht mehr an den kleinen grünen Dinosaurier mit seinem rosa Schnuller um den Hals gedacht, der jetzt mitten auf dem Mondlichtteppich stand.

»Das Urmel tommt mit. Darfst nicht alleine gehen.«

Bevor das Mädchen etwas erwidern konnte, sagte eine andere Stimme: »Ich auch.«

Jim Knopf war das, der plötzlich vor dem Mädchen stand, Jim Knopf mit seiner blauen Lokomotivführermütze.

»Moment! Dann ich erst recht. Sowieso.«

Ein kleiner Kerl mit gelben Wollhaaren, die wild nach allen Seiten abstanden, kämpfte sich durch die Marionetten nach vorn. »Ohne mich kommt ihr nicht weit. Ich kenne mich bestens im Dunkeln aus.«

»Und wer bist du?« fragte das Mädchen.

»Du kennst mich nicht?«

Sichtlich beleidigt baute sich der Kleine, der einen Königsumhang trug und eine schwere goldene Kette, vor Jim Knopf und dem Urmel auf. »Kalle Wirsch, König der Erdmännchen.«

Das Mädchen betrachtete seine drei neuen Gefährten. Wenn es auch nicht wusste, ob sie eine Chance gegen den Kasperl haben würden, war es doch glücklich, nicht allein losziehen zu müssen. Und nur darauf kam es schließlich an. Beruhigt legte es sich zu Füßen der drei mitten auf den Mondlichtteppich, schob die Hände unter den Kopf und schloss die Augen.

»Jetzt muss ich aber wirklich schlafen! Morgen ist auch noch ein Tag.«

Hatü kuschelt sich ins Kissen und sieht zu, wie der Regen das Fenster hinabrinnt. Sie erinnert sich noch, wie lange es dauerte, bis die Mutter nach der Bombennacht einen Glaser fand, der die zerborstenen Scheiben ersetzte. Es kostete sie ihren Schmuck. Aus dem Wohnzimmer ist leise Klaviermusik zu hören, Erna Kroher hat zu spielen begonnen, irgendetwas von Chopin, vermutet Hatü und lauscht, wie die Melodie sich verliert und wieder erscheint. Und jetzt lärmen ihre beiden Jungs durch den Flur, Wolfi und Christoph, Hatü hat schon darauf gewartet, und jetzt hört sie die Stimme des Vaters der beiden, der sie zur Räson ruft. Hatü betrachtet das schlafende Gesicht ihrer Schwester, die sich durch all das nicht stören lässt, und schließt selbst wieder die Augen. Gedankenlos geht ihre Aufmerksamkeit von einem zum anderen, vom Regen zu den perlenden Tönen des Klaviers und zum Juchzen der Jungs und wieder zur Musik und zurück zu dem leisen, gleichmäßigen Regengeräusch, das sich schließlich wie ein Vorhang vor das ganze Tohuwabohu schiebt und alles dämpft, während sie einschläft.

Beim Schellen der Klingel ist sie sofort wach, springt aus dem Bett, reißt die Tür auf, und da steht ihr Vater. So durchnässt vom Regen, dass das Wasser von seinem alten Wehrmachtsmantel aufs Parkett tropft.

Wenig später in der Küche hat er noch immer diesen Blick leerer Verwunderung, der Hatü gleich im ersten Moment aufgefallen ist. Ein Vollbart verdeckt das halbe Gesicht. Mutter hat die sorgsam gehüteten Reste Bohnenkaffee aufgebrüht, seine Hände umklammern die Kaffeetasse. Als er die Tasse abstellt, greift sie nach ihnen und hält sie fest. Die Jungs sitzen mit offenem Mund auf Ernas Schoß, Ulla und Hatü ihrem Vater gegenüber, Franz Kroher lehnt am Fenster.

»Als wir an die Front sollten, war überall ein furchtbares Durcheinander, keiner wusste Bescheid und ich hatte schon seit Tagen Fieber. Der Stabsarzt schaut mir nur einmal in den Hals und winkt ab: Abszess an den Mandeln. Er konnte mir aber kein Lazarett mehr nennen, alles war schon in Auflösung. Ich solle mich selbst durchschlagen. Da bin ich los. Meine Einheit ist, wie ich später hörte, völlig aufgerieben worden. Von hundertzwanzig Mann sind nur fünf zurückgekommen. Fünf.«

»Willst du nicht den Mantel ausziehen, Vati?« fragt die Mutter.

Er nickt zerstreut und windet sich, ohne dabei aufzustehen, aus dem nassen grauen Stoff. Ulla bringt den Mantel hinaus zur Garderobe. Wie mager er in der abgetragenen Uniform aussieht.

»Und ihr?« Er lächelt Erna schief an.

»Ausgebombt. Die Wohnung und das Fotostudio, alles weg. Rose war so freundlich, uns aufzunehmen. Aber jetzt, wo du zurück bist, wird das vielleicht ein bisschen eng.«

»Nein, nein.« Er schüttelt den Kopf. »Natürlich bleibt ihr.«

Man hatte sich schnell arrangiert, als die Krohers vor der Tür standen, hat sich auch helfen können in der schwierigen letzten Zeit, bei den Hamsterfahrten aufs Land, beim Anstehen mit den Lebensmittelkarten, und die Mutter hat sich sicherer gefühlt mit einem Mann im Haus. Sie hat den vier ihr Schlafzimmer überlassen, an diesem Abend aber würden die Eltern ihr Bett zurückbekommen und die Krohers mit dem Sofa im Wohnzimmer vorliebnehmen, auf dem im letzten Jahr auch die Omama geschlafen hat. Matratzen für die Kinder ließen sich daneben arrangieren. Alle wissen, dass sie Glück gehabt haben und andere nicht, weshalb es sich niemand erlaubt, von den eigenen Erlebnissen zu sprechen. Langsam verschwindet in diesem Schweigen der Krieg und man ist froh darum. Doch Hatü hält es nicht aus, wie alle vor sich hinstarren.

»Und was ist in dem Karton?« will sie wissen.

Als der Vater an der Tür stand, hatte er einen Karton unter dem Arm, den er erst abstellen musste, damit sie ihn umarmen konnte. Ein durchweichter brauner Pappkarton, mit einer zerfaserten Kordel vielfach umschnürt. Als sie in die Küche gingen, hat er ihn mitgenommen, er steht neben seinem Stuhl. Doch jetzt ist es, als müsste er erst nachdenken, was Hatü meint. Dann aber nickt er und hebt ihn auf den Tisch.

»Im Lazarett, in das ich schließlich kam, lag ein Tiroler, dem hatte es den rechten Arm zerfetzt«, beginnt er zu erzählen. »Ein Holzschnitzer war das. Hat Muttergottesfiguren gemacht vor dem Krieg, aber auch Marionetten. Ich hab ihm von unserem Puppenschrein erzählt. Das gab ein Hallo! Und dann sind wir losgezogen und haben Holz organisiert und Werkzeug. Mit einem Arm konnte er nicht mehr richtig schnitzen, um so mehr Freude hat es ihm gemacht, mir alles zu zeigen.«

Der Vater schneidet die Verschnürung des Kartons auf und nimmt die zerknüllten Zeitungen heraus, mit denen er ausgestopft ist. Dann greift er hinein, zieht ein Spielkreuz hervor, und schon springt ein Storch auf den Tisch. Ein Storch mit rotem Schnabel, der seine langen Beine vorsichtig voreinandersetzt und dessen Kopf dabei neugierig von links nach rechts und von rechts nach links pendelt. Wolfi und Christoph stehen an der Tischkante und staunen die Marionette an.

»Wie schön der ist!« sagt die Mutter.

Der Vater reicht ihr wortlos das Spielkreuz, kramt wieder in dem Karton, zieht ein zweites Spielkreuz hervor und jetzt schreien die Jungs vor Schreck. Der Tod steht auf dem Tisch.

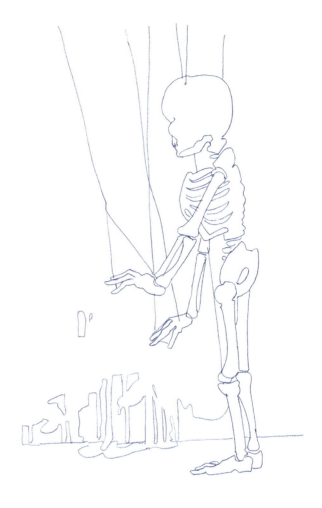

Stehend tritt Hatü in die Pedale, um dem Vater hinterherzukommen, der auf seinem Fahrrad gerade den Hof verlässt und in die Donauwörther Straße einbiegt, den grossen Rucksack wie einen leeren Ballon auf dem Rücken. Es ist ein sonniger Herbsttag und die Männer auf den Straßen tragen kurze Lederhosen, die Frauen ein letztes Mal ihre Sommerkleider. Noch immer sind vor allem amerikanische Jeeps und Lastwagen unterwegs, dazwischen ein paar Pferdefuhrwerke, gelegentlich hochbepackte Handkarren voller Hausrat oder Holz, gezogen von alten Frauen und halbwüchsigen Jungen. An den Kreuzungen regeln GIs den spärlichen Verkehr. Die Straßenlaternen sind übersät mit militärischen Hinweisschildern voll unverständlicher Abkürzungen der *71st Infantry Divison* und des *3rd Military Government Regiment*, die in Augsburg stationiert sind.

Obwohl Plünderei bei Strafe verboten ist, macht der Vater sich fast jeden Tag in der zerstörten Stadt auf die Suche nach Brettern und Stoffen, nach Draht und Nägeln. Vorsichtig steigen er und Hatü über den Schutt in die Ruine des Rathauses hinein. Hatü erinnert sich vage an die goldenen Schnitzereien an der Decke des riesigen Saals, an den glänzenden Marmorboden. Nichts davon gibt es mehr, alles ist bis auf den Grund heruntergebrochen, offen zum Himmel steht die Hülle des Gebäudes da, die Wände vom Feuer geschwärzt. Wie still es in der Ruine ist! Hatü kennt das von ihren Streifzügen. Sobald man die freigeräumten Straßen verlässt, die nichts als Schneisen in der unabsehbaren Trümmerlandschaft sind, wird es still und leblos. Kein Laut, kein Tier, kein Menschenwesen bis auf die Vögel, die über den zerborstenen Mauern kreisen. Wenn sie einen unachtsamen Schritt tun, poltert ein wenig Schutt in dieser Stille nach unten. Jetzt bückt sich der Vater und zieht unter einem Haufen verkohlter Balken ein dünnes Blech hervor, nimmt den Rucksack ab und packt es ein. Er deutet unter ein Stück der heruntergebrochenen Decke, das wie eine Eisscholle hoch in den Raum ragt. Darunter glitzert es, Hatü bückt sich neugierig. Im Dunkeln sieht sie einen Kronleuchter, fast unzerstört. Als sie das Rathaus wieder verlassen, merken sie sich die Stelle genau, um den Leuchter vielleicht später abzuholen.

Eine Weile folgen sie der provisorischen Lokalbahn mit ihren Loren, auf denen der Schutt aus der Stadt hinausgeschafft wird. Einmal müssen sie warten, als sie eine der Ketten aus Frauen passieren wollen, die sich Blecheimer um Blecheimer aus den Abbruchhäusern weiterreichen. An einem Trümmergrundstück am Milchberg, gleich hinter St. Ulrich, machen sie wieder halt. Die Sonne scheint in die Überreste des alten Fachwerkhauses hinein und Hatü folgt ihrem Vater durch den Verhau aus Balken und Brettern, Ziegeln und Möbeltrümmern. Wieder nimmt er den Rucksack ab und packt hier und da etwas ein, das er für wert erachtet, mitgenommen zu werden. Unversehrte Holzleistchen, ein Dutzend brauchbarer Nägel, zwei filigrane Scharniere, das zersplitterte Ende eines armdicken Kantholzes aus Eiche.

Irgendwann stellt er den Rucksack ab, der nun schon ziemlich schwer ist, und sie setzen sich vorsichtig auf die Reste eines Sofas, dessen roter Samt unter einem Schuttberg hervorragt. Auch hier ist es wieder ganz still. Umständlich kramt der Vater ein gefaltetes Blatt Papier aus seiner Jacke und gibt es Hatü.

In dreijähriger Arbeit hatten meine Familie und ich ein Marionettentheater gebaut, mit dem wir im Herbst 1943 zum ersten Male an die Öffentlichkeit traten. Vom Publikum begeistert aufgenommen und von der Presse hervorragend beurteilt, haben wir dieses Theater ausgebaut. Im Februar 1944 wurde es durch eine Bombe total zerstört. Der sofort begonnene Wiederaufbau wurde durch meine Einberufung zur Wehrmacht im September vorigen Jahres unterbrochen. Da ich vor vierzehn Tagen aus der Kriegsgefangenschaft entlassen wurde, haben wir den Weiterbau des

Marionettentheaters fortgesetzt, da dieses Theater für meine Familie und mich als Erwerb gelten muss. Ich bitte um die Erlaubnis, mit diesem Theater unter dem Namen »Augsburger Puppenkiste« öffentliche Aufführungen geben zu dürfen.

»Was heißt als Erwerb gelten muss?«

»Wir haben kein Geld, heißt das. Als ehemaliger Landesleiter der Reichstheaterkammer werde ich nicht entnazifiziert. Also kann ich nicht ans Theater zurück.«

»Warum warst du Landesleiter der Reichstheaterkammer?«

»Ach, Hatü!«

Der Vater schüttelt mit zusammengekniffenen Lippen den Kopf. Hatü wartet, dass er weiterspricht, doch er schweigt.

»Also gründen wir ein eigenes Theater?« fragt sie.

»Ja. Aber etwas ganz anderes als den Puppenschrein.«

»Wieso anders?«

»Weil der Puppenschrein verbrannt ist. Wie alles andere! Und deshalb machen wir jetzt etwas, mit dem man überall spielen kann, auch in den Ruinen. Eben eine Puppenkiste.«

Hatü muss an ihren Kasperl denken mit seinem bösen Gesicht. Noch immer hat sie sich nicht getraut, ihn dem Vater zu zeigen. Sie weiß nicht, was sie sagen soll. Der Vater steht auf, schultert den Rucksack, und sie fahren wieder los. Sie sind fast schon am Roten Tor, das aus der Stadt hinausführt in die Wallanlagen, als er in der Spital-Gasse plötzlich anhält, am Barockportal des Heilig-Geist-Spitals, das mit seinem hohen Dach und den gleichmäßigen Fensterreihen hier die ganze Straßenseite einnimmt. Es steht offen, aber Hatü erinnert sich nicht, jemals dort drinnen gewesen zu sein. Sie stellen ihre Räder ab.

»Elias Holl hat das gebaut«, erklärt der Vater. »Im Mittelalter war das der berühmteste Augsburger Baumeister.«

Das Portal führt direkt in einen großen Saal. Überspannt von einem Kreuzgewölbe, das auf massiven niedrigen Säulen ruht, ist er leer bis auf ein paar alte Stühle und Tische in einer Ecke, an denen sich, wie sie jetzt sehen, ein Mann zu schaffen macht. Er trägt eine alte Militärmütze und fasst sich zur Begrüßung mit Daumen und Zeigefinger an das Schild.

»Was suchen S' denn?«

»Wir wollten nur mal schauen.« Der Vater lächelt den unrasierten Alten an. »Was gibt's denn hier?«

»Hier? Gar nichts gibt's hier. Marken werden ausgegeben, das ist alles. Vor dem Krieg war manchmal Volkszählung, aber lang schon nimmer.«

»Also steht der Saal meist leer?«

»Meist schon.«

Wie früher wartet Vroni nach dem ersten Tag in ihrer wiedereröffneten Schule am Anna-Brunnen und lächelt Hatü entgegen. Furchtbar abgemagert kommt sie Hatü vor, und ein bisschen verwahrlost, ohne dass etwas an ihrer Kleidung schmutzig wäre. Ihre schwarzen Haare sind ganz kurzgeschoren, die aufgeworfenen Lippen rissig. Lange halten die Freundinnen einander fest. Hatü schließt die Augen und drückt ihre Nase an Vronis Hals.

»Hast du gehört, dass der Urwaldheini sich aufgehängt hat? Im Klassenzimmer. Die Zunge soll ihm eklig aus dem Mund gestanden haben. Ich hab die ganze Zeit dran denken müssen.«

»Ich auch«, sagt Vroni leise.

Ihre Eltern sind in der Bombennacht ums Leben gekommen. Sie haben nie darüber gesprochen. Hatü spürt ein Gefühl der Wehmut, das zieht und schmerzt, und weiß lange nicht, was sie sagen soll.

»Bei wem wohnst du?« fragt sie schließlich.

»In einer Sammelunterkunft. Ich bin ja allein.«

Hatü nickt. Sie traut sich nicht, Vroni zu fragen, wie es ihr geht.

»Hast du dort ein Klavier, Vronerl?«

Sie weiß gleich, dass das eine dumme Frage ist.

Als das Mädchen die Augen wieder aufschlug, war das Erste, was es empfand, eine große Traurigkeit darüber, noch immer auf dem dunklen Dachboden zu sein. Insgeheim hatte es wohl gehofft, wie aus einem bösen Traum zu erwachen, doch aus dem Fenster hoch oben legte noch immer das Mondlicht seinen glimmenden kreisrunden Teppich auf den Boden. Und das Mädchen lag noch immer mitten darin.

Aber etwas war anders: Es war allein. Hatü und all die Marionetten waren verschwunden. Verlassen verlor der Dachboden sich in die Dunkelheit hinein. Das Mädchen spürte wieder die Angst in sich aufsteigen. Doch dann entdeckte es Jim Knopf, das Urmel und den König Kalle Wirsch, die still dasaßen und es ansahen, und ein Stein fiel ihm vom Herzen.

»Hab ich denn gar nicht geschlafen?«

»Doch«, sagte das Urmel sanft, »hast lange geslafen.«

»Aber es ist immer noch Nacht.«

»Hier ist immer Nacht.«

»Und wo sind alle hin?«

Der kleine König Kalle Wirsch zuckte nur mit seinen Schultern und das Urmel und Jim Knopf mit seinen Kulleraugen unter der blauen Lokomotivführermütze taten es ihm gleich.

Offenkundig warteten die drei, dass das Mädchen ihnen sagte, wie es nun weitergehe. Aber bevor es sich wieder auf den Weg in die Dunkelheit machen würde, hatte es selbst Fragen.

»Was hat es denn nun mit dem Kasperl auf sich?«

»Das ist ein Geheimnis«, sagte Jim Knopf leise. »Wir Marionetten wissen nur, dass er nicht bei uns sein darf. Hatü will das nicht.«

»Es geht um den Trieg«, sagte das Urmel.

»Den Krieg? Und was wisst ihr darüber?«

Das Urmel schüttelte den Kopf. »Nichts.«

»Ich bin, glaub ich, erst danach geboren«, sagte Jim Knopf zögernd.

»Vielleicht hat das Geheimnis etwas mit Hatüs Vater zu tun? Kennt ihr ihn?«

Das Urmel seufzte. »Urmel hat teinen Vater. Ist aus einem Ei geslüpft. Sade.«

»Ich aus einem Postpaket«, sagte Jim Knopf traurig.

»Bei uns Erdmännchen ist das anders als bei euch Menschen.« Der kleine König Kalle Wirsch räusperte sich ernst. »Wir wissen das nicht so genau. Bei uns kümmern sich alle um die Kinder.«

Das Mädchen sah die drei überrascht an. Wie seltsam: Alle hatten sie keine richtige Familie! Was das wohl bedeuten mochte?

»Und gerade euch hat Hatü sich ausgedacht«, sagte es nachdenklich.

»Ausgedacht?« Kalle Wirsch war empört. »Ich bin der König der Erdmännchen!«

Das Mädchen lachte und betrachtete den Kleinen mit seinem Königsumhang und der goldenen Königskette und hatte für einen Moment weniger Angst als zuvor. Es hatte keinen Sinn, über etwas nachzugrübeln, das sie nicht erklären konnten. Sie mussten zusammen den Kasperl finden, alles andere war jetzt unwichtig. Es gab sich einen Ruck und stand auf.

»Kommt, lasst uns gehen!« sagte es zu seinen Gefährten.

Es wurde schnell dunkler um die vier, als sie den Mondlichtteppich verlassen hatten. Das Mädchen spürte, wie die Angst in ihm wieder wuchs, immer größer wurde, und ihr Herz wieder ganz und gar auszufüllen begann, während sie langsam in das undurchdringliche Schwarz hineingingen.

Hatü!«

Sie weiß sofort, wer sie ruft, und freut sich, als sie Hanns auf der anderen Seite der Donauwörther Straße an der Tankstelle entdeckt. Schon trabt er herüber zu ihr und sieht dabei, in seinem Overall und mit der Mütze, wie ein richtiger Tankwart aus.

»Braucht ihr Benzin? Kann ich organisieren.«

»Du bist jetzt wohl richtig erwachsen, oder was?«

Hanns wird rot, als sie das sagt, und sofort tut es ihr leid, ihn nicht freundlicher begrüßt zu haben. Wer weiß, wie es ihm geht? Sie hat gehört, dass er als Flakhelfer ganz zum Schluss noch in amerikanische Gefangenschaft geraten ist. Und der Vater würde sich tatsächlich über Benzin freuen. Ihr DKW, der die Bomben etwas zerbeult überstanden hat, ist schon seit Monaten stillgelegt.

»Gehst du nicht mehr zur Schule?« fragt sie versöhnlich.

Die Hände in den Taschen seines ölverschmierten Overalls vergraben, schüttelt er den Kopf.

»Ich muss!« sagt sie nach einem Moment und hält den alten Brotbeutel hoch, in dem der Kasperl steckt, den sie dem Vater heute endlich zeigen will. »Vielleicht sehen wir uns mal wieder?«

Und bevor Hanns noch etwas erwidern kann, ist sie schon auf dem Weg in Kratzerts Montagehalle, wo der Vater auf einer Werkbank alles ausgebreitet hat, was sie in den letzten Wochen in den Ruinen der Stadt gesammelt haben. Kleine Holzbohlen und Leistchen, Bretter und Drahtreste, Nägel und Stofffetzen, Bordüren und Posamente, Haken und Winkel, bunte Tapetenreste, zerbrochene Besenstiele und Bastdeckchen, glänzendes Furnier und Nägel aller Größen. Dazwischen liegen die beiden Marionetten, die er aus dem Lazarett mitgebracht hat, der Storch und Gevatter Tod.

»Zeigst du mir heute, wie er funktioniert?« fragt Hatü und deutet auf das Skelett.

Es hatte sie nämlich nicht einfach das Knochengerippe erschreckt, mit dem großen Schädel, dessen leere Augenhöhlen sie immerzu ansahen, als der Vater es am Tag seiner Rückkehr über den Küchentisch hatte laufen lassen, sondern erschreckt hatte sie alle, dass plötzlich alle Knochen der Marionette auseinanderflogen, um sich ebenso plötzlich wie geisterhaft wieder zusammenzufügen.

Der Vater lässt das Gerippe am Spielkreuz über die vollgestellte Werkbank stapfen, als wäre es eine Ruinenlandschaft, klappernd geht das Gebiss dabei auf und zu und die Fingerknöchelchen der Hände tasten durch die Luft. Dann aber fällt alles in sich zusammen und der Tod liegt, scheinbar nichts als ein Knochenhaufen, inmitten des Gerümpels.

»Der Tiroler hat mir gezeigt, wie das geht. Und es gab da einen Arzt im Lazarett, mit dem wir uns angefreundet haben, der hat uns gesagt, wie all die Knochen aussehen müssen, die Gelenkpfannen und Rippen und Wirbel, und wie alles zusammengehört.«

Mit einer einzigen Bewegung am Spielkreuz setzt sich alles wieder zusammen, als wäre nichts gewesen, und der tote Tod ist wieder lebendig.

Der Vater gibt Hatü das Spielkreuz und sie begreift schnell, wie es funktioniert. Immer wieder lässt sie das Gerippe zusammenfallen und sich zusammensetzen und kann gar nicht genug davon bekommen, den kleinen Schauder zu beherrschen, der sich dabei immer wieder einstellt. Schließlich aber lässt sie die Marionette sinken und sieht den Vater ernst an.

»Ich muss dir etwas zeigen«, sagt sie.

Und während sie den Kasperl auspackt, erzählt sie dem Vater von der Werkstatt in Schwangau und wie sie dort versucht habe, zum ersten Mal selbst eine Marionette zu schnitzen. Dann liegt der Kopf neben dem Tod und dem Storch auf der Werkbank und er ist ihr noch immer so unheimlich, dass sie ihn nicht ansehen mag. Stockend erzählt Hatü dem Vater davon.

»Er guckt wirklich ein bisschen finster. Wollen wir ihn freundlicher machen?«

Bevor Hatü etwas erwidern kann, hat der Vater den Kopf des Kasperls in der Hand wie einen Apfel, in der andern das Schnitzmesser, und schon fährt es dem Kasperl in den Mund und in die Nase und jetzt schneidet es ihm in die Augen hinein, bei denen Hatü sich so große Mühe gegeben hat. Ihr tut es beim Zusehen weh. Aus all den Sachen auf dem Tisch kramt der Vater zwei Holzperlen hervor, nimmt eine Dose Klebstoff, zieht den tropfenden Pinsel heraus, lässt zwei Kleckse in die Wunden fallen, die er in die Augenhöhlen geschnitten hat, und befestigt die Perlen darin. Stolz hält er Hatü den Kopf hin.

»Ein richtiger bayerischer Kasperl ist das jetzt.«

Tatsächlich sieht er nun aus wie ein liebenswerter Bursche. Und doch spürt Hatü, dass sie sich noch immer vor ihm ängstigt. Nur weiß sie jetzt nicht mehr weshalb.

Ach, Herr Oehmichen«, seufzt die alte Dame mit der weißblauen Hochfrisur. »Ich erinnere mich immer so gern daran, wie lustig Sie als Charleys Tante waren.« Ihre weichen Wangen zittern vor Traurigkeit. »Wir können uns das alle gar nicht vorstellen, das Theater ohne Sie.«

Der Vater zieht Rose und die Kinder lächelnd weiter zu ihren Plätzen. Der Ludwigsbau, in dem früher große Bälle gefeiert wurden, ist ein ovaler Jugendstilsaal, der wie durch ein Wunder den Krieg überstanden hat. Er ist bis auf den letzten Platz besetzt. Weil es noch immer keine Kohlen gibt, haben die Menschen ihre Mäntel und Schals, Hüte und Stolen anbehalten und frierend die Hände in Muffs und Handschuhen vergraben. Zunächst tritt Kulturdezernent Uhde ans Pult. Wie dankbar man Ernst Wiechert sei, betont er, dass der beliebte Autor nicht wie viele andere in die Emigration gegangen sei, sondern die letzten zwölf Jahre mit ihnen gemeinsam ertragen habe.

Der Beifall der behandschuhten Hände klingt dumpf, als der Schriftsteller auf die Bühne tritt, ein älterer Mann mit weit abstehendem Haarkranz, der helle Mantel zu weit, die schwarze Fliege über dem Hemd sehr groß.

»Wir hatten einmal ein Vaterland, das hieß Deutschland. Es war ein Land wie andere Länder auch. In ihm wurde gearbeitet und gelacht, geliebt und gelitten, wie in anderen Ländern auch.«

Wiecherts Stimme ist zu leise für den großen Saal. Hatü spürt, dass alle versuchen, mucksmäuschenstill zu sein, aber gerade das lenkt sie ab. Erst, als das Wort Hakenkreuz fällt, hört sie wieder zu. »Man schrieb das Zeichen auf Mauern und Zäune, auf Armbinden und Schlipsnadeln, auf Bergwände und Briefbogen, und dann brannte man es in die Seele des

Volkes. Das war es, was wir zuerst sahen. Und dann sahen wir die Uniformen, die Orden, die Stiefel, die Goldschnüre, die braune Walze, die über die Felder der Seele ging, um sie glatt und eben zu machen für die neue Saat. Und dann sahen wir die neuen Fahnen. Und dann hörten wir die neuen Lieder.«

Die Lieder. Hatü sieht zu Ulla hinüber, die reglos vor sich auf den Boden starrt. Die Schwester tut ihr leid. Wiechert spricht jetzt von den Lagern und den Schreien derer, die man dort zu Tode marterte und schlug. Von einem Blutstrom, der sich immer breiter und röter über die deutsche Erde ergossen habe. »In diesen zwölf Jahren hatte man einem Volk das Eigenste und Kostbarste genommen, das es zu allen Zeiten besaß: seine Jugend und mit ihr die Gewähr aller Zukunft. In diesen zwölf Jahren waren auch die letzten Fäden durchschnitten worden, die ein Volk an seine Vergangenheit binden und mit der Umwelt der anderen Völker verknüpfen.«
Die Fäden. Hatü stellt sich vor, alle hier im Saal wären Marionetten und die zerschnittenen Fäden hingen von ihren Armen und Beinen herab und schlängelten sich auf dem Boden.

»Da stehen wir nun und sehen die ewigen Sterne über den Trümmern der Erde funkeln und hören den Regen hinabrauschen auf die Gräber der Toten und auf das Grab unseres Zeitalters. So allein, wie niemals ein Volk allein war auf dieser Erde. So gebrandmarkt, wie nie ein Volk gebrandmarkt war. Und wir lehnen die Stirnen an die zerbrochenen Mauern und unsere Lippen flüstern die alte Menschheitsfrage: Was sollen wir tun?«

Die Frage des Schriftstellers hängt in all den reglosen, wie erstarrten Gesichtern. Viel mehr Frauen als Männer sind da, einige Alte mit großen Schnurrbärten und hängenden Schultern. Zerschlissene Uniformmäntel, fadenscheinige Wollkleider, letzter Schmuck. Vor ihnen sitzt eine alte Dame in einem schwarzen Pelzmantel, auf dem Kopf ein Hütchen mit Schleier. Hatü beobachtet zwischen den Stühlen hindurch, wie sie ein weißes Taschentuch aus ihrer Handtasche nimmt und unter dem Schleier ihre Augen tupft.

»Lasst uns erkennen, dass wir schuldig sind und dass vielleicht hundert Jahre erst ausreichen werden, die Schuld von unsren Händen zu waschen. Lasst uns aus der Schuld erkennen, dass wir zu büßen haben, hart und lange. Dass wir nicht Glück und Heim und Frieden zu haben brauchen, weil die anderen glücklos und heimlos und friedlos durch uns wurden.« Hatü mustert ihren Vater neben sich, der den Blick nicht von dem Schriftsteller lässt. Sie sieht, wie er die Lippen aufeinanderpresst und wie die Muskeln in seinem Kiefer hervortreten. »Lasst die am Besitz Hängenden ihre Häuser und ihren Hausrat ausgraben aus dem Schutt der Zerstörung. Ihr aber sollt etwas anderes ausgraben, was tiefer begraben liegt als diese.«

Hatü reckt sich, um Wiechert besser sehen zu können, diesen abgemagerten alten Mann mit der großen Fliege. Sie muss an die Ruinen denken, die sie mit ihrem Vater durchstreift. Was sollen sie ausgraben?

»Ihr«, sagt er leise, »sollt die Liebe ausgraben unter den Trümmern des Hasses.«

Der Applaus ist kurz. Alle haben es eilig, den eisigen Saal zu verlassen. Wieder grüßen im Vorübergehen viele den Vater, den sie noch aus dem Theater kennen. Das sei doch ganz der alte, salbungsvolle Ton, empfängt ihn Guido Nora, der neue Intendant des Stadttheaters, am Ausgang des Saals. Wiechert hätte unbedingt die ökonomischen und politischen Ursachen des Faschismus erwähnen müssen. Der stiernackige Klaus Müller, Mitbegründer der Augsburger CSU, rollt die Augen. Was ihn störe, sei ganz im Gegenteil, dass Wiechert alle schuldig spreche, selbst die Wehrmacht, die untadelig nichts als ihre Pflicht getan habe. Natürlich seien die Gefallenen unsere Helden.

»Mager sehen die Leute aus«, sagt der Vater und mustert die hinausströmenden Menschen. »Aber Kultur ist ihnen fast so wichtig wie das Essen, das sie nicht haben.«

»Wenigstens ist es bei uns nicht so schlimm wie anderswo. Was man von Berlin hört!« Der Intendant schüttelt den Kopf.

»Darum geht es doch nicht!« Der Vater sieht ihn ernst an. »Wir müssen die Herzen der Jugend erreichen, die von den Nazis verdorben wurden. Und die Fäden, mit denen wir sie wieder an Kultur anknüpfen, das sind die Fäden meiner Marionetten.«

»Ihrer Marionetten?«

»Ja, der Marionetten meines Puppentheaters.«

»Sie wollen ein Puppentheater gründen, Oehmichen?« fragt Nora ungläubig. »Ich meine, Sie haben wirklich größere Aufgaben nach der Barbarei! Kommen Sie ans Theater zurück. Wenn Sie erst entnazifiziert sind, werden Sie wieder Oberspielleiter. Ich brauche Sie, Mann!«

Der Vater schüttelt den Kopf. Er sieht sich nach Hatü um und nimmt ihre Hand. »Hatü und ich sind vor ein paar Tagen am Heilig-Geist-Spital vorbeigekommen. Der Saal dort steht wohl leer.«

Klaus Müller mustert ihn einen Moment, dann nickt er ernst. »Na gut, Oehmichen, wenn Sie das unbedingt wollen. Ich sage es dem Uhde.«

Hatü muss sich beherrschen, nicht loszujubeln. Aufgeregt sieht sie sich nach der Schwester und ihrer Mutter um, doch

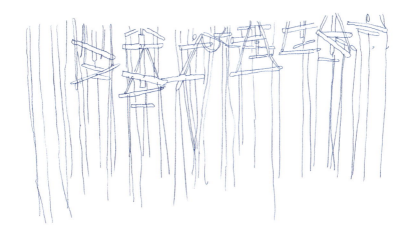

die sind ganz in das Gespräch mit einer alten Tante vertieft, die Ulla gerade die Wange tätschelt.

»Das wäre gut«, sagt der Vater ruhig. »Aber jemand müsste den Kartenverkauf übernehmen, Abendkasse, Garderobe, all das. Zumindest zu Anfang.«

»Nora?« Müller dreht sich zu dem Intendanten um. »Was meinen Sie?«

»Ich weiß nicht«, stammelt der. »Vielleicht könnten wir das über einen Gastspielvertrag regeln?«

Müller nickt zufrieden. »Genau. Nehmen Sie den Oehmichen mal unter Ihre Fittiche.«

»Das würde mir wirklich sehr helfen.«

»Wie soll Ihr Theater denn heißen, Herr Oehmichen?« will der Intendant mit einem säuerlichen Lächeln wissen.

»Die Augsburger Puppenkiste, dachten wir. Nicht, Hatü?«

Als die Mädchen um die Reste einer Brandmauer biegen, sind sie plötzlich von einem halben Dutzend Kindern umringt, die sich an sie hängen, auf sie einreden und deren

Händchen sofort in ihre Taschen huschen, mager und kahlgeschoren die meisten, in schmutzstarrende Soldatenmäntel gehüllt, die auf dem Boden schleifen, in Wolldecken, aus denen ihre Gesichter greisenhaft hervorlugen. Ein Feuer, sieht Hatü, lodert in einer Ecke der Ruinen. Wohin sie wolle, fragen alle durcheinander, und ob sie nicht etwas zu essen habe. Das fragen sie immer wieder. Hast du nicht was? Bitte gib uns was!

Die Kleinen tun Hatü leid, doch sie hat nichts Essbares dabei. Hilflos sieht sie sich nach Vroni um, die ihr ein paar Meter voraus ist und die das alles nicht zu überraschen scheint. Stattdessen winkt sie einem Jungen zu, der langsam von einer Matratze am Feuer aufsteht, älter als die anderen. Auf der Matratze erkennt Hatü zwei Mädchen, die gleichgültig zu ihr herübersehen, die eine trotz der Kälte mit nichts bekleidet als einer Fuchsboa und einem Seidenhemdchen. Hatü möchte die Freundin fragen, was das alles bedeute, doch als sie zu ihr will, krallen sich die vielen kleinen Hände mit erstaunlicher Kraft an ihr fest und sie kann sich nicht rühren. Vroni spricht mit dem Anführer, einem knochigen Jungen in einer Fantasieuniform. Jetzt streicht er ihr mit seiner schmutzigen Hand das Haar aus dem Gesicht, dann küssen sie sich. Hatü kann nicht glauben, was sie sieht. Einen Moment später kommt Vroni zu ihr.

»Komm, wir gehen«, sagt sie leise.

Die Kinder lassen von Hatü ab und sie stolpert hinter der Freundin her wieder ins Dunkel hinein. Sie weiß nicht, wohin sie eigentlich wollen, Vroni hat sehr geheimnisvoll getan. Mondlicht liegt über den Ruinen. Und kalt ist es. Vroni folgt zielstrebig einem dünnen Pfad über Schuttberge hinweg, an schwarz gähnenden Kellereingängen vorüber, balanciert durch geborstene Fensterlaibungen, schlüpft unter einem Verhau von Eisenträgern durch, unter bedrohlich überhängenden Ziegelwänden. Irgendwann hört Hatü eine Stimme, die zu ihnen herüberweht. Was erwartet sie jetzt? Die Stimme klingt nicht deutsch. Hatü spürt, wie Angst in ihr hochsteigt.

»Keine Sorge«, sagt Vroni beruhigend und sieht sich nach ihr um. »Komm weiter.«

Die Stimme wird lauter. Sie stehen vor dem aufgerissenen Rest eines Hauses, weggebombt die Fassade, man kann in die offenen Zimmer hineinschauen wie in ein Puppenhaus. Hatü erkennt im Dunkeln nicht viel, Schemen von Möbeln, das Glimmen bunter Tapetenreste. Im zweiten Stock der Ruine flackert ein Licht, der dünne Schein einer Kerze dringt herab und mit ihm jene fremdartige Stimme. Das ist Englisch, denkt Hatü. Vroni folgt ihrem Blick und nickt. Schon steht sie am halb verschütteten Zugang zum Treppenhaus.

»Da hinauf?« fragt Hatü.

Die Treppe ächzt bei jedem ihrer Schritte, aus der Mitte der Spindel gähnt der schwarze Nachthimmel zu ihnen herab. Die unverständliche Stimme hallt laut zwischen den Wänden der Ruine. Im zweiten Stock steigt Vroni durch die Reste einer zersplitterten Wohnungstür in einen Raum hinein, in dem ein breites Messingbett thront. Jemand hat es in die hinterste Ecke geschoben, möglichst weit weg von der aufgerissenen Wand, an der das Zimmer in die Nacht klafft. Ein Tischchen mit einer Lampe steht daneben, deren Schirm und Glühbirne zersplittert sind, die Kerze, die den Raum erhellt, steckt in den Resten der Fassung. Ihr Licht fällt auf den Volksempfänger, aus dem die englische Stimme kommt. Und auf Hanns, der auf dem Bett sitzt.

Hatü ist so überrascht, dass sie sich einfach wortlos zu ihm setzt. Grinsend angelt er eine Flasche vom Boden und reicht sie ihr zur Begrüßung. Vroni lässt sich zu den beiden aufs Bett fallen und schnipst eine Zigarette aus der Packung Luckys, die auf der Decke liegt. Hatü trinkt und der Schnaps brennt ihr die Kehle hinab. Sie hat noch nie Alkohol getrunken.

»Ich hab Hunger«, sagt Vroni zu Hanns. »Hast du was?«

Hanns schüttelt den Kopf. »Bei uns ist es so schlecht wie den ganzen Krieg nicht.«

»Die Mutter hat heut süße Loibla gebacken«, erzählt Hatü verlegen. Es ist ihr unangenehm, dass sie sich ums Essen keine Sorgen machen muss. »Ulla und ich haben Bucheckern gesammelt, weil's keine Nüsse gibt.«

»Immerhin«, sagt Vroni. Hanns sagt nichts.

Hatü trinkt noch einen Schluck. Sie wird das Bild nicht los von den Kindern in den Ruinen und wie der Junge Vroni geküsst hat. Wer war das? Sie traut sich nicht, die Freundin danach zu fragen. Sie trinkt wieder und ihr Kopf beginnt sich wattig anzufühlen, aber auch auf eine schöne Weise ruhig.

»Was machen wir?« fragt sie leise.

»Radio hören«, sagte Hanns und deutet in Richtung des Volksempfängers. »This is AFN Munich«, imitiert er die englische Stimme: »The voice of the 3rd Army!«

»Habt ihr die Nachrichten aus Nürnberg gehört?« Vroni schnipst ihre Zigarette aus dem Zimmer in die Nacht hinaus.

»Was ist denn in Nürnberg?« will Hatü wissen.

»Haupt-kriegs-verbrecher-prozess.« Vroni betont das Wort Silbe für Silbe, als könnte sie nicht glauben, dass die Freundin nichts davon weiß.

»Dönitz, Heß, Göring, Schirach, Ribbentrop, Frank, Keitel, Streicher, Kaltenbrunner, Sauckel, Speer, Jodl«, zählt Hanns auf. »Hab ich einen vergessen?«

Vroni zuckt mit den Schultern. »Habt ihr das von der Hexe aus Buchenwald gehört? Sie hat das Blut der Juden getrunken. Und aus ihrer Haut hat sie Lampenschirme gemacht.«

Da kommt eine leise, sonore Männerstimme aus dem Radio. »Good evening and welcome to *Music in the Air*. Music for the early evening, for relaxing, dining, or just easy listening!«

Hanns lächelt Hatü zu und sie lächelt zurück. Trinkt noch einen Schluck, gibt ihm die Flasche, lässt ihren Kopf auf eines der Kissen sinken und schließt die Augen.

»Bing Crosby«, sagt die leise Stimme, »with Les Paul and his Trio: *It's been a long long time*.«

Musik weht über die Ruinen.

Sie blieben einen Moment stehen, ganz dicht beieinander. Nachdem der Mondlichtteppich in der Ferne verglommen war, wurde ihnen schnell klar, dass sie in der Dunkelheit vor allem darauf achten mussten, zusammenzubleiben. Jeder Schritt von den anderen weg führte ins Nichts. Also nahmen sie sich an den Händen. Die meiste Zeit sagte keiner etwas, aber das Mädchen hörte genau auf das leise Klappern der hölzernen Füße. Es war froh, nicht wieder allein in dieser undurchdringlichen Nacht unterwegs zu sein.

»In welche Richtung gehen wir eigentlich?« fragte das Urmel nach einer Weile.

»Ich weiß es nicht«, sagte das Mädchen. Es war sich ganz und gar nicht sicher, ob sie den Kasperl jemals finden würden. Aber um das Urmel zu beruhigen, setzte es hinzu: »Hatü hat gesagt, es ist egal.«

»Quatsch! Wir Erdmännchen wissen immer, wo es langgeht im Dunkeln«, sagte der kleine König Kalle Wirsch und zog alle hinter sich her.

»Auts!« Das Urmel ließ die Hand des Mädchens los. »Urmel ist hingefallen«, jammerte es aus der Dunkelheit.

Es dauerte einen Moment, bis es sich aufgerappelt und seine Hand die des Mädchens wiedergefunden hatte. Das Schlimmste an der Dunkelheit war, dass man in ihr den Mut verlor und in jedem der vier Gefährten ein Gefühl der Vergeblichkeit hochstieg und es immer verlockender erschien, keinen Schritt mehr zu tun. Dennoch gingen sie weiter.

Der Blick der Mutter trifft Hatü im Spiegel. Sie betrachtet ihre Tochter im mageren Badezimmerlicht, als hätten sie einander lange nicht gesehen, streicht ihr mit der Hand übers Haar und das weiße Nachthemd. Hatü dreht den Wasserhahn ab.

»Was ist denn, Mama?« fragt sie in den Spiegel hinein.

Die Mutter schüttelt den Kopf.

»Gar nichts«, sagt sie und lächelt. »Wie groß du geworden bist! Eine richtige junge Dame.«

Bläser zerschneiden triumphierend die Luft, ein Atemzug Stille, eine Frauenstimme. Der Rhythmus ihres Sprechgesangs, sehnsüchtig und kühl zugleich, wird vom gezupften Bass aufgenommen, die gläsernen Trompeten setzen wieder ein, die Stimme jubelt: »Bei mir bist du shein.«

»Das ist doch Deutsch.« Der Vater ist überrascht.

»Es ist Jüdisch«, sagt Franz Kroher.

»Jiddisch«, verbessert seine Frau. Erna lehnt am Klavier, auf dem sie ihr Koffergrammofon platziert hat. Es ist eines der wenigen Dinge, die sie beim Bombenangriff gerettet hat. Der Deckel ist aufgeklappt, ihre Schellackplatten liegen daneben.

»Für mich klingt das deutsch!« sagt der Vater und leert sein Glas.

»Bei mir bist du schön!« singt er und zieht die Mutter vom Sofa hoch. Eng umschlungen tanzen die beiden.

Irgendwann nimmt Erna ihren Fotoapparat und beginnt Bilder zu machen, von Walter und Rose Oehmichen, von Hatü und Ulla, schließlich dreht sie sich um und knipst auch ihren Mann, der, das Sektglas in der Hand, an der Tür zum Esszimmer steht. Dort stand auch der Puppenschrein, denkt Hatü, die sich auf dem Sofa an Ulla kuschelt. Die Schwester, weiß Hatü, wird sich nachher aus dem Haus stehlen, sie hat ihr nicht verraten, wohin sie will. Als würde sich das so gehören, haben sie beide jetzt ihre Geheimnisse. Hatü muss an Hanns denken, an das Zimmer über den Ruinen und die Musik von AFN.

»Die Musik der Sieger ist deutsch!« Der Vater lacht. »Das ist verrückt.«

»Jiddisch«, korrigiert die Mutter ihn sanft.

Als die Platte zu Ende ist, lässt der Vater, plötzlich ernst, seine Frau los.

»Ich muss euch etwas sagen: Sie haben meinen Antrag abgelehnt, mich als Marionettenspieler zuzulassen. Weil ich noch immer nicht entnazifiziert bin.«

Die Mutter setzt sich auf das Sofa und drückt ihre Töchter an sich. Wortlos drehte Erna die Kurbel des Grammofons und noch einmal beginnt das Stück der Andrew Sisters. Mit zwei Schritten ist sie bei dem ratlosen Vater und schmiegt sich in seine Arme. Die beiden tanzen miteinander und alle sehen ihnen zu. Schließlich ist das Lied ein zweites Mal zu Ende und wieder nur die Nadel zu hören, die knisternd in der Rille kratzt.

Das gleißende Licht des Kinoprojektors fängt Hatü und ihren Vater wie ein Suchscheinwerfer ein. Geblendet tasten sie sich zwischen Bühnenrand und Leinwand vor. Hatü hört Stimmen aus dem Zuschauerraum, vereinzeltes Klatschen, jemand ruft etwas auf Englisch, das sie nicht versteht. Für einen Moment weiß sie nicht mehr, ob es eine gute Idee war, hierherzukommen.

Theo Kratzert, der jetzt bei den Amerikanern arbeitet, war wie verabredet zur Stelle, als sie am Tor ankamen. Ungewohnt sah er aus in seinem blauen Overall neben dem weiß gestrichenen Kontrollhäuschen mit den amerikanischen Flaggen und den Wachsoldaten. Hatü musste daran denken, wie stolz er immer in seiner HJ-Uniform herumgelaufen war. Kaum hatten sie sich begrüßt, kam auch schon ein junger Sergeant im Laufschritt heran und Theo erklärte ihm auf Englisch, weshalb sie hier waren. Blond und das Gesicht voller Sommersprossen, hatte der Sergeant trotz seiner Uniform mit den goldenen Knöpfen etwas von einem jungen Hund, der vor ihnen herlief über das große Gelände der Kaserne, die vor Kurzem noch nach einem bayerischen General des Ersten Weltkriegs geheißen hatte, dessen Siege Hatü in der Schule gelernt hatte. Jeeps, Soldaten in Gefechtsmontur, die im Laufschritt über das Gelände trabten, lange Reihen von

Lastwagen, mächtige Artilleriegeschütze. Mit einem Nicken schickte der Sergeant sie in das blendende Licht hinein.

An dem Tisch auf der Mitte der Bühne angekommen, beginnt der Vater seinen Rucksack auszupacken. Halb blind nestelt Hatü an Erna Krohers Grammofon herum, und es dauert einen Moment, bis der Deckel endlich aufklappt. Sie nimmt die Schellackplatte heraus und legt sie auf den Plattenteller. Sie fühlt sich unwohl bei der Vorstellung, dass man in dem grellen Licht alles sieht, ihre groben, gestopften Strümpfe und die alten Schuhe der Schwester, die sie auftragen muss, und dass die Männer im Zuschauerraum ihre Hüften betrachten und ihren Busen unter dem engen Pullover. Eilig dreht sie die Kurbel des Grammofons. Sie haben lange überlegt, welche Musik passend wäre, und sich schließlich für Tschaikowskys *Schwanensee* entschieden, den Tanz der vier kleinen Schwäne. Zitternd setzt Hatü die Nadel auf die Platte. Im selben Moment zieht der Vater, wie sie es geprobt haben, die Minnie-Mäuse unter dem Tisch hervor. Die Überraschung gelingt, die Zuschauer beginnen zu johlen.

Mickys Freundin Minnie kennt Hatü aus dem Kino, die lustigen Trickfilme liefen, als sie noch klein war, oft als Vorfilme, und sie fand es aufregend, dass sie aus Amerika stammten. Daran erinnerte sie sich gleich, als der Vater ihr die Marionetten zum ersten Mal zeigte mit ihren tellerrunden schwarzen Ohren, den weißen Handschuhhänden und blauen Röckchen. Die Ärmchen hat er aus Kordel geflochten. Es sind fünf, und sie halten sich an den Händen. Das habe noch niemand gemacht, hatte der Vater stolz erklärt, fünf Marionetten so in einer Reihe tanzen zu lassen, das gehe nur mit diesem besonderen Spielkreuz.

Außerdem gibt es noch Micky. Hatü übernimmt ihn vom Vater, und schon beginnt es. Wie lebendige Tänzerinnen werfen die Minnie-Mäuse ihre Beine mit den roten Schuhen synchron nach links und nach rechts, überqueren dabei den Tisch von einer Seite zur anderen und wieder zurück. Hatü lässt Micky dazu herumhampeln und springen, und während die Musik immer lauter und schneller wird, entspinnt sich so zwischen den Tänzerinnen und Micky ein regelrechter Wettstreit, den sie zwar in groben Zügen geübt haben, der aber jetzt, unter dem Johlen der Soldaten, immer wilder gerät.

Doch bevor sich Hatü versieht, ist die Musik zu Ende. Sie verbeugen sich in das grelle Licht des Kinoprojektors hinein. Das Licht ist eine undurchsichtige Wand und ihnen bleibt nichts, als auf das Klatschen zu lauschen, und so verbeugen sie sich immer weiter, unsicher, ob überhaupt noch jemand im Zuschauerraum ist, bevor sie sich endlich getrauen, ihre Sachen wieder zusammenzupacken. Hinter der Bühne wartet der Sergeant und hält dem Vater einige Dollarscheine hin, die dieser nickend einsteckt. Der verächtliche Blick des jungen Amerikaners empört Hatü, zugleich aber schämt sie sich, ohne zu wissen wofür. Ohne ein Wort zu sagen, bringt er sie zurück zum Kasernentor. Bepackt mit Grammofon und Rucksack haben sie Mühe ihm zu folgen, so schnell geht er.

Hatü ist noch nie allein mit Ulla im Biergarten gewesen. Der klebrigsüße Duft der blühenden Kastanien nimmt die Schwestern gefangen, als sie unter ihre ausladenden Äste treten. Hatü betrachtet bewundernd die neue Bluse der Schwester aus Fallschirmseide und den weiten

Glockenrock, der ziemlich kurz ist. Wie sie die schönen neuen Absatzschuhe organisiert hat, will sie nicht verraten. Sie ist siebzehn und sieht aus wie Zarah Leander, findet Hatü.

»Hey, Froleins!«

Ein GI drückt sich schwer von seiner Bierbank hoch und baut sich vor ihnen auf. In der Schule tuschelt man von Ami-Liebchen und dass die amerikanischen Soldaten deutsche Mädchen so ansprechen. Hatü erstarrt im alkoholischen Atem des Mannes und ist überrascht, als Ulla einfach anfängt zu lachen. Es dauert nur einen Moment, dann lachen auch seine Kameraden, und als der Soldat sich unsicher nach ihnen umsieht, zieht Ulla die Schwester weg. Sie suchen sich einen Tisch in gehörigem Abstand. Hatü schaut die Schwester mit großen Augen an, doch die schüttelt nur den Kopf.

»Ach, das war doch nichts. Meist sind die Amis ganz lieb.«

Ein ganzes Jahr ist jetzt Frieden und seit diesem Frühjahr hat der Biergarten der Brauerei Riegele wieder geöffnet. Dass von all den Bomben, die auf den nahen Gleisanlagen niedergingen, ihn keine getroffen hat, erschien vielen in der Stadt als hoffnungsvolles Zeichen. Einige alte Männer sitzen allein vor ihren Biergläsern und lesen Zeitung. Die Familie neben ihnen isst Radi, den der Vater mit einem Taschenmesser aufschneidet und salzt. Ob Ulla öfter hierherkommt? Mit einem Freund, von dem Hatü nichts weiß? Der schwere Duft der Kastanien liegt über allem, dazu das Brummen der Insekten in den Dolden.

»Ach, Mensch, guck mal: Ich glaub, da drüben sitzt der Pips Priller.«

»Wer?«

»Pips Priller, der Jagdflieger. Den kennst du doch noch aus der Wochenschau. Über hundert Abschüsse, Ritterkreuz mit Eichenlaub und Schwertern. Also hat man ihn aus der Kriegsgefangenschaft entlassen. Die da bei ihm, das ist, glaube ich, Frau Riegele.«

Hatü sieht sich nach dem Mann in der Fliegerjacke um, eine gedrungene Gestalt, das Haar mit Pomade gebändigt.

»Sie wünschen?«

Hatü hat gar nicht bemerkt, dass die Kellnerin an ihren Tisch gekommen ist.

»Ein Bier bitte«, sagt Ulla. »Und für meine kleine Schwester ein Glas Kranenwasser.«

Die Kellnerin stapft davon, in den Händen ein Tablett mit leeren Gläsern. Unter ihren Schritten knirscht der Kies.

»Du trinkst Bier?«

»Manchmal«, sagt Ulla.

Als die Bedienung zurückkommt, nimmt sie einen grossen Schluck und Hatü sieht zu, wie sie sich den Schaum von der Oberlippe wischt.

»Ich würde ja gern eine Lehre als Puppenschnitzer machen, wenn ich im Sommer die Mittlere Reife hab«, erzählt Hatü. »Aber Papa sagt, dazu haben wir kein Geld, er bringt mir alles bei. Dann schnitzen wir die Marionetten zusammen. So was wie den Tod, bei dem die Knochen auseinanderfliegen!«

»Ich weiß nicht«, sagt Ulla. »Immer diese Märchen. Das passt doch nicht mehr in unsere Zeit.«

Hatü versteht nicht, was die Schwester meint. »Aber der Puppenschrein!«

»Ja, der Puppenschrein. Da waren wir Kinder. Und es war Krieg. Aber heute? Wo sich alle etwas aufbauen? Ich finde, Papa sollte wieder ans Theater gehen.«

Hatü schüttelt energisch den Kopf. »Du hättest dabei sein sollen, als wir mit den Minnie-Mäusen in der Kaserne waren. Wie die Soldaten da gelacht haben! Und das war kein Märchen.«

»Ach, Hatü!«

»Aber du machst trotzdem bei unserem Theater mit, oder?« Hatü spürt, wie ihr Herz klopft. Sie kann sich gar nicht vorstellen, wie es ohne die Schwester wäre. Ein Spruch fällt ihr ein, den man jetzt überall hört. Triumphierend sieht sie Ulla an: »Es geht, wenn du nur selber gehst, und nicht verdrossen abseits stehst!«

Da muss die Ulla lachen.

»Natürlich bin ich dabei«, sagt sie lachend. »Aber erst einmal mache ich mein Abitur. Und vielleicht studiere ich dann. Und außerdem will ich auch ein bisschen Spaß haben. Jetzt, wo der Krieg vorüber ist.«

Hatü nickt. Eine Weile lang reden sie nicht. Ulla trinkt langsam ihr Bier aus.

»Wie wunderbar das riecht!«

Ulla schaut in die Kastanien. Wind ist aufgekommen, und die Bäume rauschen über ihnen. Sie müssen nach Hause. Als sie durch den knirschenden Kies zum Ausgang des Biergartens gehen, baut sich wieder der GI vor ihnen auf, sichtlich noch betrunkener als eben. Hatü, die gar nicht mehr an ihn gedacht hatte, greift nach der Hand ihrer Schwester. Doch Ulla lächelt den Soldaten einfach an, und da fällt alles Getue von ihm ab. Wie eine Marionette, denkt Hatü fasziniert. Er lächelt, wie ein kleiner Junge, glücklich zurück.

Und was spielen wir?« will Ulla wissen.
»Den *Gestiefelten Kater*.«

Der Vater hat sie alle ins Wohnzimmer gerufen und ihnen erklärt, mit der Puppenkiste werde es nun ernst.

»Weshalb gerade das?« fragt Ulla. Hatü erinnert sich, was ihre Schwester über Märchen gesagt hat.

Der Vater zuckt mit den Schultern. »Ich weiß nicht. Sind wir nicht ebenso arm wie der Müllerssohn nach dem Tod des Vaters? Vielleicht werden ja auch unsere Lumpen wieder zu einem schönen Anzug. Und aus dem Land, das uns nicht mehr gehört, wird unser eigenes Königreich.«

Hatü muss an die Flüchtlingsbaracken an der Wolframstraße denken und an die Speisungsstellen des Wohlfahrtsamtes, wo schon morgens viele hungrige Schulkinder und ehemalige Soldaten anstehen. Das alles kann verschwinden, sagt das Märchen.

»Aber dazu muss man jemandem vertrauen, dem man nicht trauen kann: einer Katze. Die ist nicht treu wie ein Hund, sondern kommt und geht wie sie will.«

Hatü versteht genau, was er meint.

»Aber das wird sehr viel Arbeit und etwas ganz anderes als der Puppenschrein. Darüber müssen wir uns im Klaren sein. Wir brauchen so viele Marionetten: den Kater, den Müllerssohn, den König.«

»Und eine Kutsche mit Pferden.« Hatü muss an das Kinderbuch der Omama denken.

»Und den Zauberer«, sagt die Mutter. »Und die Tiere, in die er sich verwandelt.«

Hatü nickt. »Einen Elefanten, einen Löwen und eine Maus.«

»Ja«, sagt der Vater. »Aber die Marionetten sind nicht alles. Außerdem brauchen wir Bühnenbilder und Requisiten. Und

Musik, die jemand komponieren muss. Das können wir nicht alleine.«

»Wieso?« Hatü sieht alles schon vor sich. »Mama macht die Kostüme, du führst Regie, wir beide schnitzen und alle spielen wir.«

»Und wer spricht? Bei so einem aufwendigen Stück können wir die Marionetten nicht selbst sprechen. Außerdem brauchen wir Kostümbildner, Bühnenbildner, Musiker. Und wir brauchen mehr Puppenspieler.«

»Euer Vati hat recht«, nickt die Mutter. »Wir werden ein richtiges Theater brauchen.«

»Es ist also entschieden?« fragt der Vater. »Wir machen es?«

Die Mutter muss lachen, weil Hatü so stürmisch nickt. Ulla sagt nichts.

Auf dem zugewucherten Hof stapelt sich Gerümpel im Licht aus den Fabrikfenstern, das Hatü und Vroni den Weg weist. Als sie die schwere Metalltür der alten Weberei aufdrücken, macht Hatü unwillkürlich ein paar Tanzschritte. Der große Raum ist voller junger Leute, die zwischen den gusseisernen Säulen umhergehen und die Bilder an den Wänden betrachten, während ein Saxofon gerade sein Solo spielt. Von der Band sieht Hatü nur den Kopf des Bassisten mit seinem Instrument über einer Menschentraube. Vroni greift Hatüs Arm und will sie dort hinziehen, als plötzlich Hanns vor ihnen steht, und so schlängeln sie sich zu dritt durch die Menge. Hatü ist überrascht, als sie sieht, dass der Saxofonist ein Schwarzer ist, der breitbeinig vor den anderen Musikern steht und sich mit geschlossenen Augen hin und her wiegt im Spiel. Den Bassisten meint Hatü aus der

Schule zu kennen. Er trägt Anzug mit Fliege, der Schlagzeuger dahinter einen ausgeleierten blauen Seemannspullover. Der Schwarze biegt sich weit zurück und spielt die letzten Töne seines Solos in stotternden Synkopen, die zu schreien scheinen.

»Wahnsinn!« stößt Hanns begeistert hervor. »Der ist besser als Lester Young.«

Hatü weiß nicht, wer Lester Young ist. Hanns hat sie beschworen, heute hierherzukommen, es ist die erste Ausstellung einer Gruppe junger Künstler, die er kennt. Sie hat sich über die Einladung gefreut, obwohl etwas zwischen ihnen vorgefallen ist, das sie zögern ließ. Als sie fragte, ob er nicht bei der Puppenkiste mitmachen wolle, hat er nur den Kopf geschüttelt. Sie seien doch keine Kinder mehr. Das hat ihr einen Stich versetzt. Er begreift nicht, was die Marionetten ihr bedeuten, und so fühlt sie sich fremd neben ihm und inmitten dieser Leute, von denen viele seltsame Bärte tragen und Baskenmützen, ausgestellte Kleider mit sehr schmalen Taillen und spitze Absatzschuhe. Sie sieht ein Paar, das sich gierig küsst, was niemanden zu interessieren scheint. Jetzt stellt ihnen Hanns einen schmächtigen Jungen vor. Das sei Alfons Dörschug, einer der Künstler.

Er gibt den Mädchen übertrieben förmlich die Hand. Seine wässrigen Augen irren dabei unruhig umher. Ob sie von dem Prozess gegen die Leute aus dem Krankenhaus gelesen hätten? »Eine tolle Geschichte! Sie haben Penizillin geklaut. Ein Pfleger, der die Injektionen für die Patienten vorbereitete, hat es durch destilliertes Wasser ersetzt. Es gab Tote.«

Bevor Hatü etwas erwidern kann, hat sich der Schlagzeuger durch die Menge zu ihnen herangeschoben, umarmt Alfons, hebt ihn hoch und wirbelt ihn herum.

»Und wer seid ihr?« will er wissen, als er den protestierenden Freund wieder heruntergelassen hat.

»Ich bin Vroni!«

»Und du?«

»Hatü ist Puppenspielerin«, erklärt Hanns.

»Marionetten«, verbessert sie ihn.

»Ihr Vater ist Walter Oehmichen.«

»So, so, der Herr Papa vom Stadttheater.«

Der Schlagzeuger betrachtet sie neugierig und Hatü spürt, wie sie rot wird. Sie ist wütend auf Hanns und kehrt ihm den Rücken.

»Und welche Bilder sind von dir?« fragt sie Alfons.

»Das da drüben.« Er deutet auf eine große Leinwand. »Informelle Malerei«, erklärt er, und als er Hatüs fragenden Blick sieht: »Wie Jackson Pollock.«

Sie schüttelt den Kopf.

»Du kennst Pollock nicht? Pollock, das ist Jazz. Das ist besser als Picasso. Das ist amerikanisch! Er legt seine Leinwände auf den Boden und lässt die Farbe einfach darauftropfen.«

Hatü muss lachen. »Die Farbe tropft auf die Leinwand?«

Alfons nickt begeistert. »Und er nimmt nicht mal einen Pinsel dafür. Er macht einfach ein Loch in die Farbdose. Seine Kunst ist pure Magie!«

Er strahlt Hatü an und sie mag seine Begeisterung, wenn sie auch nicht versteht, wovon er spricht. Aber da sie noch immer wütend auf Hanns ist, fixiert sie den Schlagzeuger in seinem Seemannspullover, der furchtbar erwachsen aussieht. Sie muss sich überwinden, ihn nicht zu siezen.

»Und du? Was malst du?«

»Komm, ich zeig es dir.«

Er nimmt ihre Hand und zieht sie weg, sie sieht im Augenwinkel Vronis und Hanns' überraschte Blicke und lässt es geschehen. Er führt sie in eine der weniger frequentierten Ecken der Halle und dabei bemerkt sie, dass er hinkt. Erst, als sie vor einer Reihe kleiner Blätter stehen, mit Nadeln an die weiß getünchte Backsteinwand geheftet, gibt er ihre Hand wieder frei. Die Zeichnung, vor der sie steht, zeigt so etwas wie eine Insel oder eine Amöbe, aus sehr feinen Linien zusammengefügt. Bleistift, Tusche, Aquarell. Sie weiß nicht, was sie dazu sagen soll.

»Willst du ein Bier?«

Sie nickt, während sie das Bild betrachtet.

»Dann trink.«

Er hält ihr seine Flasche hin. Hatü dreht sich überrascht zu ihm um und muss lachen.

»Es gibt da einen Maler in Paris, einen Deutschen«, beginnt er stockend zu sprechen und wirkt dabei plötzlich sehr schüchtern. »Nennt sich Wols, heißt aber anders. Hat den Krieg in französischen Lagern zugebracht. Letztes Jahr hatte er eine Ausstellung in Paris, zu der gab es ein kleines Buch mit Abbildungen seiner Aquarelle und Zeichnungen, das habe ich. Das ist eine ganz neue Kunst. So möchte ich malen.«

Hatü trinkt von seinem Bier und betrachtet ihn nachdenklich. Fragt ihn, wie alt er sei. Achtundzwanzig, antwortet er.

»Und wie heißt du?«

»Michel Schwarzmeier.«

Sie betrachtet ihn noch immer, diesen Michel Schwarzmeier, der sie behandelt, als wäre sie erwachsen und nicht gerade mal siebzehn. Sein blauer Seemannspullover ist schmuddelig und hat Mottenlöcher. Er hat müde Augen und weiche Wangen.

»Was hat dein Freund damit gemeint, als er über diesen amerikanischen Maler sprach, seine Bilder seien wie Musik?«

»Musik, Malerei, das ist alles dasselbe.« Er streicht sich das blonde Haar aus dem Gesicht. Seine Fingernägel haben schmutzige Ränder. »Die Kunst muss das Leben ändern, dafür ist sie da.«

»Alles ist dasselbe?«

»Ja. Deshalb interessiere ich mich auch für Voodoo und afrikanische Masken, Totemismus und Kubismus, für die Atombombe, Stalin und den Kommunismus.«

Hatü muss lachen. »Für den Kommunismus auch?«

»Ja, für den Kommunismus auch. Und für deine Puppen.«

»Marionetten.«

»Marionetten.« Er sieht an ihr vorbei in den Saal.

»Was ist mit deinem Fuß?«

Ihre Frage bringt ihn für einen Moment aus der Fassung.

»Kein Fuß mehr. Den hat der russische Winter behalten.« Er nimmt ihr die Bierflasche aus der Hand und trinkt.

»Wir werden ein Marionettentheater eröffnen«, sagt Hatü nach einem Moment leise.

»Und kann man mitmachen bei eurem Theater?«

Hatü ist überrascht. Das hat sie nicht erwartet. Sie nickt.

Er lächelt. »Du musst William Faulkner lesen«, sagt er leise. »Und Lautréamont. Und Jean-Paul Sartre, der ist der Beste.«

Hatü betrachtet ihr Gesicht in dem kleinen Rasierspiegel auf der Hobelbank, dann den Holzklotz vor sich im Schraubstock und wieder ihr Gesicht, so gleichgültig, als wäre es nicht das eigene, sondern eine beliebige Konstellation von Linien und Flächen, Wölbungen und Sicken, und schließlich nimmt sie das Messer und beginnt. Eine erste Kontur entsteht, entlang derer das Gesicht aus dem Klotz hervortreten wird, noch einmal sucht sie zur Kontrolle dieselbe Kontur im Spiegel, dann lässt sie das Messer wieder sinken.

Sie schaut zu Erna Kroher hinüber, die an der anderen Hobelbank sitzt und sich über eine kleine Hand beugt. Sie trägt einen weißen, hochgeschlossenen Drogistenkittel aus dem Fotoatelier ihres Mannes, vor sich ein halbes Dutzend Hände und Füße, und mit all den Gliedmaßen vor sich sieht sie aus wie eine sehr schöne Ärztin. Hatüs Blick irrt durch den Raum. Noch ist der Saal kein Theater, sondern eine Werkstatt, vollgestellt mit den Klötzen aus Lindenholz, der Nähmaschine der Mutter, den Hobelbänken und allerlei Utensilien. Die Biergartenstühle, auf denen einmal die Zuschauer sitzen sollen, stapeln sich schon in einer Ecke, dane-

ben zwei der Kronleuchter aus dem ausgebrannten Rathaus, die der Vater und sie bei einer ihrer Expeditionen unter dem Schutt entdeckt haben. Hatü spürt, wie es sie fröstelt.

Das Feuer in dem großen Kanonenofen ist fast heruntergebrannt, nur matt glimmt es noch aus den Öffnungen der Feuerklappe. Sie steht auf und nimmt einen Kopf aus dem Weidenkorb neben der Hobelbank, der ihr vor ein paar Tagen misslungen ist, öffnet die Ofenklappe, wirft ihn hinein, sieht zu, wie die verzogenen Lippen als Erstes aufglühen, und stößt die Klappe wieder zu. Sie geht zu Erna hinüber, nimmt schweigend einen der Füße in die Hand und streicht über das glatte Holz, das sich anfühlt, als wäre es warm durchblutete Haut. Schließlich setzt sie sich wieder an ihren Platz, sucht im Spiegel ihr Gesicht, sucht die Kontur, die sie vorhin gesehen hat, und schnitzt weiter.

Es beginnt schon zu dämmern, als der Vater endlich kommt, bei sich hat er Bernhard Stimmler und Hugo Schmitt. Stimmler ist ein in Augsburg bekannter Komponist, Schmitt der leitende Bühnenbildner am Stadttheater. Der Vater führt sie gleich zu Erna Kroher. Hatü sieht, wie sie die Hand vorzeigt, an der sie arbeitet, und hört, wie sie lacht. Hatüs Beitel zögert über dem Holz. Manchmal denkt sie, dass sie Menschen gar nicht unbedingt mag und dass sie Erna beneidet darum, wie leicht sie immer im Mittelpunkt steht. Hatü sieht, wie der Vater ihr seine Hand auf die Schulter legt, senkt den Kopf und schnitzt weiter.

Sie bemerkt zunächst gar nicht, dass Hugo Schmitt hinter ihr steht und beobachtet, wie sie an ihrem Puppenkopf arbeitet. Wenn sie wolle, sagt er, als sie irgendwann fragend zu ihm aufsieht, könne sie bei ihm in die Lehre gehen. Er suche gerade jemanden in der Theaterwerkstatt. Gleich morgen könne sie anfangen. Hatü ist so aufgeregt, dass sie kein Wort herausbekommt, nur nicken kann, und den Kopf wieder senkt. Vor Aufregung bekommt sie gar nicht mit, wie die Männer sich kurz danach verabschieden, sitzt einfach da, den Beitel in ihrem Schoß, und malt sich aus, wie es sein wird im Theater. Und was der Vater wohl dazu sagen wird. Erst, als sie aufsteht, um ihn zu fragen, bemerkt sie die Stille im Saal.

Erna ist nicht mehr an ihrem Platz. Die halbfertige Hand liegt neben den anderen Händen und Füßen. Ratlos sieht Hatü sich um. Als der Vater die Werkstatt einrichtete mit dem Ofen und den Hobelbänken, hat er zwischen zwei der Säulen eine Leine gespannt und mit einer Decke ein kleines Abteil abgetrennt für ein Feldbett, auf dem er gelegentlich übernachtet. Und dort entdeckt sie ihn jetzt, durch einen Spalt zwischen Decke und Säule. Sie sieht, wie ihr Vater und Erna sich küssen und wie ihre Hand dabei dem Vater durchs Haar streicht. Enttäuscht und wütend über diesen Anblick, der ihre Freude zunichtemacht, fühlt Hatü sich im selben Moment schuldig, etwas zu sehen, das nicht für ihre Augen bestimmt ist. Und kann doch nicht wegsehen. Und dann trifft sie Erna Krohers Blick. Ohne den Kuss zu unterbrechen, sieht sie Hatü an, ängstlich und triumphierend zugleich.

Ich mag Dunkelheit.«
Als das Mädchen die verträumte Stimme Jim Knopfs hörte, wurde ihm bewusst, dass sie schon furchtbar lange schweigend durch die Nacht gegangen sein mussten.

»Sie erinnert mich an die Region der schwarzen Felsen in der Wüste am Ende der Welt, die ich mit Lukas und Emma durchquert habe. Und an den Mund des Todes, in dem war es auch so dunkel.«

»Der Mund des Todes!« jammerte das Urmel.

Jim Knopf schien es nicht zu hören. »Und außerdem sind wir im Dunkeln alle gleich.«

»Das sind wir sowieso«, sagte das Mädchen.

»Na ja«, meinte der kleine König Kalle Wirsch, »Erdmännchen seid ihr trotzdem nicht.«

»Was meinst du damit?« Man hörte dem Urmel an, dass es große Angst hatte.

»Erdmännchen sind mutig. Und ich bin ihr König. Also sehr mutig.«

»Urmel ist nicht mutig.«

Das Mädchen nahm es in den Arm. Es spürte, wie sehr es zitterte.

»Ich wüsste gern«, sagte Jim Knopf, »wie dieser Krieg gewesen ist. Als Hatü mich geschnitzt hat, war er ja schon lange vorüber.«

Das Urmel kuschelte sich in den Arm des Mädchens. »Weiß nichts davon.«

»Ich glaube, nur der Kasperl weiß Bescheid.«

Das Mädchen wunderte sich, wie ruhig Jim Knopf klang. Als ob die Dunkelheit ihm tatsächlich nichts anhaben konnte.

»Ja, aber er wird es uns nicht erzählen. Ihr wisst ja, wie er ist.« Kalle Wirsch ließ keinen Zweifel daran, dass er genau wusste, mit wem sie es zu tun hatten.

»Und wie ist er?«

Keine der drei Marionetten antwortete dem Mädchen.

Das Klappern von Ullas Schreibmaschine ist schon im Hausflur zu hören. Obwohl in einem halben Jahr ihr Abitur ansteht, hat sie es übernommen, das Textbuch des *Gestiefelten Katers* abzutippen, und zwar mittels Zwei-Finger-Suchsystem, wie sie das nennt, und mit Durchschlägen für alle Mitwirkenden. Ihr Büro ist das Esszimmer. Hatü weiß, dass ihre Schwester sich nicht für das Puppenspielen interessiert, auch das Schnitzen hat sie nach ein paar Versuchen wieder aufgegeben. Als aber der Steuerberater des Vaters vor ein paar Wochen bei ihnen war, hat sie sich gleich die Grundzüge der Buchhaltung erklären lassen.

»Ist Papa in der Werkstatt?«

Ulla nickt nur und spannt ein neues Blatt mit drei Durchschlägen in die Maschine.

Hatü hat sich ihren ganzen ersten Tag in der Theaterwerkstatt sehr bemüht, nicht an das zu denken, was sie gestern gesehen hat, doch hier zu Hause steht ihr alles wieder vor Augen.

»Und Erna?« Hatü späht zu der geschlossenen Wohnzimmertür hinüber.

Die Schwester unterbricht ihre Arbeit und sieht sie mit großen Augen an. »Du wirst es nicht glauben«, sagt sie, »aber Krohers sind ausgezogen.«

»Ausgezogen?«

»Ja, einfach so. Ich war noch in der Schule, aber Mutter hat erzählt, Erna habe ihr heute morgen eröffnet, sie hätten nun überraschenderweise eine Wohnung gefunden und wollten uns nicht länger zur Last fallen. Sie haben wohl gleich gepackt. Eigentlich schade. Erna ist wunderschön, findest du nicht? Und immer so geschmackvoll. Aber es war ja wirklich ein bisschen eng.«

Ulla rückt das Textbuch neben der Schreibmaschine zurecht und beginnt zu tippen. Hatü sieht ihr einen Moment lange zu, während die Erinnerung in ihr hochsteigt, mit dem Widerwillen, den sie empfunden hat, und der brennenden Scham. Wie gern würde sie der Schwester alles erzählen. Aber sie wird es nicht tun. Vorsichtig öffnet sie die Tür zum Wohnzimmer, als wollte sie sich vergewissern, dass die Krohers tatsächlich weg sind. Ihre Mutter sitzt auf dem Sofa und lächelt sie an. Sie nimmt die Nadeln aus dem Mund.

»Ich hab die Tür zugemacht, weil die Tipperei ja doch ganz schön laut ist.«

Auf dem Sofatisch liegen drei Marionetten in Nestern aus Stoff. So lange Hatü zurückdenken kann, hat die Mutter ihr und Ulla Kleider genäht, und jetzt näht sie die Kostüme der Marionetten. Es sind dieselben Schnitte, hat sie ihr erklärt, wichtig sei nur, weiche Stoffe zu nehmen, damit die Puppen sich gut bewegen könnten. Hatü setzt sich auf die Kante ihres Sessels.

»Ich war heute Morgen bei Martini in Haunstetten, die überlassen uns Stoffproben für die Kostüme. Da sparen wir ordentlich. Und schau mal, wie schön.«

Hatü streicht darüber. Ein Stück schwarzer Samt ist dabei und nachtblaue Seide, viel bunter Kattun.

»Und aus dem, was wir nicht brauchen, nähe ich Säckchen für die Marionetten, damit sie uns nicht verstauben«, erzählt die Mutter. Aber dann stutzt sie und schüttelt den Kopf. »Was bin ich dumm! Du musst doch erzählen! Wie war dein erster Tag?«

»In der Baracke zieht es.«

»Ja, das muss eine ziemliche Bruchbude sein. Wenn du wüsstest, wie schön es dort früher war! Der riesige Malersaal, die Werkstätten der Damen- und Herrenschneider, das Bühnenbildatelier. Und alles war ja gerade erst renoviert worden. Das hätte dir gefallen!«

Hatü will nicht erzählen. Sie ist nur froh, den Tag überstanden zu haben. Herr Schmitt hat ihr alles gezeigt und war überhaupt sehr freundlich, auch Toni Wack, der andere Lehrling, der nur wenig älter ist als sie selbst. In der Mittagspause hat er versucht, mit ihr zu plaudern, was ihm schwerfiel, weil er stottert. Wie es sei, Marionetten zu schnitzen und zu führen, und welche Werkzeuge sie benutze, wollte er wissen, und jede Frage bereitete ihm große Schwierigkeiten.

»Ich hab dich lieb, Mama«, sagt Hatü leise.

Ihre Mutter sieht überrascht von dem Puppenkostüm auf.

»Ich dich auch, mein Schatz.«

Hatü schlendert wieder zur Schwester hinüber und sieht ihr beim Tippen zu.

»Es ist so weit«, sagt Ulla und schiebt einen großen Umschlag über den Tisch, der schon mit einer Adresse versehen, aber noch nicht zugeklebt ist. »Es geht los! Das hier hab ich heute für Papa getippt.«

Hatü zieht eine Kopie des Textbuches hervor und einen Brief.

Augsburg, den 5. Okt. 1947

Sehr geehrter Herr Jenning!
In der Anlage sende ich Ihnen das Buch vom »Gestiefelten Kater« und bitte Sie, am nächsten Donnerstag, nachmittags 4 Uhr, zur ersten Probe zu kommen. Das Theater ist im Heilig-Geist-Spital, Spitalgasse, zwischen Raabenbad und Rotes Tor. Sollte das

Portal verschlossen sein, bitte ich Sie am dritten Fenster rechts der Tür zu klopfen.

Mit besten Grüßen

Walter Oehmichen

Auf dem schwarzen Taschenbuch prangt in blutigem Rot das Wort *Dramen* und das Stück darin, das sie gerade liest, heißt *Bei geschlossenen Türen*. Zwei Frauen und ein Mann, eingeschlossen in einem Hotelzimmer ohne Fenster. Gleich nach dem Abend in der alten Fabrik ist sie in die Buchhandlung der Witwe Seitz in der Karolinenstraße gegangen. Weiß nicht, weshalb sie sich unwohl gefühlt hat, als sie nach Jean-Paul Sartre fragte, Frau Seitz hat nur genickt, tatsächlich sei gerade ein Buch mit seinen Theaterstücken erschienen. So etwas hat sie noch nie gelesen. Das Stück zeigt die Hölle, die jene drei sich bereiten, und es ist ihr unheimlich wie ein düsteres Märchen. Hatü streicht über den Umschlag. Sie ist allein in der Werkstatt. Im Theater hat man ihr ab Mittag freigegeben, weil heute die Proben der Puppenkiste beginnen. Hatü schaut sich lange in dem stillen Gewölbe um, in dem sie in den letzten Monaten so viel Zeit verbracht hat. Die Erinnerung holt sie hier immer wieder ein, dann spürt sie die Wut auf den Vater. Und sieht Ernas Blick, als sie die beiden entdeckte, ängstlich und dabei zugleich triumphierend.

Hatü ist so sehr in ihren Gedanken versunken, dass es einen Moment dauert, bis sie das Klopfen hört. Als sie öffnet, steht vor dem Tor ein Junge, ungefähr in ihrem Alter. Ob Herr Oehmichen da sei? In der Hand hat er den Brief, den Hatü kennt.

»Du bist Manfred Jenning?«

»Ich bin viel zu früh, oder?«

Dann sitzen sie an der Hobelbank und wissen nicht recht, was sagen. Der Junge hat lockige schwarze Haare und ein mädchenhaftes Gesicht. Er sei achtzehn und gehe in München zur Schauspielschule, erzählt er. Davor habe er Schauspielunterricht bei Carola Wagner am Stadttheater gehabt, die ihn auch empfohlen habe.

»Das ist ein schöner Anzug«, sagt Hatü.

Er lächelt verschämt. »Zum Geldverdienen führe ich manchmal Mode vor, in dem Kino auf der Maximilianstraße. Da hab ich den günstig bekommen.«

Ein Junge, der Modenschauen macht! Als das Tor wieder aufgeht, springt er gleich auf und stellt sich dem Vater vor. Die Eltern kommen nicht allein, Bernhard Stimmler ist bei ihnen, der Komponist, und ein kleiner junger Mann. Max Bößl, erklärt der Vater, habe schon als Fünfjähriger bei den Märchenaufführungen des Stadttheaters mitgetanzt. Da sei er ihm gleich aufgefallen.

»Inzwischen bin ich aber dreiundzwanzig!«

Mit seinen sanften großen Augen staunt er Ulla und die beiden Mädchen an, die in diesem Moment hereinkommen, Vroni und Magdalena Faßold, eine dunkle Schönheit, die Hatü schon oft in der Schule aufgefallen ist. Und dann steht Toni Wack da und bestellt Grüße von Hugo Schmitt. Er sei freigestellt, um am Bühnenbild mitzuarbeiten. Mühsam gelingt es ihm, den Satz fast ohne Stottern zu sagen.

»Und Hanns?« will Vroni wissen.

Hatü will gerade erklären, weshalb Hanns nicht mitmacht, als Michel in der Tür steht. Sie spürt, wie ihr Herz vor Aufregung schlägt. Er trägt wieder seinen Seemannspullover und steht da, als überlegte er noch, ob es eine gute Idee war, herzukommen. Hatü geht zu ihm und er sieht ihr mit einem spöttischen Lächeln entgegen.

»Kindergeburtstag?«

Sie fühlt sich überrumpelt, aber er hat ja recht. Fast alle sind ebenso jung wie sie selbst. Aber was ist daran schlecht? Sie sucht nach einer Entgegnung, als noch jemand hereinkommt.

»Gestatten, Willibald Graf, Inspektoranwärter.«

Michel sieht sich überrascht nach ihm um. Manfred Jenning winkt seinen Freund zu Walter Oehmichen hinüber, der an einer Hobelbank lehnt.

Alle versammeln sich jetzt um ihn.

Viele würden ihn fragen, beginnt er, weshalb er kein richtiges Theater mehr machen wolle. Aber ihm sei klar geworden, dass Puppentheater noch mehr Theater sei als Menschentheater. Marionetten seien die ehrlicheren Schauspieler. Sie ließen sich nicht verführen, und die Freude an ihnen sei eine wahre, unschuldige Freude. Er erzählt von dem Marionettentheater, das er im Krieg für seine Kameraden gebaut habe, und vom Puppenschrein, mit dem er und seine Familie bis zur Bombennacht überall in der Stadt gespielt hätten.

»Als der Krieg vorbei war, sagte ich mir: Je stärker ich die Menschen aus dem Elend entführen kann, desto mehr helfe ich ihnen.«

Der Vater sieht die jungen Leute ernst an. Hier in diesem Saal werde sein Theater entstehen, Anfang nächsten Jahres solle Premiere sein. Dann geht er umher und erklärt, wo die Bühne, wo der Zuschauerraum entstehen wird, zeigt die Spielbrücke, die er im Laufe des Jahres gebaut hat, und die Bühnenwagen.

»Was noch fehlt, sind die Bühnenbilder.«

»Ich weiß nicht, ob ich das alleine schaffe«, sagt Toni Wack. Stotternd verzieht sich sein Gesicht vor Pein.

»Ich kann ihm helfen.« Michel tritt einen Schritt nach vorn.

»Und wer bist du?« fragt der Vater.

»Das ist Michel Schwarzmeier«, sagt Hatü. »Er ist Künstler. Ich war auf einer Ausstellung von ihm und hab ihn gefragt, ob er nicht mitmachen will.«

»Ein Maler also!«

Der Vater mustert ihn, während Michel sich im Saal umsieht.

»Wie soll denn das hier überhaupt alles werden?«

»Wie meinst du das?«

»Na, der Saal ist doch brettl-eben. Das geht doch für einen Zuschauerraum nicht. Wir brauchen ansteigende Sitzreihen.«

»Und die kannst du uns bauen?«

Michel nickt nur. Allen fällt sein Hinken auf, während er umhergeht, um den Raum genau zu inspizieren. Als er an einem alten Schrank rüttelt, gehen dessen Türen plötzlich auf und heraus fällt ein ganzer Stoß sauber gefalteter Hakenkreuzfahnen. Michel hebt eine davon auf, breitet sie aus und reißt lachend den rechten Arm zum Hitlergruß hoch. Doch keiner lacht mit.

»T-t-t-tu d-d-d-a-a-as weg-g-g!«

Toni Wack stottert so stark, dass alle spüren, wie sehr ihn der Anblick der Fahnen aufwühlt. Und diese Erregung überträgt sich und die jungen Leute fangen an, auf den Vater einzureden. Wie er auf die Idee komme, den Menschen helfen zu können, indem er ihnen Märchen vorsetze? fragt Willibald Graf. Von welcher Verführung er spreche? will Max Bößl wissen. Was er im Krieg noch getan habe, außer mit Puppen zu spielen? Das ist der mädchenhafte Jenning. Gerade weil er so leise spricht, erschreckt Hatü, wie zornig er dabei den Vater mustert, der sich all das schweigend anhört. Sie sieht die Angst in seinem Gesicht, sein Traum könne jetzt, bevor er noch Wirklichkeit geworden ist, schon wieder zerbrechen. Dass er nicht weiß, was er tun soll.

Aber dann strafft sich seine ganze Gestalt und er geht mit schnellen Schritten zu einer Ecke des Raums, zieht aus einem Holzstapel zwei große Bretter hervor, die er zu ihnen herüberschiebt und nebeneinander gegen eine der Säulen wuchtet. Auf einem steht: *Von Station Augsburg nach*. Es handele sich, erklärt er, um zwei Seiten einer Kiste der Deutschen Reichsbahn. Die Bilder jenes Winterabends am Bahnhof schießen Hatü durch den Kopf, der Lastwagen, die ausgemergelten Menschen mit den gelben Sternen, das Gesicht der alten Frau Friedmann. Da hat der Vater schon zwei Farbtöpfe geholt und kniet jetzt vor den Brettern. Sorgfältig übermalt er die Beschriftung mit einem weißen Quadrat, stößt dann den Pinsel in den Farbeimer, steht auf und hält Toni Wack grimmig den anderen Topf hin.

»Schreib: Augsburger Puppenkiste.«

Toni Wack will etwas sagen, bekommt aber kein Wort heraus.

»Schreib einfach!«

Eingeschüchtert nimmt er den Topf, und sein Kiefer mahlt dabei, als kaute er noch immer an einem Wort. Doch dann taucht er den Pinsel in die Farbe, setzt den ersten Strich, dann noch einen, und noch einen, und ein großes schwarzes A steht auf dem Kistendeckel. Das Zittern ist jetzt aus seinem Gesicht verschwunden, ruhig und sicher schreibt er weiter,

AUGSBURGER PUPPENKISTE quer über beide Bretter. Und als er fertig ist, malt er über das große A noch eine Zirbelnuss, das Wahrzeichen der Stadt. Sehr darauf bedacht, dass keine Farbe auf den Boden tropft, gibt er dem Vater Farbeimer und Pinsel zurück, der sich erneut vor die Kistendeckel kniet. In das inzwischen angetrocknete weiße Quadrat schreibt er:

OEHMICHEN'S
MARIONETTEN
THEATER

Er dreht sich zu den jungen Leuten um, die ihn schweigend ansehen. »Das ist unser Theater. Diese Kiste. Sie ist alles, was uns geblieben ist. Sie steht in den Ruinen. In sie sperren wir alles ein, was war. Verwandelt wird es wieder herauskommen.«

Keiner rührt sich. Der Vater mustert jeden in der Runde. Das Schweigen wird für Hatü schier unerträglich, doch sie weiß nicht, was sie tun soll. Da steht die Mutter aus dem alten Sessel auf, in dem sie die ganze Zeit gesessen und alles beobachtet hat, geht zu ihrem Mann und gibt ihm einen Kuss.

»Das geht sich schon aus«, sagt sie sanft und lächelt die jungen Leute an. Sie deutet auf den Haufen roter Hakenkreuzfahnen: »Und daraus machen wir Vorhänge.«

Und damit ist der Bann gebrochen, alle lachen, es wird geklatscht und gejohlt. Hatü aber muss daran denken, dass der Vater einmal gesagt hat, rot sei die Farbe des Blutes, die Farbe der schwerelosen Marionetten aber diejenige des Himmels. Doch sie sieht, wie erleichtert er ist. Geduldig wartet er, bis wieder Ruhe eingekehrt ist.

»Noch sind nicht alle Marionetten fertig«, sagt er dann. »Aber ich möchte sie euch trotzdem gern zeigen.«

Er geht zu jenem Seil hinüber, über dem bis vor Kurzem die Decke hing, hinter dem der Vater sich mit Erna Kroher verborgen hat. Hatü gibt der Gedanke einen Stich. Jetzt hängen dort die Marionetten an ihren Spielkreuzen. Er stellt ihnen jede von ihnen vor.

»Hier, das ist der Kater. Hier der König, der Kasperl, der Zauberer und die Prinzessin.«

In die Augen des Zauberers hat er buntes Glas eingesetzt. Es sieht so aus, als funkelte er seine Betrachter an. Niemand traut sich, eine der Marionetten zu berühren.

»Spielt der Kasperl beim *Gestiefelten Kater* denn überhaupt mit?« will Manfred Jenning wissen.

»Nein, tut er nicht!« sagt Hatü bestimmt.

Sie weiß gar nicht, weshalb der Vater ihn dazugehängt hat. Sie will nicht, dass er dabei ist. Aber wie soll sie das erklären? Man sieht ihm ja nicht mehr an, dass er böse ist. Doch Manfred Jenning hat ihn schon vom Seil genommen und weil er zum ersten Mal eine Marionette in der Hand hat, zucken Arme, Beine und der Kopf unkontrolliert, während er zu verstehen versucht, wie er das Spielkreuz greifen muss. Und weil das so albern aussieht, beginnt er den Kasperl fluchen zu lassen, eine Fluchtirade in derbstem Augsburgerisch bricht los, in der Kasperl sich über seinen Puppenspieler beschwert, und alle müssen lachen.

»Puppen führen kannst du vielleicht nicht«, sagt der Vater, »aber ein guter Sprecher bist du. Und der Kasperl passt zu dir.«

Er verteilt die Marionetten. Hatü gibt er den Kater, Vroni die Prinzessin und Max Bößl den Zauberer.

»Und wir?« fragt Manfred Jenning und hängt den Kasperl zurück.

»Es ist schwierig für einen Puppenspieler, seine Marionetten auch zu sprechen, wenn er über der Spielbrücke hängt. Außerdem müssen wir sie während des Spiels von einem zum anderen weitergeben, da kommt man schnell durcheinander. Deshalb braucht unser Theater gute Sprecher.«

»Ich würd gern die böse Rollen übernehmen.«

Willibald Graf sagt das mit einer so sanften Stimme, dass alle sich verwundert nach ihm umsehen.

»Meinetwegen«, lacht der Vater. »Du sprichst den Zauberer. Die anderen Sprecher sind Ulla, Magdalena und Manfred. Und für alle gilt: Vergesst, was ihr vom Theater wisst. Eure Stimme ist die einer Marionette, schaut sie euch gut an und versteht, wer sie ist!«

»Ich kann nicht mitmachen.«

Alle sehen Ulla überrascht an. »Ich muss fürs Abitur lernen.«

»Dann spreche ich den Kater«, sagt die Mutter, bevor der Vater etwas erwidern kann.

Er nickt nur und nimmt sich selbst den König vom Seil. »Dann wird jetzt probiert!«

Gekonnt lässt er die Marionette ein paar Schritte über den Boden gehen, und sofort machen alle ihr Platz. Weil er der Prinzipal des Theaters ist, aber auch, weil es ein König ist, der da plötzlich auf und ab schreitet, mal die Hand huldvoll erhoben, als grüßte er seine Untertanen, dann wieder kopfschüttelnd über Staatsgedanken brütend. Alle schauen gebannt zu. Dass Bernhard Stimmler sich unterdessen ans Klavier gesetzt hat, merken sie erst, als er zu spielen beginnt. Seinen Blick immer auf dem König, der weiter den Bühnenraum abschreitet, der eben noch gar nicht da gewesen ist, improvisiert er, einen Moment lang düster und schicksalsverhangen, dann wieder fließen die Töne leicht wie ein Luftzug über den König hinweg, und irgendwann erklingt eine einfache, liedhafte Melodie. Der Vater lässt den König dieser Melodie mit geneigtem Kopf hinterherlauschen, lässt ihn müde werden, zu Boden sinken, einschlafen. Niemand rührt sich und der ganze Raum ist ebenso erstarrt wie die Marionette, aus der alles Leben, das sie eben noch ausgefüllt zu haben schien, gewichen ist.

»Wisst ihr, weshalb Marionetten mich so faszinieren?« fragt der Vater leise.

»Sie sind nicht eitel«, flüstert Hatü.

Alle sehen sie an und sofort ist ihr peinlich, das gesagt zu haben. Doch Michel, der an der Hobelbank lehnt, das Buch von Sartre in der Hand, sieht sie neugierig an.

»Wie wir«, nickt der Vater. »Wir Marionettenspieler verschwinden im Dunkeln. Ich werde eure Namen nicht im Programmheft nennen. Wir werden reinschreiben, wer die Bühne gebaut, wer die Kostüme genäht, wer die Puppen geschnitzt und wer die Musik gemacht hat, aber die Sprecher und Puppenführer werden nicht genannt. Es geht nur um die Geschichte.«

Der Kater ist Hatüs Lieblingsmarionette. Daran, wie er seinen Schwanz bewegen kann, hat sie zusammen mit dem Vater lange experimentiert, und die Mutter hat ihm schließlich sein wunderschönes weißes Fell genäht. Auf Samtpfoten schleicht er jetzt zu dem schlafenden König hinüber. Der Schwanz schlägt buschig in die Luft. Das hat Hatü lange geübt.

»Wieso hat der Kater eigentlich einen beweglichen Mund, der König aber nicht?« fragt Manfred Jenning, während er den Blick nicht von der Marionette lässt. »Obwohl doch Tiere gar nicht sprechen können.«

»Im Märchen können sie es aber.« Der Vater schaut ihn ernst an. »Denn im Märchen sind es die Tiere, die den Menschen in dem Unheil helfen, das ihnen zustößt. In der Märchenwelt sind wir nicht alleine. Und alle Marionetten kommen aus dieser Welt.«

»Das verstehe ich nicht, Herr Oehmichen.«

Vroni sieht den Vater skeptisch an.

»Märchen, Vroni, sind nicht nur die Geschichten, die man dir als Kind vorgelesen hat. Schau dir mal den Kopf des Königs an.«

»Was ist damit?«

»Er ist viel zu groß für seinen Körper. Erwachsene sehen ganz anders aus: Es ist ein Kind. Aber als Zuschauer glauben wir trotzdem, dass es ein König ist. Marionetten sind unfertige Menschen. Und alles, was wir machen, ist unfertig. Denn was machen wir? Wir wackeln mit einem Stück Holz! Alles andere geschieht im Kopf des Zuschauers. Ein Schauspieler spielt das Sterben, eine Marionette aber stirbt tatsächlich. Denn wenn wir aufhören, sie zu bewegen, ist sie für den Zuschauer wieder nichts anderes als totes Holz. Und dann wird sie wieder lebendig. Märchenhaft sind nicht die Geschichten, die wir erzählen, ein Märchen ist das Erzählen selbst.«

Der Herzfaden, denkt Hatü und wartet, dass der Vater das Wort sagt. Aber er sagt es nicht.

Das helle Licht des Schaufensters, das auf die Straße fällt, ist das einzige Zeichen von Leben in der Ruine des Schellerhauses. Hatü betrachtet den kleinen, mit winzigen bunten Kugeln geschmückten Weihnachtsbaum, unter dem eine Voigtländer liegt, den Schnee aus Wattebäuschen an

Fäden, die silbernen Bilderrahmen, den Posaunenengel aus dem Erzgebirge, das Schwarzweißfoto einer Braut in einem aufgeschlagenen Album, dann drückt sie die Ladentür auf. Das helle Klingeln der Türglocke macht ihr klar, dass es nun kein Zurück mehr gibt. Sie hat ein flaues Gefühl in der Magengegend und ist sich ganz und gar nicht sicher, ob es eine gute Idee war hierherzukommen. Schon wird der Vorhang hinter der Verkaufsvitrine beiseitegeschoben, Erna Kroher kommt aus dem Hinterzimmer und ihr Lächeln in Erwartung eines Kunden erlischt.

»Hallo, Hatü.« Sie tritt zögerlich an die Vitrine. »Das ist aber eine Überraschung.«

Hatü hat sich immer wieder ausgemalt, wie es sein würde, Erna wiederzusehen, aber jetzt weiß sie nicht, was sie sagen soll.

»Was macht die Puppenkiste?«

Erna Kroher versucht ein Lächeln. Sie ist sorgfältig geschminkt und trägt denselben weißen, hochgeschlossenen Drogistenkittel, in dem Hatü sie zuletzt in der Werkstatt gesehen hat.

»Im Februar ist Premiere.« Hatü muss sich räuspern. »Wir probieren die ganze Zeit.«

Erna Kroher beißt sich auf die Lippen und schweigt einen Moment. »Weißt du noch?« fragt sie.

»Was denn?«

»Weißt du noch, wie wir alle zusammengerückt sind nach der Bombennacht? Einander geholfen haben, nach all dem Schrecklichen.«

Hatü schaut sie an, ohne etwas zu entgegnen. Die Fotografin legt beide Hände auf die Glasvitrine.

»Soll ich dir zeigen, was ich gerade mache?«

Hatü zögert einen Moment, dann nickt sie. Erna Kroher hält ihr den Vorhang auf, und mit einem Schritt ist sie in der Dunkelkammer der Fotografin. Sie sieht mehrere Becken mit Flüssigkeit und einen großen Vergrößerungsapparat, dessen Lampe die schwarzweißen Umrisse eines Negativs auf den Tisch projiziert. An einer Wäscheleine hängen Fotos zum Trocknen. Erna Kroher schaut zu, wie Hatü die Leine entlanggeht und eins nach dem anderen betrachtet. Die Bilder zeigen Straßenszenen, die gerade erst aufgenommen worden sein müssen, sie erkennt den Schnee wieder und die Suppenküche, an der sie vorbeigekommen ist, mit der Schlange der Wartenden davor. Es gibt Bilder vom Schwarzmarkt am Augustusbrunnen, frierende Männer in geckenhaften Anzügen sind darauf zu sehen, und andere, die in ihren schweren Pelzmänteln versinken. Ein mit Gerümpel vollgeladener Wagen, der von einem alten Pony gezogen wird, das ein zerlumpter Mann am Halfter führt. Hatü ist am Ende der Wäscheleine angekommen.

»Männer«, sagt die Fotografin, als sie ihren fragenden Blick sieht. »Ich fotografiere gerade vor allem Männer.«

Hatü nickt. Erst jetzt fällt ihr auf, was die Bilder verbindet.

»Weißt du, wir Frauen haben keine Illusionen mehr. Wir haben uns daran gewöhnt, uns an das Handfeste zu halten. Und warum ist das so? Weil wir den Männern misstrauen. Schau sie dir an.«

Hatü mustert die Gesichter noch einmal. Sie bleibt vor einem Bild stehen, auf dem sich eine Gruppe ehemaliger Soldaten in zerschlissenen Uniformen an einem Feuer wärmt, irgendwo in den Ruinen. So viele von ihnen, denkt sie, sind seit Kriegsende durch die Stadt gezogen, von irgendwoher und irgendwohin.

»Wir können nicht auf sie zählen«, sagt Erna Kroher, die jetzt hinter ihr steht. »Sieh doch ihre traurigen Blicke, die gebrochenen Haltungen, ihre unglaubwürdigen Posen. Sie haben versagt und die Enttäuschung über ihr Versagen ist schwer auszuhalten. Für uns, aber auch für sie selbst.«

Hatü dreht sich nach der Fotografin um und betrachtet das schöne, sorgsam geschminkte Gesicht mit dem roten Kussmund. Sie sieht aus wie die Frau, die sie gern einmal sein würde.

»Es tut mir leid, was geschehen ist«, sagt Erna Kroher leise.

Hatü nickt und geht zurück in den Laden. Nun stehen sie sich wieder auf den beiden Seiten der Glasvitrine gegenüber.

»Dein Vater hat mich gefragt, ob ich eure Marionetten fotografieren könnte. Hättest du was dagegen?«

Hatü schüttelt den Kopf.

Willibald Graf und Manfred Jenning stoßen mit ihren Biergläsern an und lachen über einen Witz, den Hatü nicht gehört hat. Wie immer sind alle außer den Eltern noch mitgekommen nach der Probe, auf ein Glas. Der Februar geht zu Ende, fast ein Vierteljahr haben sie geprobt, in ein paar Tagen ist Premiere. Hatü sieht von einem zum andern. Schade, dass Ulla nicht dabei ist, Magdalena, ihre Freundin, nimmt es nicht so genau mit den anstehenden Prüfungen. Meist gelingt es Max, der immer neben der dunklen Schönen sitzt, sie zum Bleiben zu überreden.

»Was hab ich gehört, Max? Du warst einmal der kleinste Zwerg bei Schneewittchen?«

Willibald fragt das quer über den Tisch und alle brechen in wieherndes Gelächter aus. Obwohl Max schon über zwanzig ist, sieht er mit seinem Schäfchengesicht überhaupt nicht erwachsen aus. Dafür trinkt er am meisten von allen, sein Glas ist schon wieder leer.

»Das stimmt«, sagt er ruhig, während er der Kellnerin ein Zeichen gibt. »Aber ich war auch der kleine Mohr der Marschallin im *Rosenkavalier* und Tells Knabe und Etzels Sohn in den *Nibelungen*.«

Willibald nickt. Sein Witz ist verpufft. »Und im Krieg?«

»War ich auch, aber nicht mehr lange. Eigentlich will ich Tänzer werden.«

»Tänzer«, echot Manfred lahm, den alle Fred nennen und der vergeblich überlegt, welchen Witz er aus diesem Stichwort schlagen könnte.

Willibald und er sind ein seltsames Freundespaar. Während der Inspektoranwärter, der auf dem Wohnungsamt arbeitet, schon jetzt wie ein Beamter aussieht, gibt Fred, dessen Vater Hilfsarbeiter bei MAN ist, sich betont unbürgerlich.

»Wo ist Hanns?« fragt Vroni leise.

Hatü ist froh, dass Vroni bei der Puppenkiste mitmacht, meist isst sie nach der Probe bei ihnen, so hat sie doch ein bisschen Familie. Dabei ist sie so furchtbar dünn und trägt die Haare noch immer kurz wie ein Junge. Und Hanns? Seit der Ausstellungseröffnung haben sie sich nicht mehr gesehen. Manchmal winkt sie ihm zu, wenn sie an der Tankstelle vorüberkommt.

»Habt ihr mitbekommen, was der Chef heute gesagt hat, als ich meinte, irgendetwas sehe der Zuschauer doch gar nicht?« Max nimmt einen großen Schluck aus dem Glas, das die Kellnerin gerade vor ihn hingestellt hat. »Ich dachte, ich hör nicht recht.«

Fred lächelt. »Das ist für den lieben Gott.«

»Das ist für den lieben Gott, ja.« Max nickt. »Und ich verstehe sogar, was er meint. Am Anfang hätte ich nie gedacht, dass der Zauberer einmal macht, was ich will. Und jetzt kommt es mir manchmal schon so vor, als bewegte er sich ohne mich.«

»Aber das Märchen gefällt mir nicht«, sagt Vroni. »Alles wird gut: Daran glaub ich einfach nicht!«

Hatü sieht die Freundin unsicher von der Seite an. Ihr ist es schon beim Puppenschrein nie um das Märchen gegangen. Aber worum geht es ihr eigentlich? Sie wüsste es nicht in Worte zu fassen, doch sie spürt, dass diese jungen Leute dazugehören.

»Ich mag den *Gestiefelten Kater*«, sagt Magdalena, ohne jemanden anzusehen.

»Aber sind wir denn gut genug, Hatü?« will Max wissen. »Was meinst du: Ob es den Leuten gefallen wird?«

»Ja, sicher!«

»Kommen eure Eltern zur Premiere?«

Hatü versetzt es einen Stich, als sie sieht, wie Vroni bei Willibalds Frage den Kopf senkt. Toni versucht etwas zu sagen, doch er bekommt den Satz nicht heraus, und je mehr er sich anstrengt, desto mehr sträubt sich seine Kehle, bis er hilflos aufgibt.

»Wir sind unsere eigene Familie«, sagt Hatü leise.

»Du bist so süß!«

Hatü dreht sich überrascht nach Michel um, der die ganze Zeit neben ihr gesessen und still sein Bier getrunken hat. Jetzt sieht er sie mit einem spöttischen Lächeln an.

»Ich muss dich einfach küssen.«

Und schon berühren sich ihre Lippen. Überrascht will sie zurückweichen, doch seine Hand hält ihren Kopf, und bevor sie weiß, was sie tut, schmiegt sie sich schon in diese Hand hinein, schließt mit pochendem Herzen die Augen und erwidert den Kuss.

Das Mädchen blieb überrascht stehen. Damit hatte es nicht gerechnet.
»Was ist denn?« fragte Jim Knopf mit seiner sanften Stimme.
Das Mädchen wünschte, es könnte sein Gesicht sehen. Es kam ihm so vor, als wäre in der tiefen Nacht, die es umgab, ununterscheidbar geworden, was es sah und was es träumte. Doch wie sollte es das den Marionetten erklären?
»Ach, nichts«, sagte das Mädchen und sie gingen weiter.

Ganz außer Atem hält Ulla den Vorhang auf, der den Zuschauerraum von der Bühne trennt, und Carola Wagner schlüpft herein. In letzter Minute hat sie die Schauspielerin zu Hause angetroffen und hergebracht. Sie muss für Magdalena einspringen, die wachsbleich in der Ecke steht und sich vor Lampenfieber nicht rühren kann.
»Na, Walter?«
Carola Wagner lächelt den Vater an, der ihr erleichtert die Hand küsst. Es ist der 26. Februar 1948, genau vier Jahre nach der Zerstörung des Puppenschreins. Toni drückt die Klingel einmal, ein zweites Mal, man wünscht sich *Toitoitoi* und spuckt einander über die linke Schulter, Toni klingelt ein drittes Mal. Das Licht im Zuschauerraum wird gedimmt und das Gemurmel erstirbt. Hatü stellt sich vor, wie sich die beiden großen Kistendeckel jetzt öffnen, auf denen *Augsburger Puppenkiste* steht.

»Vorhang auf!« ruft Fred und der Vater antwortet prompt: »Nein, noch nicht!«
»Vorhang auf!« wiederholt Fred.
»Der Vorhang bleibt zu«, entgegnet der Vater.
»Der Vorhang geht jetzt auf!«
»Nein.«
»Doch!«
»Nein!«
»Doch!«
»Es ist noch nicht so weit.«
»Das ist mir wurscht.«
»Der Vorhang bleibt zu!«
»Der Vorhang geht auf!«
»Ich zieh ihn nicht auf!«
»Dann zieh ich ihn selber auf!«
Und tatsächlich öffnet sich nun der Vorhang. Auf der leeren Bühne steht der Kasperl und das Publikum klatscht begeistert, als es versteht, wer da gesprochen hat. Hatüs Kasperl ist das, dabei wollte sie auf gar keinen Fall, dass er mitspielt. Der Vater hat darauf bestanden. Sie beobachtet, wie Max sich tief über die Spielbrücke lehnt und den Kasperl eine artige Verbeugung machen lässt, dann späht sie durch den Vorhang neben der Bühne in den Zuschauerraum.
In der ersten Reihe Fritz Gerhards, der berühmte Puppenspieler, der extra aus Düsseldorf gekommen ist, Guido Nora, Dr. Uhde und Hubert Schonger, der Filmproduzent. Neben Hugo Schmitt, dem Bühnenbildner, sitzt Erna Kroher mit ihrem Mann und den beiden Buben, die Kamera in der Hand. Schön ist ihr Theater geworden, mit den aufsteigenden Sitzreihen, der Garderobe, den stoffbespannten Wänden, für die sie die Hakenkreuze aus den Nazifahnen herausgeschnitten

haben. Fast zweihundert Plätze hat es und ist ausverkauft, zehn Karten zum Schwarzmarktkurs von einer Zigarette. Hatüs Blick huscht durch die Reihen. Und als sie Michel entdeckt, schlägt ihr das Herz bis zum Hals. Seit seinem Kuss kommt es ihr so vor, als wüsste sie gar nicht mehr, wer sie ist. Zwar ist sie gleich aufgesprungen und hinausgelaufen und mit Ulla, die kein Wort sagte, nach Hause gegangen. Aber davor, jenen langen Moment davor, hat sich ihr Kopf in seine zärtliche Hand gelegt.

Neben ihm sitzt Hanns. Überrascht lässt sie den Vorhang los und der Samt wischt ihr über das Gesicht, das vor Scham zu brennen scheint. Hanns, der von nichts etwas weiß. Der überhaupt nichts weiß. Sie schiebt den Vorhang wieder beiseite. Die beiden lachen miteinander und unterhalten sich. Zum Glück, denkt Hatü, sehen sie mich nicht. Da kräht Freds Kasperl los.

»Grüß Gott, alle miteinander! Wir freuen uns, dass ihr so zahlreich erschienen seid, um das Augsburger Marionettentheater aus der Taufe zu heben. Drei Jahre hat's gebraucht, bis es seinen ersten Schritt in die Öffentlichkeit tut. Es waren drei Jahre voll Arbeit, Mühe, Sorge und Schöpferfreude. Und nun hat sich der Vorhang zum ersten Mal geöffnet und ich stehe vor dem erlauchten Publikum. Also, heut ist die erste Vorstellung! Und stellen Sie sich vor, meine Herrschaften, in dem ersten Stück hab ich nichts zu tun. Nun sagen Sie selber – ein Stück, in dem ich nicht beschäftigt bin, das ist kein Stück, das ist ein Schmarrn. Die Leut wollen doch lachen im Theater, und lachen können sie nur über den Spaßmacher, und der bin ich. *Der Gestiefelte Kater* – das soll nun was sein, das kennt doch jedes Kind. Den Gestiefelten Kasper sollte ich spielen, oder ich könnt auch den Hans spielen oder den

König, aber weil ich der Kasperl bin, darf ich nur den Kasperl spielen, und wenn kein Kasperl drin ist im Stück, muss ich hinten hängen bleiben! Dabei könnt der Chef doch leicht eine Rolle für mich hineinschreiben in das Stück. Aber nein, das tut er nicht. Das ist gegen sein künstlerisches Empfinden. Der glaubt wohl, er sei der liebe Gott.«

»Hast du mir weiter nichts zu sagen,
Musst du nur immer dich beklagen,
Ist im Theater nie dir etwas recht?« antwortet der Vater.

»Ach Herr«, beschwert sich der Kasperl, »ich find es hier wie immer herzlich schlecht.

Die guten Rollen spielen stets die andern,
Und mich lässt man spazieren wandern.
Dabei bin ich das beste Pferd im Stalle,
Wo ich erscheine, lachen alle.
Ich füll das Haus, ich füll die Kassen,
Doch muss man mich nur spielen lassen.«

Die Zuschauer johlen vor Begeisterung. Hatü ist es widerlich, wie der Kasperl sich mit dem Publikum gemeinmacht und wie alle über ihn lachen. Aber gleich wird er verschwinden und nicht wieder auftauchen. Sie muss aber auf die Spielbrücke hinauf. Schnell vergewissert sie sich, dass sie eine Schere eingesteckt hat, wie es sich gehört für eine Marionettenspielerin, um eine Puppe, die sich irgendwo verfangen hat, aus ihrer misslichen Situation befreien zu können, dann huscht sie am Vater und der Mutter vorbei, an Fred, Willibald und Carola Wagner mit ihren Textbüchern. Toni nickt ihr lächelnd zu, Ulla wünscht ihr Glück.

So leise wie möglich steigt sie die Stufen der Spielbrücke hinauf zu den Marionetten, die hier oben an ihren Fäden hängen, und ist plötzlich furchtbar stolz. Sie und der Vater haben sie alle geschnitzt, den Kater und die beiden Söhne des Müllers, den Esel, den Schuster, den König, die Prinzessin mit ihrer Hofdame, den Zauberer mit seinem Teufelchen, den Hofjägermeister, den Oberhofkoch, die Wache, den jungen Bauern und die junge Bäuerin, den alten Bauern und die alte Bäuerin, den Kutscher, seine goldene Kutsche und vier Pferde, den Vorreiter hoch zu Ross und den Mohren, die Eule, den Elefanten und die Spinne, und, was im Märchen gar nicht vorkommt, das Gespenst Huhu und drei Geister.

»Du denkst an dich, da denkst du klein,
 Es geht hier nicht um dich allein!« antwortet der Vater dem Kasperl.

»Du willst nur spielen immerzu,
 Drum nörgelst du und lässt mir keine Ruh
 Drum nennst ein Stück du großen Mist,
 Weil du drin nicht beschäftigt bist.
 Du musst das Ganze nur vor Augen haben
 Und deine Selbstgefälligkeit begraben.
 Sei du wie ich vom Ziel entzückt!«
  »Ich glaub der ist total verrückt,
 Mein lieber Herr, du redest viel.
 Doch sag mir noch: Was ist dein Ziel?«
  »Ich will das Kind ins Märchenland hinführen,
 So schön und rein, wie's irgend möglich ist,
 Ich will an seine zarte Seele rühren,
 Dass es den tiefen Eindruck nie vergisst.
 Und der Erwachs'ne, der dem Spiele lauscht,
 Ihn führ ich in das Kinderland zurück,
 Und wie von einem schönen Traum berauscht,
 Schenk ich ihm eine Stunde Jugendglück.
 Denn wirst du nicht ein Kind,

So gehst du niemals ein,
Wo Gottes Kinder sind,
Die Tür ist viel zu klein.«

»Mein lieber Herr, das ist ganz schön und gut,
Und ich muss sagen, du hast sehr viel Mut.
Ein künstlerisches Puppenspiel,
Das ist fürwahr ein schönes Ziel.
Doch gibst du nicht zu spielen mir,
Dann lös ich den Vertrag mit dir.
Ich brauch dich nicht, ich spiel allein.«

»Du kleiner Wicht, sei nicht so stolz!
Du bist doch nur aus Lindenholz,
Ich führ dich an Fäden durch das Spiel,
Du tust da unten nur das, was ich will.
Lass ich dich los, nur mal zum Spaße,
Bumms, liegst du auf deiner Nase.
Ich heb dich auf – ich lass dich liegen,
Nur keine Angst, ich lass dich fliegen,
Ich lass dich sitzen, lass dich stehn
Und lass dich nun nach links – abgehn.«

Max lässt den Kasperl abgehen und der Vorhang schließt sich. Endlich, denkt Hatü. Eilig kommt der Vater auf die Spielbrücke herauf. Im Zuschauerraum geht das Licht ganz aus und sofort ist es mucksmäuschenstill. Bernhard Stimmler beginnt zu spielen. Gedämpft kommt seine Musik zu ihnen auf die Spielbrücke herauf und alle sehen sich noch einmal ernst an: Max und Hatü und Vroni und die Aushilfen Vera, Edgar und Franz. Jetzt ist es so weit. Hatü hält das Spielkreuz des Katers. Der Vorhang öffnet sich und gibt den Blick auf die erste Szene frei: die Stube in der Mühle.

Das Mädchen entdeckte das Licht zuerst, vielleicht, weil es schon einmal aus der Dunkelheit herausgefunden und gelernt hatte, dem dünnen Glimmen zu vertrauen, das auch dieses Mal zunächst nichts weiter zu sein schien als eine Täuschung der hilflosen Augen. Dann aber schälte sich Schritt für Schritt der Dachboden tatsächlich wieder aus dem Schwarz, wenn auch zunächst noch kaum wahrnehmbar und nur an jenem stecknadelkopfgroßen leuchtenden Punkt aufgehängt, auf den sie nun zugingen.

Die Gefährten bemühten sich jetzt, besonders still zu sein, denn keiner von ihnen wusste, was sie dort erwartete, und das letzte Stück krochen sie auf allen vieren, dicht an den Boden gepresst. Und dann sahen sie, dass sie den Kasperl tatsächlich gefunden hatten. Selbstvergessen hockte er wie vor einem Lagerfeuer im bunten Licht des iPhones, in dessen Schein sein gespenstisch grinsendes Gesicht mit der großen Nase flackerte, und tippte mit seinen hölzernen Fingern auf dem Gerät herum. Während sie ihm noch dabei zusahen und das Mädchen überlegte, was sie nun tun könnten, um ihn zu überwältigen, musste das Urmel plötzlich niesen.

»Hatsi!«

Laut hallte das Geräusch durch den totenstillen Dachboden. Und um es noch schlimmer zu machen, sagte es auch noch: »Tsuldigung.«

Der Kopf des Kasperls schoss sofort herum und er fixierte die Dunkelheit dort, wo sich die vier zitternd vor Angst auf den Boden pressten. Was sollten sie tun, wenn er zu ihnen herüberkäme? Bevor das Mädchen eine Antwort auf diese Frage wusste, war sie schon entschieden.

»Ich geh zu ihm.«

Jim Knopf war es, der das sagte. Seelenruhig stand er auf und schlenderte zu dem Kasperl hinüber. Den anderen blieb nichts anderes übrig, als ihm zu folgen. Zusammen, hoffte das Mädchen, würden sie ihn schon irgendwie bezwingen, doch da fiel ihm etwas Unerwartetes auf. Als sie den Kasperl beobachtet hatten, war es ihnen so vorgekommen, als wären sie ihm schon recht nahe, während sie jetzt auf ihn zugingen, schien er plötzlich ziemlich weit entfernt. Und das Mädchen begriff mit Schrecken seinen Irrtum: Nur deshalb schien der Kasperl schon ganz nah, weil er nicht so klein war wie sie, sondern viel größer. Und als er jetzt aufstand, sah er tatsächlich riesengroß auf Jim hinab, der ihn als Erster erreichte.

Der kleine König Kalle Wirsch fiel auf seine Knie und fing an zu weinen, als er das sah. Der König der Erdmännchen, der so grimmig getan hatte! Das Mädchen verstand ihn nur zu gut, es erinnerte sich an den holzharten Griff des Kasperls und spürte selbst wieder die Angst in sich hochsteigen. Sie waren verloren.

»Es ist das Telefon«, flüsterte in diesem Moment das Urmel. »Deswegen ist der Tasperl so gewachsen. Er ist son seine Marionette mehr. Wir müssen uns beeilen!«

Vielleicht hatte das Urmel recht, aber was sollten sie tun? Während das Mädchen noch überlegte, machte Jim Knopf einen weiteren Schritt auf den Kasperl zu und sah ruhig zu ihm hinauf.

»Hallo, Kasperl!«

Als der furchtlose Jim das zu der riesigen Gestalt sagte, überschlugen sich die Ereignisse. Der Kasperl beugte sich zu dem Jungen hinab, um ihn sich zu greifen, und das Urmel stürmte mit einem wütenden Schrei los. Deutlich konnte das Mädchen die Angst in diesem Schrei hören, aber auch die verzweifelte Entschlossenheit, den Gefährten nicht seinem Schicksal zu überlassen. Der Kasperl hatte Jim bereits mit einer Hand um den Leib gefasst und hob ihn zu sich hoch, als das Urmel gerade noch seine Beine umklammern konnte. Schon baumelten die beiden in der Luft. Da sah der Kasperl das Mädchen heranstürmen und ließ Jim los, der zusammen mit dem Urmel unsanft auf den Boden plumpste.

»Da bist du ja wieder!«

Im selben Moment hatte er das Mädchen gepackt und zu sich heraufgerissen, die hölzerne Hand umschloss seinen Brustkorb so fest, dass es fast keine Luft bekam. In der anderen Hand hielt der Kasperl das iPhone, in dessen buntem Licht sich all das abspielte. Er zog das Mädchen zu sich heran, hielt es sich dicht vor das Gesicht, und wieder starrte es in sein böses Grinsen.

»Zeig mir, wie es funktioniert!« fauchte er. »Alle sollen wissen, dass es mich gibt. Zeig's mir, oder ich werf dich kaputt!«

Das Mädchen schüttelte stöhnend den Kopf.

»Ich werf dich kaputt!«

Der Kasperl schüttelte es so heftig hin und her, dass es dachte, alle Knochen brächen ihm davon. Er würde seine Drohung zweifellos wahrmachen und niemand, dachte das Mädchen verzweifelt, konnte ihm helfen. Im Augenwinkel sah es, dass der kleine König Kalle Wirsch noch immer weinend auf dem Boden saß und sich nicht rührte, Jim und das Urmel, benommen von ihrem Sturz, lagen neben ihm. Jetzt bin ich verloren, dachte es, während der Kasperl es wütend wieder und wieder durch die Luft wirbelte, und hatte alle Hoffnung aufgegeben, als es plötzlich eine Stimme hörte. Unter großer Anstrengung erhaschte es einen Blick auf den Boden und sah zu seiner Verblüffung: Kalle Wirsch war auf-

gestanden und hatte sich in seinem Königsumhang und mit seiner goldenen Königskette vor dem Kasperl aufgebaut. Und er schrie. Er schrie, so laut er konnte, und die gelben Wollhaare standen ihm wild nach allen Seiten um den Kopf.

»Schrumpfe, schrumpfe!« schrie er.

Doch nichts geschah.

»Es geht nicht!« rief er verzweifelt zu dem Mädchen hinauf. »So lange er das Telefon hat, wirkt der Zauber nicht.«

Das iPhone! Das Mädchen sah, wie es in der anderen Hand des Kasperls leuchtend umherwirbelte, nahm all seine Kraft zusammen, und als das iPhone in seine Reichweite kam, zog es beide Beine an und trat, so fest es konnte, gegen das riesige Gerät. Und tatsächlich flog es dem überraschten Kasperl aus der Hand.

»Jetzt!« schrie das Urmel und im selben Moment der kleine König Kalle Wirsch: »Schrumpfe, schrumpfe!«

Verblüfft hielt der Kasperl in seiner Raserei inne. Das Mädchen spürte, wie sein Griff sich lockerte. Alles Schreien und alles Schlagen war vorbei und die Marionetten wie erstarrt. Und dann schnurrte der Kasperl mit einem bösen Fauchen in sich zusammen. Schnell ging das und immer kleiner wurde er, sein Griff um das Mädchen kraftlos, schon konnte er es nicht mehr umfassen, und mit einem Sprung war es auf der Erde. Und als es aufstand und sich nach ihm umdrehte, war der Kasperl so klein wie es selbst, eine Marionette wie die anderen.

»Hallo, Tasperl!« sagte das Urmel und musste laut lachen dabei, so sehr freute es sich.

Der Kasperl antwortete nicht. Er sah sie alle vier stumm an, dann setzte er sich auf den Boden und verbarg das Gesicht in den Händen. Die Schellen an seinem Gewand klimperten leise. Hatü hob das iPhone auf, das mit dem Kasperl geschrumpft war, und hielt es so, dass sein Licht ihn beschien.

»Geht weg!« flüsterte der Kasperl zwischen den Fingern hervor.

»Weshalb?« fragte das Mädchen ruhig, als hätte es all das Toben und Schreien gar nicht gegeben. Es hatte keine Angst mehr und die Dunkelheit war ein sanftes Tuch.

»Weshalb?« fragte das Mädchen noch einmal.

»Weil ich böse bin!«

Auch die Stimme des Kasperls klang überhaupt nicht mehr wütend, sondern sehr traurig. »Jeder sagt das, der mich sieht. Deshalb kann ich niemals nicht aus dem Dunkel hinaus.«

»Quatsch. Niemand ist böse.«

Das Mädchen spürte überrascht, dass der Kasperl ihm leidtat, wie er da vor ihm saß.

»Schau mich mal an!« sagte es zärtlich.

Der Kasperl schüttelte nur stumm den Kopf.

»Bitte, schau mich an.«

»Will nicht.«

»Bitte!«

Geduldig wartete es, und tatsächlich hob der Kasperl nach einer Weile den Kopf. Und im selben Moment machte es ein Foto, hell grellte der Blitz ins Dunkel. Der Kasperl schrie erschrocken auf und begrub zitternd das Gesicht wieder in seinen Händen.

»Hab keine Angst«, sagte das Mädchen. »Ich wette, du hast dich noch nie gesehen.«

Vorsichtig hockte es sich zu dem Kasperl auf den Boden und hielt ihm das iPhone hin. Jim, das Urmel und der kleine König Kalle Wirsch standen um die beiden herum und sahen gebannt zu. Und tatsächlich überwog irgendwann die Neugier und der Kasperl sah auf. Lange betrachtete er stumm sein Bild. Betrachtete seine große Nase, seine aufgerissenen Augen und das Lachen, das ihm Hatü damals, an jenem Winterabend in der eiskalten Werkstatt während des Krieges, von einem Ohr zum andern ins Gesicht geschnitten hatte.

»Ich lächle«, sagte er, als wäre damit alles gesagt.

Das Mädchen nickte. »Ja, du lächelst.«

Der Kasperl sah es an. Und dem Mädchen kam es so vor, als hätte sein Lachen, das so böse ausgesehen hatte, sich verändert.

»Dann ist alles gut«, sagte er leise. »Dann bin ich erlöst.«

»Erlöst?« fragte das Mädchen. »Was meinst du damit?«

Aber der Kasperl schüttelte nur den Kopf.

»Versprich mir, dir von Hatü alles erzählen zu lassen.«

Und er sah das Mädchen mit seinem neuen Lächeln an, während die Dunkelheit nach ihm griff wie Wasser. Sie stieg an ihm hoch und verschluckte ihn Stück für Stück. Ein letztes Mal klirrten die Schellen an seinem bunten Gewand, dann war er verschwunden.

Komme!«

Ein tiefer Husten ist zu hören und Schritte auf knarrenden Dielen. Hatü nickt nur und streicht mit der Hand über den Arm der lebensgroßen Heiligenfigur, die in der Mitte der Werkstatt steht. Es ist dasselbe Lindenholz, das sie auch für die Marionetten verwenden, aber es fühlt sich so glatt an, als wäre es lebendige Haut. Behutsam ertasten ihre Finger die Muskeln darunter. Der sanfte Blick des Heiligen Sebastians ist auf den Boden gerichtet, der Kopf geneigt, den Mund umspielt ein Lächeln. Er ist nackt bis auf ein Tuch, das Holz noch nicht bemalt, auch die Pfeile fehlen, die den Märtyrer einmal treffen werden. Doch ihre Löcher hat der Holzschnitzer schon gebohrt, eines am linken Oberschenkel, eines über der Hüfte, eines in der Brust und eines am Hals. Hatü meint zu spüren, wie sich das Blut unter der hölzernen Haut in den Wunden sammelt.

»Und? Wer bist du?«

Der alte Ludwig Königsberger sieht Hatü misstrauisch an. Selbst krumm wie ein Wurzelstock, steht er inmitten der Heiligenfiguren in seiner Werkstatt, struppige schwarze Haare haben sein Gesicht fast ganz zugewuchert, wachsen ihm aus den Ohren und aus dem weit offenen Hemd. Im Mundwinkel hängt ein Zigarrenstumpen, den er anzündet, während er Hatü über seine großen Pranken hinweg neugierig mustert.

»Ich bin Hannelore Oehmichen. Mein Vater hat mit Ihnen gesprochen.«

Der Holzschnitzer schüttelt den Kopf. »Ich hab deinem Vater schon gesagt: Ich nehm keinen Lehrling mehr. Und erst recht kein Mädchen. Wie alt bist du denn?«

»Siebzehn. Und ich möchte auch gar keine Lehre machen.«

Aber was möchte sie? Hatü ist sehr aufgeregt gewesen, als der Vater ihr erzählt hat, er habe mit Königsberger gesprochen. Als sie noch klein war, hat er ihr in der Moritzkirche einmal eine seiner Madonnen gezeigt. Nichts macht Hatü so viel Freude wie das Schnitzen und den ganzen Weg heraus zu ihm hat sie überlegt, was sie dem berühmten Holzschnitzer sagen soll. Und nun fällt ihr überhaupt nichts ein.

»Nein?«

»Ich würde ja gerne, Herr Königsberger, aber dafür hab ich gar keine Zeit. Wir spielen doch immerzu! Und ich muss Marionetten schnitzen. Sie kennen doch die Augsburger Puppenkiste?«

Der Holzschnitzer verzieht das Gesicht. »Du schnitzt Marionetten?«

»Die meisten macht der Vater, aber ich hab auch schon welche gemacht. Gerade erst die Teufel für den *Faust*.«

»Ihr spielt den *Faust*?« Ludwig Königsberger scheint überrascht.

»Ja, das ist unser erstes Stück für Erwachsene und dafür braucht es so viele Marionetten! Mephistopheles und Faust und seinen Famulus, den Herzog von Parma und die Herzogin, und dann spielt auch der Kasperl wieder mit, obwohl er gar nicht in das Stück hineinpasst. Und eben die vielen Teufel. Fitzliputzli ist mir am liebsten, obwohl er ein bisschen dumm ist.«

Der Holzschnitzer lacht. »Muss ja ein tolles Theater sein!«

»Ja«, sagt Hatü ernst. »Zur Eröffnung ist sogar Fritz Gerhards gekommen, der berühmte Puppenspieler, und wir haben danach in seinem Hotelzimmer Premiere gefeiert. Er hatte ein Döschen Nescafé dabei, den hat er mit Leitungswasser aufgebrüht, und wir haben reihum aus dem Zahnputzbecher getrunken.«

»Echter Kaffee?«

»Zweihundert Reichsmark, erzählte er, hat er auf dem Schwarzmarkt dafür bezahlt! Wir waren so froh, dass es unser Theater nun tatsächlich gab. Und vor der Währungsreform waren wir auch immer ausverkauft. Jetzt aber bleiben die Zuschauer weg.«

Der Alte nickt. »Als keiner was hatte, hatten alle Geld für die Kunst. Was meinst du, was ich die letzten drei Jahre verkauft habe! Und jetzt, wo alle Geld haben, ist es aus damit.«

»Ulla, meine Schwester, hat gesehen, wie ein Lastwagen vor der Kreissparkasse gehalten hat und amerikanische Soldaten mit Maschinenpistolen herausgesprungen sind, die große Säcke mit Geld ausgeladen haben.«

»Und plötzlich waren am nächsten Morgen die Bretterverschläge vor den Schaufenstern verschwunden, die Scheiben sauber geputzt, und in den Auslagen stapelte sich alles, was es vorher nicht gegeben hat.«

»Aber unsere sauer verdienten Ersparnisse waren weg. Trotzdem hat der Vater die Eintrittspreise gesenkt, damit die Leute wiederkommen. Und so bleibt halt nicht viel übrig. Aber der *Faust* ist ein großer künstlerischer Erfolg, sagt der Vater.«

»Und was meinst du?«

»Ich mag den Fred, das ist unser bester Sprecher. Er spricht den Mephistopheles und den Kasperl. Beide zugleich, verstehen Sie? Das ist eine Gaudi, wenn er erst so und dann anders spricht und dann wieder so, als hätte er zwei Stimmen in sich drin.«

Hatüs Augen hüpfen in der Werkstatt umher, während sie erzählt, bis sie plötzlich, in einer Fensternische, die Brombeerranken aus dem Garten verdunkeln, eine Madonna entdeckt und nicht mehr wegsehen kann. Ihr Gesicht ist wie Milch und Honig, ein rotes Erdbeermündchen schwimmt darin, ein blauer Mantel fasst es ein. Wortlos geht Hatü zu ihr. Hier ist das Holz kein Holz mehr, es ist tatsächlich Haut und Stoff, einmal samtene Glätte, einmal bewegte Falten.

Die Finger der Hand, die Maria segnend dem Betrachter entgegenhält, sind lebendig.

»Haben Sie die gemacht?« fragt Hatü staunend, ohne sich nach dem Holzschnitzer umzusehen.

»Ich?« Er lacht polternd und hustet dabei. »So etwas kann ich nicht. Die ist oberrheinisch, um 1450.«

»Dann ist sie ja fünfhundert Jahre alt!«

»Ja, und? Die Vergangenheit ist Gegenwart, die Gegenwart ist Vergangenheit. Es ändert sich nichts.«

Hatü sieht ihn ungläubig an.

»Du glaubst mir nicht? Komm, ich zeig dir was.«

Der Holzschnitzer stößt eine Tür auf. Der verwilderte Garten steht voller alter Obstbäume, das Gras hoch, Hagebutten leuchten rot, dazwischen überall Holzskulpturen, dass Hatü gar nicht weiß, wohin sie schauen soll. Manche so klein, dass das Gras sie längst überwuchert hat, andere so groß, dass die Brombeeren an ihnen emporranken, das Holz der meisten so alt, dass es längst grau geworden ist. Hände, die sich in allen denkbaren Haltungen in die Luft recken, Augen, die sie ansehen, gebückte Nacken, Füße im Gras, Münder. Keine der Skulpturen gleicht dem Heiligen Sebastian in der Werkstatt. Es sind grob gehauene Gestalten, deren Gesichter wie Masken aussehen, rissige Blöcke, die die Illusion der Körper zerstören, die sie zugleich sind, viel minderwertiges Holz voller Astlöcher, die ihre Haut wie Furunkel verunstalten, wild gemasertes Wurzelholz, in das der Holzschnitzer mit wenigen Hieben ein Gesicht hineingeschnitten hat, das so aussieht, als wäre es schon immer darin gewesen. Hatü kann nicht anders, als all diese Gestalten zu berühren, um die Schnitte zu spüren, die Spuren von Feilen und Beiteln. Und plötzlich muss sie an die Ausstellung von Michels Freunden denken.

»Das ist modern«, sagt sie und sieht sich nach Königsberger um.

»Modern?« Wieder lacht der Holzschnitzer und wiederholt kopfschüttelnd: »Modern! Du meinst, das sei etwas anderes als drinnen die Madonna?«

Hatü nickt und sieht ihn unsicher an.

»Quatsch. Es ist ganz dasselbe, Mädchen! Du musst dein Messer beherrschen und das Holz kennen, nur das zählt. Kümmer dich nicht darum, was angeblich modern ist und worum die Leut jetzt so ein Aufhebens machen. Wir schnitzen doch immer Gesichter. Denn das ist es, was die Kunst immer schon gemacht hat: Menschen!«

Hatü kann nicht aufhören, zwischen den Skulpturen umherzugehen. Sie versteht, was er sagt, aber sie weiß nicht, was sie davon halten soll. Der alte Birnbaum, vor dem sie jetzt steht, sieht so aus, als wartete auch in ihm eine Gestalt.

»Komm jetzt, Mädchen, genug!«

Der Holzschnitzer entzündet den Stumpen seiner Zigarre wieder, die ihm ausgegangen ist. Vielleicht, weil sie so traurig aussieht, den Garten verlassen zu müssen, sagt er: »Kannst wiederkommen, wenn du magst.«

Das Mädchen hielt Hatü das iPhone hin. Müde stand es wieder am Rand des Mondlichtteppichs, Jim Knopf, Kalle Wirsch und das Urmel neben sich. Es konnte nicht sagen, wie lange sie zusammen durch die Nacht gestolpert waren, durch diese Dunkelheit, in der es keine Zeit gab und keine Wege, und in der man doch dort ankam, wohin man wollte.

Hatü, die inmitten der Marionetten im Mondlicht saß, die Beine mit den roten Schuhen nebeneinandergelegt wie ein Reh, zog den Rauch ihrer Zigarette ein und streifte die Asche an dem kleinen silbernen Aschenbecher ab, der vor ihr auf dem Boden stand.

»Das hast du gut gemacht«, sagte sie und musterte die vier. »Ich gratuliere dir. Ich gratuliere euch allen!«

Das Mädchen aber konnte sich nicht freuen. Das iPhone schien ihm nun ganz wertlos. Was sollte es damit? Es dachte an zu Hause, an das Zimmer mit dem Hochbett, an die *Warrior Cats* im Bücherregal und die Muscheln auf dem Fensterbrett, an die Glitzerarmbänder in dem Herzkästchen und die letzten beiden Spielzeugpferde, die es noch nicht verschenkt hatte. All der Kinderkram war ihm peinlich. Aber was ist Kinderkram? Die Marionetten um es her kamen ihm jetzt gar nicht mehr wie Kinderkram vor. Es dachte an die Whatsapp-Nachrichten, die es mit seinen Freundinnen den ganzen Tag hin- und herschickte, an die Youtube-Videos, die sie teilten, an die Übernachtungspartys und daran, wie sie bei Rossmann nach der Schule Lippenstifte ausprobierten. Und dass es ein bisschen verliebt war in einen Jungen aus der Nachbarklasse. Das alles war unendlich weit entfernt und spielte keine Rolle. Nicht, so lange es hier war.

»Sie müssen keine Angst mehr vor dem Kasperl haben. Es gibt ihn nicht mehr«, sagte es.

»Es gibt ihn nicht mehr?«

»Er ist für immer verschwunden.«

Hatü sah das Mädchen ungläubig an. »Für immer?«

»Ja.« Es nickte müde. »Und er hat mir aufgetragen, Sie nach seiner Geschichte zu fragen. Er war nicht böse.«

Hatü sah das Mädchen ungläubig an. Dann fing sie an zu weinen. »Es ist alles meine Schuld«, sagte sie mit erstickter Stimme.

»Bitte, erzählen Sie mir davon!«

Doch Hatü schüttelte nur den Kopf, während ihr Tränen über die Wangen liefen. Und resigniert setzte das Mädchen sich zu ihr auf den Mondlichtteppich. Es legte das iPhone beiseite, das nun gar nicht mehr wichtig war, schloss die Augen und versuchte sich an alles zu erinnern, was es von Hatüs Geschichte wusste. Die Vergangenheit ist die Gegenwart und die Gegenwart die Vergangenheit. Die Zeit löst sich in der Dunkelheit auf. In einer Geschichte setzt sie sich wieder zusammen. Und das bedeutete wohl, dachte das Mädchen, dass es so lange nicht nach Hause konnte, so lange es das Geheimnis des Kasperls nicht kannte.

»Was war mit Hanns?«

Eigentlich wusste es gar nicht, weshalb ihm gerade diese Frage jetzt einfiel. Nur, dass irgendwie alles zusammenzuhängen schien, seine eigene Sehnsucht mit der Geschichte, die Hatü ihm erzählte und verschwieg, und alles mit dem Herzfaden, von dem die Rede war.

»Hanns?« Hatü wischte sich die Tränen aus dem Gesicht und sah es überrascht an. »Du fragst aber Sachen.«

»Ja. Ich würde gern wissen, was mit Hanns war. Und mit Michel. Hat er Sie wieder geküsst?«

Über Hatüs verweintes Gesicht huschte ein Lächeln.

»Nein, wir haben uns nicht wieder geküsst«, sagte sie. »Ob er es versucht hat? Ich weiß es gar nicht mehr. Wir hatten so viel anderes zu tun. Aber du hast recht, es wird Zeit, dass ich dir von Hanns erzähle. Eines Tages sind wir zusammen in den Zoo gegangen.«

»Zoos sind Tierquälerei.«

Er müsse an den Elefanten denken, sagt Hanns, als sie vor dem Zoo im Siebentischwald von ihren Fahrrädern steigen. Hatü nickt. Jedes Kind in Augsburg kennt die Geschichte vom Elefanten Abul Abbas, den Karl der Große vom Kalifen Harun al Raschid geschenkt bekam und der den ganzen Weg von Aachen nach Augsburg zu Fuß zurückgelegt hat. Und auch von all den anderen fremdartigen Tieren, die zur Krönung des Kaisers Friedrich II. nach Augsburg kamen, erzählt man noch heute den Kindern, von Panthern und Straußen und natürlich Löwen. Doch hier im Zoo hat es nie exotische Tiere gegeben, nur Hirsche, Rehe, Wildschweine und Wölfe. Vielleicht sind sie nach dem Bombenangriff in den Wald geflohen, vielleicht hat man sie aber auch schon vorher geschlachtet, die Gehege sind jedenfalls verlassen, Bombentrichter überall. Der Siebentischwald befand sich in der Anflugstrecke der amerikanischen Bomber. Ihr Sonntagsausflug hat sein Ziel verloren, bevor er begann.

Langsam schieben Hanns und Hatü ihre Fahrräder durch das aufgelassene Gelände. Seit er unerwartet bei der Premiere der Puppenkiste aufgetaucht ist und sie nach der Vorstellung abpasste, um ihr zu gratulieren, treffen sie sich manchmal wieder. Sie mustert ihn von der Seite. Erwachsen sieht er aus, trotz der kurzen Lederhosen. Und braun gebrannt ist er nach dem Sommer, hat den Kragen seines weißen Hemdes weit geöffnet. Wie ernst er schaut.

Ohne einer Menschenseele zu begegnen, kommen sie zum Eingang des Botanischen Gartens, der direkt an den Zoo anschließt. Hatü erinnert sich kaum an die exotischen Pflanzen, die es hier einmal gegeben hat, die gewundenen Wege, die weißen Bänke, die Pergolen, denn schon zu Kriegsbeginn hat man den Botanischen Garten Stück für Stück in Gemüsefelder umgewandelt. Die Wasserbecken liegen trocken, der Kies der Wege ist überwuchert, der beißende Rauch von Kartoffelfeuern hängt in der Luft. Menschen stehen gebückt in den provisorischen Feldern, klauben die Knollen aus der Erde und werfen sie in Drahtkörbe. Sie sollte es ihnen gleichtun, denkt Hatü, die Mutter würde sich freuen. Hanns' Schweigen kommt ihr wie ein seltsames Einverständnis vor, das sie nicht brechen darf.

Als zwischen den Bäumen am Rand des Feldes in der Nachmittagssonne, die schon tief steht, etwas aufblitzt und ihr gleißend in die Augen sticht, erinnert Hatü sich plötzlich wieder an die eigentliche Attraktion, die es hier früher gab, die beiden großen Gewächshäuser, die sie ganz vergessen hatte. Deshalb vor allem kam man vor dem Krieg hierher: um die Palmen zu bestaunen, unter denen man sich, im Schutz des Glases, wie in einem fernen tropischen Dschungel fühlen konnte. Und außer dem Palmenhaus gab es noch das kleinere Victoria-Regia-Haus. Victoria Regia, hat der Vater ihr erklärt, heißt die Riesenseerose. Ohne nachzudenken, verlässt Hatü den überwucherten Kiesweg in Richtung des Saums jenes Wäldchens, in dem die Gewächshäuser sich verbergen müssen. Doch die Hoffnung, ihre Kindheitserinnerung hätte diesen Ort auf magische Weise vor der Zerstörung bewahrt, ist selbst kindisch. So oft hat Hatü diese Enttäuschung in den letzten Jahren erlebt, dass es nicht nötig ist, darüber zu sprechen.

Vom Palmenhaus ist nur das Stahlskelett übrig geblieben, alles Glas zersprungen durch die Wucht der Detonationen, schweigend schieben sie ihre Räder durch die klirrenden Scherben. Um so größer die Überraschung, dass das Seerosenhaus, versteckt unter den Bäumen, fast unversehrt zu sein scheint. Zwar ist auch hier das Glas der Kuppel zersprungen, doch die Wände des Pavillons, die aus einer weiß gestrichenen luftigen Lattung bestehen, sind intakt. Sie lehnen ihre Fahrräder an einen der beiden Trompetenbäume, die noch immer den Eingang flankieren, und gehen vorsichtig hinein.

Wie Holzjalousien, durch die Sonnenlicht gedämpft in ein nachmittägliches Schlafzimmer fällt, umhegen die filigranen Wände den nicht sehr großen Raum, in dessen Zentrum sich noch immer das niedrige achteckige Bassin befindet, in dem man früher die Riesenseerosen bestaunte. Als sie davorstehen, erinnert Hatü sich wieder an ein Foto, auf dem sie als Baby auf dem großen Teller einer der Seerosen sitzt. Der Vater, überlegt sie jetzt zum ersten Mal, obwohl sie das Bild oft betrachtet hat, muss ins Wasser gestiegen sein, um sie für die Aufnahme dort zu plazieren, und sie stellt sich vor, wie er Schuhe und Socken ausgezogen hat und vorsichtig mit ihr über den glitschigen Boden zu der Seerose gewatet ist. Sie hat keine Erinnerung daran, aber den Ort erkennt sie wieder, und dass es ihn noch gibt, ist, als hätten Hanns und sie doch ein Ziel gehabt bei ihrem Ausflug.

Dabei ist das Bassin leer und die Seerosen, die in ihrer Kindheit auf dem Wasser lagen wie riesige augenlose Tiere, bedecken vertrocknet den Betonboden, verschrumpelt und gesprenkelt mit Dreck und Glasscherben. Die weißen Bänke, die das Becken einst umstanden, hat man zusammengeschoben, manche auch zertrümmert, die Reste eines Feuers zeigen, wozu. Abfall häuft sich in den Ecken, zerrissene Kleidung, die Überreste eines Rucksacks, Knochen, über denen Fliegen summen. Hanns zieht die Plane eines alten Militärzeltes weg, mit der jemand einen der Alkoven verhängt hat. Eine Matratze kommt zum Vorschein.

»Hast du eigentlich die Wohnung in den Ruinen noch?« fragt Hatü.

Hanns verneint. Er wohne wieder bei seinen Eltern. Das Haus habe man abgerissen.

»Der Abend damals war schön, weißt du noch? Als wir Radio gehört haben?«

Er nickt. Weil er aber nichts sagt, ist Hatü die Frage peinlich. Sie lese gerade Theaterstücke, erzählt sie, von Sartre. Ob Hanns ihn kenne. Zu ihrer Überraschung nickt er wieder. Am besten habe ihr das Stück gefallen, in dem drei Menschen in die Hölle kommen, erzählt sie, aber diese Hölle sei einfach ein Zimmer. Nur, dass die drei nicht hinauskönnten und das Licht nie ausgehe und sie immerzu an jene Menschen denken müssten, die sie geliebt haben und die weiterlebten, während sie tot seien. Nach und nach komme dann ans Licht, dass alle drei eine Schuld auf sich geladen hätten gegenüber ihren Liebsten. Weshalb sie auch zueinander nicht gut sein könnten. Und das sei die wirkliche Hölle.

»Alle tun immer so, als könnte alles einfach so weitergehen«, erwidert Hanns ernst. »Als hätte es den Krieg nicht gegeben. Aber das geht nicht. Und deshalb mag ich auch nicht bei den Märchen eures Marionettentheaters mitspielen.«

»Und was ist mit dem Elefanten?«

Hatü will nicht, dass er so über ihren Vater spricht. An den Elefanten denke er doch auch. Es gebe eben noch anderes als immer nur den Krieg.

»Ach so. Ich verstehe. Von wem hast du die Sartre-Stücke überhaupt? Von Michel?«

»Und wenn?«

Sie wendet sich ab, doch im selben Moment steht er hinter ihr und hält sie am Arm fest.

»Au, du tust mir weh!«

Hatü versteht nicht, wieso sich plötzlich alles geändert hat, als ob eine Wolke den Himmel verdunkelt, aber sie spürt diese Wolke aus Traurigkeit auch in sich selbst. Und statt sich aus Hanns' Griff loszumachen, wie sie es eigentlich will, presst sie sich fester in seine Arme und dreht sich ihm zu, sie spürt seinen Atem auf ihrer Wange. Ruhig sieht sie ihn an und wartet. Und dann lässt sie es geschehen, dass er sie küsst.

Endlich, denkt Hatü, obwohl sie bis zu diesem Moment nicht wusste, dass sie sich gewünscht hatte, was nun geschieht. Sie spürt, wie seine Hand unter den Stoff ihres Kleides huscht und wie in einem betrunkenen Tanz stolpern sie küssend umher, die Scherben knirschen unter ihren Schritten dabei. Irgendwann stößt Hatü mit dem Fuß an die Matratze. Für einen Moment erschrickt sie. Wer mochte hier geschlafen haben? Es ekelt sie vor dem Dreck, doch sie weiß, sie haben keinen anderen Ort. Was mit Michel sei? fragt Hanns in ihr Ohr. Sie schüttelt nur den Kopf, lässt sich auf die Matratze sinken und zieht ihn zu sich.

Als sie später nebeneinanderliegen, ist das Erste, woran Hatü denken muss, dass sie sich nicht schämt. Sie hat oft überlegt, wie es sein würde, wenn sie einmal mit einem Mann nackt ist. Jetzt ist sie glücklich darüber, wie es sich anfühlt. Sie setzt sich auf und betrachtet Hanns' schmalen Körper. Auf der linken Seite zwischen Hüfte und Rippen ist seine Haut vernarbt und schrundig wie Schiefer.

»Was ist das?«

»Phosphor, eine Brandbombe. Als ich Flakhelfer war.«

Es ist ihm unangenehm, dass sie fragt. Hatü erinnert sich, wie sie das Wort zum ersten Mal gehört hat: Phosphor. Brennt von alleine, man kann es nicht löschen. In ihren Ohren klang das wie die Rätselfrage aus einem Märchen. Zuerst fallen die Sprengbomben, zerstören Telefon-, Wasser- und Gasleitungen, damit man nicht löschen oder Hilfe rufen kann. Die Luftminen decken dann die Dächer ab und sprengen Fenster und Türen aus ihren Rahmen. Brandbomben entzünden schließlich die nun freiliegenden Dachstühle. Das Feuer läuft die hölzernen Treppen hinab.

»Tut mir leid, dass ich vorhin so grob war«, sagt Hanns.

Der Krieg ist manchmal sichtbar und manchmal nicht. Sie beugt sich über ihn und küsst sanft die vernarbte Stelle, er lässt es verwundert geschehen. Dann legt sie sich wieder zu ihm. Rot ist das Licht der Nachmittagssonne in ihrem Pavillon. Es beginnt kühl zu werden, doch Hatü will noch nicht weg und schmiegt sich eng an ihn.

Michel, weil er größer ist als die andern, entdeckt Hatü zuerst, nimmt Hanns bei der Hand und zieht ihn durch die Menge. Ein dünner Regen fällt. Ganz Augsburg ist an diesem Morgen des 11. Mai 1949 unterwegs, an dem sich die Legende vom *Wunderbarlichen Gut* zum siebenhundertfünfzigsten Mal jährt. Jeder will bei der traditionellen Lichterprozession einen Blick auf die wundersame Bluthostie erhaschen. Im zwölften Jahrhundert soll eine fromme Augsburgerin sie bei der Eucharistie heimlich aus dem Mund genommen und zu Hause in Wachs konserviert haben. Als ihr Gewissen sie plagte und sie den Frevel beichtete, blähte die Hostie sich auf, sprengte ihre Wachshülle und offenbarte, dass sie darin zu einem pulsierenden rosigen Stückchen Fleisch geworden war, in dem man deutlich feine Äderchen erkennen konnte. Hatü hat vergessen, wieso sie sich eigentlich zur Prozession verabredet haben. Sie umarmt Vroni und nickt den anderen zu.

»Das ist Hanns«, sagt sie, sonst nichts. Michel lächelt spöttisch.

»Wie alt bist du eigentlich, Hatü?«

Willibald sieht sie so ernst an, dass sie schon befürchtet, er werde ihr gleich sagen, sie sei zu jung für einen Freund.

»Das fragt man doch eine junge Dame nicht!« scherzt Fred.

»Achtzehn bin ich. Weshalb?«

»Du Küken!« sagt Michel.

»Ich bin auch achtzehn«, verteidigt Vroni die Freundin.

»Worum geht es denn?« will Hatü wissen.

»Worum es geht? Es geht so nicht weiter, Hatü«, sagt Willibald. »Wir arbeiten zu viel und werden zu schlecht bezahlt.«

»Letzte Woche waren es drei Vorstellungen täglich: *Kalif Storch, Frau Holle, Faust.*« Fred sieht Hatü bittend an. »Und als ich deinem Vater gesagt habe, wir bräuchten mehr Geld, weißt du, was er geantwortet hat?«

Hatü weiß, wie gerne Fred den Faust spielt. Es ist sein Paradestück und das Publikum liebt seine Stimme. Wenn er sich beschwert, muss es ernst sein.

»Er hat gesagt: Wieso Geld? Du hast doch so einen wunderbaren Beruf.«

Sie nickt. Ihr Vater geht immer davon aus, alle würden seine Begeisterung für die Puppenkiste teilen. Aber das wirkliche Problem ist, dass ihre Einnahmen seit der Währungsreform viel geringer sind als erhofft. Deshalb spielen sie ja so oft. Höhere Löhne kann sich der Vater einfach nicht leisten. Und dass sie und Ulla auf ihr Honorar verzichten, um wenigstens die anderen bezahlen zu können, erzählt sie besser nicht.

»Wir müssen einfach mehr verdienen«, sagt Willibald. »Wir sind keine Jugendlichen mehr.«

»Ich bin jetzt volljährig«, sagt Fred. »Ich muss mir überlegen, was ich im Leben will.«

»Ich wünschte, ich wäre auch schon so alt«, sagt Ulla und wirft einen bitteren Blick in die Runde.

Sie haben sich vor Heilig Kreuz getroffen, in der Nähe der Sakristei, die seit der Bombennacht als Notkirche dient. Die Kirchenruine erhebt sich dachlos und rußgeschwärzt hinter ihnen. Von hier aus wird die Prozession am Hofgarten vorbeiführen hoch zum Dom.

»Darf ich was sagen?«

Hanns hat Hatüs Hand losgelassen.

»Und du bist also Hatüs Freund?« unterbricht Michel ihn sofort.

Alle lachen, vor allem Toni, was immer so aussieht, als müsste er nie mehr stottern.

»Ja, das bin ich«, sagt Hanns, als es wieder still ist. »Und ich würde gerne bei euch mitmachen, obwohl ich Puppentheater immer für Kinderkram gehalten habe. Denn du hast recht, Fred, wir sind keine Kinder mehr. Aber wir sind auch nicht wie unsere Väter.«

Fred sieht ihn skeptisch an.

»Deshalb sollten wir das Puppentheater machen, das zu uns passt. Und dafür müssen wir uns neue Geschichten ausdenken. Wir müssen uns neue Geschichten ausdenken! Auch, wenn es erst mal wenig Geld gibt. Das muss ja nicht so bleiben.«

Hatüs Blick geht nervös von einem zum andern. Alle sind sie ihr ans Herz gewachsen, der schöne Fred, Willibald mit seiner Vorliebe für die Bösen, der stotternde, herzensgute Toni und der kleine Max, der so gern ein richtiger Schauspieler wäre. Magdalena, die schweigsame Schönheit, und natürlich Vroni, ihre beste Freundin. Und Vroni ist es auch, die das Schweigen bricht.

»Mir geht es wie Ulla«, sagt sie ruhig. »Ich möchte noch was anderes machen in meinem Leben. Aber anders als Ulla kann ich das auch. Ich höre auf.«

»Ich auch.« Willibald sieht Hatü entschuldigend an. »Das lohnt sich einfach nicht für mich. Ich bin auch raus, tut mir leid.«

Hatü beachtet ihn nicht. Erschrocken mustert sie die Freundin und schüttelt ungläubig den Kopf. Damit hat sie nicht gerechnet.

»Vronerl!« sagt sie nur.

In dem Moment öffnen sich die Türen der Sakristei, die Menge um sie her reckt sich und drängelt und es erscheinen die Ministranten in ihren weißen, spitzenbesetzten Chorhemden, der vorderste mit dem goldenen Vortragekreuz. Es folgt die Gemeinde, dünne Kerzen haben die Menschen in der einen Hand, deren Flammen sie mit der anderen vor dem Wind zu schützen suchen. Die hohen Stimmen der Frauen vom Chor streichen über die Zuschauer hinweg. Es folgen die Mönche, ein Dutzend Dominikaner in weißen Kutten, und schließlich erscheint der Prior des Klosters, gehüllt in das seidene Velum, vor der Brust die goldene Strahlenmonstranz mit dem *Wunderbarlichen Gut*.

Einmal, erinnert Hatü sich, war sie als kleines Kind in der Kirche, als alles noch prunkvoll war und unzerstört. Der Vater hatte ihr flüsternd erklärt, wohin sie schauen müsse, als das Reliquiar geöffnet wurde. Sie wundert sich, dass sie nicht weiß, ob sie an Gott glaubt. Langsam setzt der Zug sich in Bewegung und entfernt sich, die Kohlergasse hinauf, durch die Ruinen in Richtung Dom. Die Monstranz schimmert im Regen. Hüpfend folgen ihr lachende Kinder, auch einige der Zuschauer, mit ernstem Blick.

Es klopft am Tor, doch Hatü ist so sehr ins Schnitzen vertieft, dass sie es lange nicht hört, und als sie es dann hört, dauert es noch eine Weile, bis sie wieder in der Gegenwart der Werkstatt angekommen ist, die der Vater und sie in dem ehemaligen Lager neben dem Saal eingerichtet haben. Wenn er unterwegs ist, hat Hatü den großen Raum oft ganze Nachmittage für sich allein, um sie her die Marionetten all der Inszenierungen der letzten Jahre. Der gestiefelte Kater hängt da und Faust, Frau Holle und Schneewittchen, der Zauberer Kaschnur und die ganze Familie Löffelohr, Dornröschen, die kleine Seejungfrau, der Wolf, das Rotkäppchen und Genoveva. Es klopft schon wieder, jetzt hört Hatü es ganz deutlich, aber heute ist keine Vorstellung, sie weiß nicht, wer das sein könnte. Sie legt das Schnitzmesser weg, geht hinüber in den Theatersaal und zum Tor.

Es ist Fred. Er muss etwas auf dem Herzen haben, nur selten kommen die anderen hierher, und es macht sie nervös, wie er alles betrachtet. Sie zieht einen Hocker unter der Hobelbank hervor, er setzt sich und nimmt sofort ein schmales Büchlein aus einer Tasche seines Jacketts, das er ihr hinlegt, direkt neben den Schraubstock mit dem Puppenkopf, an dem sie gerade gearbeitet hat.

»Das müssen wir machen.«

»Ein neues Stück?«

Hatü weiß nicht, was sie davon halten soll. Bisher hat der Vater alle Stücke ausgesucht.

»Kein Theaterstück. Eine Geschichte. Eine furchtbar traurige und schöne Geschichte.«

Hatü liest den Namen auf dem schmalen lilafarbenen Bändchen: »Antoine de Saint-Exupéry.«

»Ein Flieger.«

»Ein französischer Flieger?«

»Ja. Im Krieg bei einem Flug übers Mittelmeer verschollen. Das Buch ist gerade auf Deutsch erschienen.«

»*Der Kleine Prinz.*« Auf dem Umschlag die Gestalt eines kleinen Jungen mit einer weiten Hose. »Und worum geht es?«

»Lies es einfach. Versprich mir, dass du es liest!«

Sie hat Fred noch nie so begeistert erlebt. »Versprochen. Aber wenn es kein Theaterstück ist: Wie soll das gehen?«

»Ganz einfach: Ich schreib es um.«

»Du?«

»Ja. Das sollte nicht dein Vater machen. Wenn du es liest, wirst du verstehen, weshalb. Das ist etwas anderes als die Märchen. Das ist etwas für uns.«

»Für uns?« fragt Hatü.

Der Vater, der in einem der Sessel am Fenster sitzt, streift die Asche seiner Zigarre ab und klopft wortlos mit der anderen Hand auf das kleine lila Buch, das auf dem Beistelltisch neben ihm liegt. Durch den Zigarrenrauch fällt das Nachmittagslicht wie durch Nebel.

»Und? Was sagst du?« fragt Hatü.

Sie ist aufgeregt. Erst hat sie das Büchlein gar nicht lesen wollen, das Fred auf der Hobelbank inmitten der Schnitzmesser und Holzspäne liegen ließ, weil sie sich nicht vorstel-

len konnte, dass jemand anders als ihr Vater aussucht, was sie spielen. Dann aber, als Fred sie gleich nach der nächsten Vorstellung danach fragte, schlug sie es am Abend im Bett auf und las in jener Nacht die ganze Geschichte von dem Flieger, der in der Wüste notlanden muss und zu verdursten droht, und von dem kleinen Jungen, der plötzlich bei ihm auftaucht, und wie es diesen Jungen von seinem kleinen Planeten auf die Erde verschlagen hat und von der Rose, die er so sehr liebt. Und von den vielen seltsamen Menschen, denen er auf seiner Reise begegnet ist. Gestalt für Gestalt zog an Hatü vorüber, und als schließlich der Fuchs erschien, musste sie weinen.

»Was sagt du, Papa?« fragt sie ihn noch einmal.

Er raucht und nickt. »Das ist eine sehr schöne Geschichte, Hatü.«

Eine Geschichte für Kinder, aber nicht so, wie man gewöhnlich für Kinder schreibt. *Man sieht nur mit dem Herzen gut*, zitiert sie den Satz Saint-Exupérys, bei dem sie an den Herzfaden hatte denken müssen, von dem der Vater früher immer gesprochen hat. Und: *Das Wesentliche ist für die Augen unsichtbar*. Sie ist sich sicher, dass er versteht, was ihr an dieser Geschichte so gut gefällt.

»Das ist wirklich schön, ja«, sagt er noch einmal. »Aber ich weiß nicht, ob es zur Puppenkiste passt.«

»Im Gegenteil, Papa! Als Fred es mir gegeben hat, hab ich erst auch nicht verstanden, weshalb er so begeistert ist und unbedingt ein Stück daraus machen will. Aber als ich gelesen hab, wie der Prinz und der Flieger sich in der Wüste treffen, wusste ich, das ist eine Szene für unser Theater. Den Prinzen stelle ich mir als eine wunderschöne Marionette vor und weiß auch schon, wie ich sie machen will. Und der Flieger, der die ganze Geschichte erzählt, muss ein richtiger Mensch sein.«

»Aber Hatü, das geht nicht zusammen! Das sind zwei verschiedene Welten!«

»Nein, Papa. Es muss einmal zusammengehen.«

Hatü schüttelt heftig den Kopf. Und dann sagt sie, was sie beim Lesen sofort gedacht hat: »Du musst der Flieger sein!«

Der Vater sieht sie lange an und ihr Satz steht zwischen ihnen im Raum, als würde er widerhallen. Fred hat recht. Diese Geschichte, so märchenhaft sie scheint, hat nichts mit den Märchen zu tun, die sie sonst in der Puppenkiste spielen. Es ist wirklich eine Geschichte für sie und ihre Freunde, weil es eine Geschichte über den Krieg und die Erwachsenen ist. Und deshalb brauchen sie den Vater, um sie erzählen zu können.

»Und der Jenning, sagst du, will das schreiben?« fragt er nach einer Weile.

»Ja.«

Die Zigarre ist ihm fast ausgegangen, er muss heftig paffen, bis es in der Asche wieder zu glühen beginnt. Der Rauch hüllt ihn ein.

»Wir müssen Gastspiele machen, Hatü. Damit wir endlich was verdienen.« Vorsichtig streift er die Asche ab. »Und dazu brauchen wir jetzt wirklich eine Puppenkiste, nämlich eine Bühne, die in ein Auto passt. Ich hab schon mit Kratzert gesprochen, vielleicht kann der uns was bauen.«

Hatü nickt. Sie weiß, weshalb er das sagt. Er war furchtbar enttäuscht, als Vroni und Willibald das Theater wegen der Bezahlung verließen. Hatte noch einmal versucht, sie zu überreden, und davon gesprochen, wie schön der Beruf des Puppenspielers sei und wie wichtig für die Kinder. Aber die beiden hatten nur verlegen den Kopf geschüttelt.

»Und was ist mit dem *Kleinen Prinzen?*«

Der Vater sieht sie unsicher an. »Ich hoffe nur, der Jenning kann das. Ich will mich nicht mit einem schlechten Text blamieren, wenn ich auf der Bühne stehe.«

Hatü klatscht in die Hände, so erleichtert ist sie, dass er einverstanden ist.

»Papa, ich muss dir noch etwas sagen.«

»Was denn, Hatü?«

»Ich habe einen Freund.«

Hatü lehnt die Stirn gegen die kalte Scheibe. Im monotonen Klack-klack der Reifen auf den Betonplatten betrachtet sie müde die Schneeplacken in den Senken, frisch umgebrochene Felder, mächtige Tannen, Kirchtürme, um die sich Häuser scharen. Es hatte gerade erst begonnen hell zu werden, als der Omnibus in den Hof der Donauwörther Straße einbog, der glatzköpfige Herr Kratzert verschlafen die Werkstatttore aufstieß und zusammen mit dem Vater den Anhänger mit der zerlegbaren Reisebühne herauszog, den sie in den letzten Monaten gebaut hatten. Hochbeinig funkelte das unlackierte, polierte Stahlblech im ersten Licht. *Reisebühne AUGSBURGER PUPPENKISTE* steht darauf, darunter: *Oehmichens Marionetten Theater.*

»Ein bisschen wie Rudolf Caracciolas Silberpfeil«, sagte der Vater anerkennend zu August Kratzert und der Karosseriebauer nickte stolz.

In weiten Schwüngen führt das Betonband der Autobahn durch die Landschaft, die Fahrbahnen nur durch einen schmalen Mittelstreifen getrennt, auf dem dürres Wintergras steht, manchmal Büsche oder ein kleiner Baum. Einmal überholen sie einen amerikanischen Armeekonvoi, einmal einen alten Lastwagen mit Holzvergaser, ein großer Opel Kapitän mit seinem vorgewölbten Bug zieht an ihnen vorbei. Ein dunkelblaues Schild taucht auf und verschwindet wieder, über dem weißen Pfeil steht München und eine Kilometerangabe. Hatü nimmt die Hand ihres Freundes.

Die Zeitungen sind von ihrem Kleinen Prinzen begeistert gewesen und dann kam auch noch die Einladung der Bayerischen Akademie der Künste: Ob sie im Schloss Nymphenburg spielen könnten, zur Jahrestagung 1951? Dem Vater bedeutet das viel, es ist die erhoffte Anerkennung seiner Arbeit. Ende Juni werden sie in Weißenhorn spielen, mit Braunschweig, Hamburg und Osnabrück sind Abmachungen für Gastspiele im Spätsommer getroffen. Hatü schließt die Augen. Sie vermisst Vroni. Kinderschwüre mit klopfendem Herzen, Geflüster unter der Decke. Wie sie zusammen am See lagen und die Sonne über ihre Haut strich. Wie sie zusammen nach Frau Friedmann suchten. Wann hat es begonnen, dass sie einander fremd wurden? Das Lachen der Freundin, das nach dem Tod der Eltern in der Bombennacht plötzlich hart wurde, hart auch ihr Blick manchmal, als musterte sie Hatü abschätzig, die im Krieg nichts verloren zu haben schien.

Erwachsenwerden, denkt Hatü, öffnet die Augen und betrachtet den Vater, den es nicht auf seinem Platz hinter dem Fahrer hält. Man sieht, wie aufgeregt er ist. In seinem besten Dreiteiler steht er im Mittelgang und hält sich schwankend mit beiden Händen an der Gepäckablage fest.

»38 war das fertig«, sagt er und schaut hinaus auf die Autobahn. »Und am Ende haben sie, als schon alle Flughäfen zerbombt waren, noch die Me 262 hier geparkt, den Düsenjäger, die Wunderwaffe. Die konnten direkt von der Autobahn starten.«

Fred sitzt neben Max, Toni neben Michel. Bei Bernhard Stimmler, dem Musiker, sitzt Ulla. Neu sind die beiden Schellemann-Brüder in der letzten Reihe. Carlo ist ein Augsburger Künstler, der das Bühnenbild für den *Kleinen Prinzen* entworfen hat, das anders ist als alle Bühnenbilder zuvor, einfach, bunt, surreal. Sein kleiner Bruder Walter, der zunächst nur aus Neugier mitkam, hat sich zu einem ihrer besten Sprecher gemausert. Neben ihm sitzt Ernst Ammann, auch er ist noch nicht lange dabei, alle nennen ihn Ernstl und das strähnige Haar hängt ihm wie immer ins Gesicht. Neu sind auch Beatrix Laqua und Margot Kratzsch, die sich im letzten Herbst als Sprecherin beworben hat und vom Vater, der von ihrer Stimme begeistert war, sofort genommen wurde.

An den spielfreien Tagen hat Hatü ihr das Puppenführen beigebracht und sie bei dieser Gelegenheit einmal danach gefragt, weshalb sie sich bei ihrem Vater beworben habe. Margot hat genickt, als habe sie die Frage erwartet.

»Es muss um 1942/43 gewesen sein, genau weiß ich es nicht mehr, ich war zwölf oder dreizehn, da war ich mit meinen Eltern im Theater. Das war nicht ungewöhnlich, aber an jenem Abend herrschte eine besondere Stimmung«, erzählte sie und ließ ihre Marionette sinken. »Gespielt wurde *Hamlet*, und bevor es losging, trat dein Vater vor den Vorhang und erklärte, weshalb er dieses Stück eines Engländers spielen ließ. Shakespeare war, glaube ich, nicht generell verboten, aber auch nicht gern gesehen, auch bei den normalen Leuten nicht.« Margot sah Hatü nachdenklich an. »Ich weiß nicht mehr genau, wie er seine Entscheidung begründet hat, aber ich sehe ihn noch heute vor mir, wie er dastand und sprach. Ich hab wenig verstanden davon, aber ich empfand, dass dein

Vater sich nicht rechtfertigte, sondern einfach ruhig erklärte, weshalb dieses Stück wichtig sei. Das hat mir auch als Kind schon imponiert.«

Hatü betrachtet ihren Vater, der noch immer aufgeregt im Mittelgang steht, und muss an den Moment denken, als er bei den Proben zum ersten Mal in seiner Fliegermontur erschien. Für sie war das wie eine Versöhnung mit ihrer Erinnerung an jenen Moment gewesen, als er in Uniform vor ihr gestanden hatte und dann weggegangen war. Doch als sie ihn daran erinnerte, wollte er nicht darüber sprechen. Aber weshalb denn? Du warst doch kein Nazi. Trotzdem, es ist vorbei. Vielleicht ist es nicht vorbei? denkt Hatü. *Siehe, es leuchtet die Schwelle, / Die uns vom Dunkel befreit. / Hinter ihr strahlt die Helle / Herrlicher, kommender Zeit.* Und sie muss an jenen Satz aus einer Hitlerrede denken, den sie nicht vergessen kann, weil er klingt wie der Fluch einer bösen Fee aus dem Märchen: *Und sie werden nicht mehr frei sein ihr ganzes Leben.* Sie mustert die Gesichter um sich her und fragt sich, ob er stimmt.

»Jetzt setz dich doch endlich, Vati!« ruft da die Mutter und der Vater tastet sich schwankend zurück zu seinem Platz.

Hatü schaut hinaus. Die Landschaft zieht vorüber, sie lehnt sich an Hanns' Schulter und dämmert weg. Als sie wieder aufwacht, sind sie bereits in München und der Bus fährt gerade an einem Park vorüber. Und dann kippt auch schon das Schloss in ihren Blick, dreht sich und dreht sich und liegt schließlich jenseits einer weiten Wasserfläche da. Natürlich ist die Fontäne, von der der Vater erzählt hat, im Winter nicht in Betrieb, und auch seine Ankündigung, das Schloss werde weiß und golden glänzen, bewahrheitet sich nicht. Es ist mit dunkler Tarnfarbe gestrichen, das ganze Gelände verwahrlost, überall führen Reifenspuren über den Rasen, sind die

Stümpfe gefällter Bäume zu sehen, hastig betonierte Standflächen für Autos. Etwas verloren stehen schließlich alle vor dem Bus und frieren.

»König Ludwig wurde hier geboren«, erklärt der Vater.

»Und seinen verrückten Bruder hat man hier gefangengehalten«, ergänzt Carlo Schellemann.

»Lola Montez!« ruft der kleine Max triumphierend und alles lacht.

»Wer ist das?« fragt Ulla.

»Wie ihr wieder ausseht!« Der Vater mustert sie mit verzweifeltem Blick.

»Walter, lass sie in Ruhe«, ermahnt ihn die Mutter. »Das ist die Jugend.«

Alle brechen in fröhliches Gelächter aus. Sie kennen Walter Oehmichens Empörung über ihre modischen Verirrungen, wie er es nennt. Die meisten der Jungs tragen ihr Haar mit Pomade zurückgekämmt, spitze Schuhe und weite Sakkos, dasjenige von Fred hat große bunte Karos. Die schweigsame Beatrix Laqua hat trotz der Kälte einen Pullover mit weitem U-Boot-Kragen an, der ihr immer wieder von der nackten Schulter rutscht, dazu eine Caprihose mit schwarzweißem Pepitamuster. Unter Margots engtailliertem Mantel sieht man hohe Pumps und Nahtstrümpfe, über die Oehmichen schon oft die Nase gerümpft hat, denn auf die Spielbühne kann sie so natürlich nicht. Nur Hatü, die das flaschengrüne Twinset trägt, auf dem die Mutter bestanden hat, entspricht wohl den Vorstellungen des Vaters, der gerade Max mustert.

»Was ist das?«

Er deutet auf Max' Hose, wobei die Frage im Gelächter fast untergeht.

»Man nennt das Jeans, Chef.«

Da öffnet sich eine Tür und ein schnauzbärtiger Mann im grauen Kittel steuert auf sie zu. Es ist der Hausmeister, der sie in Empfang nehmen und ihnen alles zeigen soll. Die Akademie tagt noch, erklärt er und führt sie hinauf in den ersten Stock. Der grüne Saal ist bereits für die Abendveranstaltung bestuhlt, die rückwärtige Schmalseite für die Bühne freigelassen, dort steht auch das Klavier auf dem feinen Parkett. Bernhard Stimmler klappt es auf und schlägt ein paar Tasten an. Er nickt Walter Oehmichen zu, während die anderen sich staunend umsehen. Der Raum ist beinah zwanzig Meter lang, an den Wänden, zartgrün auf weiß gezeichnet, mythologische Figuren, ein lyraspielender Knabe auf einem Delfin, Bacchus und Ariadne, Ganymed und Hermes. Auf einem kleinen Tisch belegte Brote und Saft, hungrig greifen alle zu. Dann beginnen sie den Anhänger auszuladen.

Der Kistendeckel, der gerade so durch die Klapptüren des Anhängers passt, ist das Erste, was Michel und Toni hinauftragen. Hinter ihm wird der eigentliche Bühnenrahmen aus Stahlrohrgestellen montiert, fast fünf Meter hoch und acht Meter breit. Zuletzt kommen die beiden Bühnenwagen. Alles ist noch etwas ungewohnt, manches passt nicht gleich zusammen, und so bleibt ihnen, als die Bühne endlich mit schwarzem Molton verhängt ist, nur noch eine gute Stunde bis zur Vorstellung. Toni, Carlo und Michel kümmern sich jetzt um die Bühnenbilder und die Requisiten, machen eine Beleuchtungsprobe und sorgen dafür, dass die Marionetten in der richtigen Reihenfolge bereithängen, die anderen haben einen Moment Zeit, sich auszuruhen.

Als Hatü den Weg auf das große Parterre des Schlossparks gefunden hat, beginnt es bereits zu dämmern. Vorsichtig setzt sie den Kleinen Prinzen auf den Kies, damit auch er sich umsehen kann, denn ein unendlich weiter Blick tut sich hier auf, der gleichsam durch den Park hindurchgezogen wird, hinweg über alles, was von den geometrischen Rabatten nach dem Krieg noch übrig ist. In den Wäldchen auf beiden Seiten steht schon die Nacht. Der klare Himmel aber ist von einem pludrigen Rot. Hatü setzt sich auf eine Marmorbank.

Als der Kleine Prinz fertiggeschnitzt, zusammengebaut und eingekleidet war, hat sie ihn Ludwig Königsberger gebracht. Sie weiß, dass es ihre beste Marionette ist, da war es gar nicht nötig, dass er etwas sagte. Auch der Vater hat nur gesagt: Das hätte ich selbst nicht gekonnt. Obwohl der Prinz ein kleiner Junge ist, hat die Marionette nicht die üblichen Kinderproportionen. Mit dem ernsten Mund wirkt er zerbrechlich und seltsam erwachsen zugleich. *Die großen Leute verstehen nie etwas von selbst*, schreibt Saint-Exupéry. Hatü schaut zum Himmel hinauf, der nun schnell alles Licht verliert. Bald wird man die Sterne sehen. Und auf einem von ihnen wartet die Rose, die der Kleine Prinz so liebt. Hatü gibt sich einen Ruck und steht auf. Gleich geht es los.

Tatsächlich ist der Saal, als sie zurückkommt, voller Menschen, die ihre Plätze suchen, und Hatü huscht schnell hinter den Vorhang, wo alle versammelt sind, ihr *Toitoitoi* sprechen und sich über die Schulter spucken. Zusammen mit Margot und Max steigt sie mit ihrem Kleinen Prinzen zur Spielbrücke hinauf. Schon geht das Saallicht aus und Bernhard Stimmler beginnt zu spielen. Hatü beugt sich über das erste Szenenbild. Zu sehen ist Wüste, zu hören das Brummen eines Flugzeugs, dann der pfeifende Absturz, Aufschlag und Splittern. Walter Schellemann hantiert dazu mit einem Donnerblech aus dem Theater, später wird er seiner Geige die verschiedensten Töne entlocken und Fred auf der Flöte die Vögel jubilieren lassen.

Doch jetzt tritt erst einmal der Vater in seiner Fliegermontur vor die Bühne. Bei der Premiere hat sie alle überrascht, wie mucksmäuschenstill das Publikum in diesem Moment war, und auch jetzt erstirbt jedes Geräusch. Hatü hört zu, wie der Vater über seinen Absturz spricht und wartet auf das Wort, das ihren Einsatz bedeutet. Und dann ist es so weit: Der Kleine Prinz erscheint in der Wüste.

Und Beatrix neben der Bühne sagt: »Bitte zeichne mir ein Schaf!«

»Wie bitte?«

»Zeichne mir ein Schaf.«

Der Vater springt auf und betrachtet das kleine Wesen, das da tausend Meilen abseits jeder bewohnten Gegend erschienen ist. Er ist halbtot vor Müdigkeit, Durst und Angst.

»Aber was machst denn du da?«

Als sei das eine sehr ernsthafte Sache, wiederholt Beatrix mit ihrer dunklen, sanften Stimme: »Bitte zeichne mir ein Schaf.«

Man hört, wie der Vater ein Blatt Papier und eine Füllfeder aus seinem Overall hervornestelt, dann aber entschuldigend erklärt, er könne nicht zeichnen.

»Das macht nichts«, sagt Beatrix ruhig und Hatü lässt ihren Kleinen Prinzen den Vater ansehen. »Zeichne mir ein Schaf.«

Unsicher versucht er es und zeigt dem Kleinen Prinzen, was er zuwege gebracht hat.

»Nein! Das ist schon sehr krank. Mach ein anderes.«

Und noch einmal.

Hatü lässt den Kleinen Prinzen die Zeichnung lange betrachten. Dann sagt Beatrix, nachsichtig: »Du siehst wohl, das ist kein Schaf, das ist ein Widder. Es hat Hörner.«

Und noch einmal.

»Das ist schon zu alt. Ich will ein Schaf, das lange lebt.«

Ungeduldig macht der Vater eine weitere Zeichnung.

»Das ist die Kiste«, sagt er. »Das Schaf, das du willst, steckt da drin.«

Einen Moment lang ist es still auf der Bühne und Hatü bewegt die Fäden der Marionette nur ganz leicht.

»Ja!« jubelt der Kleine Prinz. »Das ist ganz so, wie ich es mir gewünscht habe. Meinst du, dass dieses Schaf viel Gras braucht?«

»Warum?«

»Weil bei mir zu Hause alles ganz klein ist.«

»Es wird bestimmt ausreichen. Ich habe dir ein ganz kleines Schaf geschenkt.«

Hatü lässt die Marionette den Kopf tief über die Zeichnung neigen.

Beatrix sagt: »Sieh nur! Es ist eingeschlafen.«

Dann wird es Nacht, der Vorhang schließt sich, der Vater sinkt vor der Bühne in den Schlaf. Hatü hängt den Kleinen Prinzen weg, Margot und Max haben sich schon zwei Planeten gegriffen. Der Vorhang geht wieder auf, sie fliegen durchs Weltall. Der Planet des Kleinen Prinzen, der Planet des universellen Herrschers, der Planet des Eitlen, der Planet des Säufers, der Planet des ernsthaften Geschäftsmannes, der Planet des Laternenanzünders, der Planet des Geografen. Die Wüste bei Nacht. Der Rosengarten. Der Fuchsbau. Der Bahnübergang. Und wieder die Wüste. Sie nehmen die Marionetten von den Seilen und hängen sie wieder zurück, geben sie weiter von einem zum Nächsten, vollführen die unendlich oft geprobten Bewegungen.

»Guten Tag«, sagt Fred sanft, als Margot seinen Fuchs zum ersten Mal erscheinen lässt.

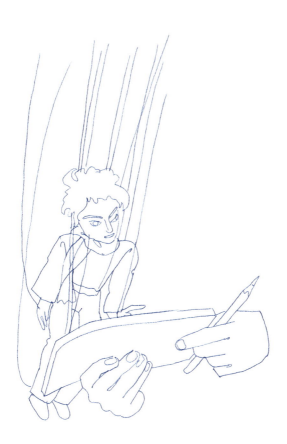

»Guten Tag«, antwortet Beatrix. Sie spricht den Prinzen so, dass man nicht weiß, ob es ein Junge oder ein Mädchen ist, aber man hört seine Sanftmut und Traurigkeit. Hatü lässt ihn sich umsehen.

»Ich bin da«, sagt Fred, »unter dem Apfelbaum.«

»Wer bist du?« fragt der Kleine Prinz. »Du bist sehr hübsch.«

»Ich bin ein Fuchs«, sagt der Fuchs.

»Komm und spiel mit mir. Ich bin so traurig.«

»Ich kann nicht mit dir spielen. Ich bin noch nicht gezähmt!«

»Ah, Verzeihung!« sagt der Kleine Prinz. »Was bedeutet das: zähmen?«

»Das ist eine in Vergessenheit geratene Sache«, sagt der Fuchs. »Es bedeutet: sich vertraut machen.«

»Vertraut machen?«

»Gewiss«, sagt der Fuchs. »Du bist für mich noch nichts als ein kleiner Knabe, der hunderttausend kleinen Knaben völlig gleicht. Ich brauche dich nicht und du brauchst mich ebensowenig. Ich bin für dich nur ein Fuchs, der hunderttausend Füchsen gleicht. Aber wenn du mich zähmst, werden wir einander brauchen. Du wirst für mich einzig sein in der Welt. Ich werde für dich einzig sein in der Welt.«

»Ich beginne zu verstehen«, sagt der Kleine Prinz. »Es gibt eine Blume – ich glaube, sie hat mich gezähmt.«

»Das ist möglich«, sagt der Fuchs. »Man trifft auf der Erde alle möglichen Dinge.«

»Oh, das ist nicht auf der Erde«, sagt der Kleine Prinz.

Margot lässt den Fuchs sich schütteln vor Aufregung. »Auf einem anderen Planeten?«

»Ja.«

»Gibt es Jäger auf diesem Planeten?«

»Nein.«

»Das ist interessant! Und Hühner?«

»Nein.«

»Nichts ist vollkommen!« seufzt der Fuchs. »Bitte – zähme mich!«

»Ich möchte wohl«, antwortet der Kleine Prinz, »aber ich habe nicht viel Zeit. Ich muss Freunde finden und viele Dinge kennenlernen.«

»Man kennt nur die Dinge, die man zähmt«, sagt der Fuchs. »Die Menschen haben keine Zeit mehr, irgendetwas kennenzulernen. Sie kaufen sich alles fertig in den Geschäften. Aber da es keine Kaufläden für Freunde gibt, haben die Leute keine Freunde mehr. Wenn du einen Freund willst, so zähme mich!«

»Was muss ich da tun?« fragt der Kleine Prinz.

»Du musst sehr geduldig sein«, antwortet der Fuchs. »Du setzt dich zuerst ein wenig abseits von mir ins Gras. Ich werde dich so verstohlen, so aus dem Augenwinkel anschauen, und du wirst nichts sagen. Die Sprache ist die Quelle der Missverständnisse. Aber jeden Tag wirst du dich ein bisschen näher setzen können.«

Und so bringt der Fuchs dem Kleinen Prinzen bei, was es heißt, jemanden zu zähmen. Es wird Nacht und wieder Tag auf der Bühne und der Fuchs schickt den Kleinen Prinzen zu den Rosen, und er begreift, weshalb er seine eigene Rose so sehr liebt und dass er zurück möchte zu ihr.

»Adieu«, sagt er.

»Adieu«, sagt der Fuchs. »Hier mein Geheimnis. Es ist ganz einfach: Man sieht nur mit dem Herzen gut. Das Wesentliche ist für die Augen unsichtbar.«

Die Schlange erscheint und der Kleine Prinz stirbt. Der Vater vor der Bühne erwacht aus seinem Schlaf und spricht den Schlussmonolog, dann bricht der Applaus los. Der Vater lässt den Vorhang über der Bühne hochziehen, Max, Margot und Hatü verbeugen sich mit ihren Marionetten. In der ersten Reihe steht ein schmaler älterer Mann auf und bittet alle nach vorn. Hatü lehnt sich zu Michel in eine der Fensterlaibungen ganz am Rand des Saals. Neben den älteren Herrn, der sich als Wilhelm Hauenstein vorstellt, Präsident der Akademie, tritt ein zweiter, der, während die beiden allen die Hand schütteln, jedes Mal wiederholt: »Gestatten, Clemens Graf von Podewils, Generalsekretär.«

Ein bisschen wie Marionetten kommen Hatü die beiden in ihren doppelreihigen Vorkriegsanzügen vor, die sie nicht mehr ausfüllen. Dünne, längliche Gesichter und das schüttere Haar auf dieselbe Weise in einem Seitenscheitel über die Köpfe gelegt. Die Nase des Präsidenten ist spitzer als jene des Generalsekretärs, während die Lippen des Grafen voller sind, seine Augen müde unter schweren Lidern. Hauenstein dagegen ist maushaft wach, eine Braue wie in immerwährender Überraschung gehoben, der Mund klein und vorsichtig.

»Bei Rilke«, beginnt er mit dünner Stimme zu sprechen, »steht ein Wort, das ganz zu begreifen man wohl ein Menschenleben lang braucht: *Herr, gib jedem seinen eigenen Tod.* Das Ende des Dichters Saint-Exupéry ist das treffendste Beispiel für die Auslegung des tiefen Rilke'schen Gebets. Er ist den Fliegertod gestorben und ins Meer gestürzt, niemals mehr fand man einen Rest seiner Hülle. Man möchte sich den Tod des Dichters so vorstellen: Er wird in der Maschine angeschossen, schwer verwundet und kann noch bei vollem Bewusstsein das Flugzeug in den Himmel steuern, der Sonne entgegen. Das unendliche Blau, nach einem Lieblingswort Hölderlins der Aether, nimmt ihn auf. Die reine Seele eines reinen Dichters fliegt Gott in die Arme! Er hat seinen eigenen Tod gefunden, einen Tod, um den wir ihn beneiden können, wir, die uns Schwergewichte mancher Art an der Erde kleben lassen.«

»Gibst du mir eine Zigarette?« flüstert Hatü Michel zu.

»Du rauchst nicht«, flüstert er zurück, ohne sie anzusehen.

»Doch. Jetzt rauche ich.«

Sie muss sich anstrengen, beim ersten Zug nicht zu husten. Langsam stößt sie den Rauch aus und spürt, wie ihr schwindelig wird.

»Das fühlt sich aber schön an.«

»Es gibt in der Literatur mit Ausnahme vielleicht von Büchners *Leonce und Lena* kein Werk, das so nach der Marionette schreit wie dieses. Der Kleine Prinz, der vom Himmel fällt, ist ja schon an und für sich das antigrave Wesen, das Kleist der Marionette zuspricht. Werte Frau Oehmichen! Sehr geehrter Herr Oehmichen! Wir danken Ihnen und Ihrer jungen Truppe von Herzen für diese wunderbare Aufführung Ihrer besonderen Kunst.«

Die Mutter steht neben dem Vater und sieht ihn stolz an. Noch einmal wird applaudiert und alle verbeugen sich.

»Das hat er eigentlich schön gesagt«, flüstert Hatü Michel zu.

»Ja, aber so schön darf man es nicht sagen.«

Hatü überlegt noch, was Michel damit meint, als die Stühle schon in Windeseile beiseitegeräumt und Weingläser und Schnittchen hereinbalanciert werden, russische Eier und Salzstangen. Sie betrachtet die verschiedenen Grüppchen, die sich sofort redend und trinkend bilden, und entdeckt Hanns im Gespräch mit Margot und Fred, umringt von einigen Akademiemitgliedern. Da Michel keine Anstalten macht, die Fensternische zu verlassen, bleibt sie bei ihm stehen. Eine schöne Frau in einer schwarzen Robe tritt zu ihrem Vater. Alle, die ihn umringen, machen respektvoll Platz und er begrüßt sie so herzlich, als kennten sie einander schon lange.

»Ich wüsste gern, mit wem mein Vater da spricht.«

»Das? Das ist Maria Wimmer, eine Schauspielerin. Berühmt für ihre Iphigenie. Früher in Hamburg, jetzt hier in München.«

»Und der Glatzkopf dort?«

»Ein Norweger, der für den *Simplicissimus* gezeichnet hat. Aber siehst du den da?« Michel nickt zu einem Mann mit wehendem Haarschopf und dünner Hornbrille hinüber. »Das ist Ernst Penzoldt. Vielleicht hast du *Es kommt ein Tag* mit Maria Schell und Dieter Borsche gesehen, das war ein Film nach einem Roman von ihm. Und der, der da bei ihm steht, ist Leonard Frank. Die Nazis haben seine Bücher verbrannt. Gleich 33 ist er nach Frankreich emigriert, wurde interniert, ist geflohen und hat es schließlich nach Amerika geschafft. Jetzt beschimpfen sie ihn als Nestbeschmutzer. Das sind die Guten.«

Hatü mustert den schmalen Mann mit den buschigen Augenbrauen und den großen, brennenden Augen. »Und wer sind die Bösen?«

»Das da ist Holthusen.«

»Der mit dem kantigen Gesicht?«

»Ja. SS-Mann der ersten Stunde, Reichssicherheitshauptamt. *Nach Ostland wollen wir reiten.* Jetzt tut er existenzialistisch. Kein Lebensraum im Osten mehr. *Der unbehauste Mensch* heißt sein letztes Buch, witzig, oder?«

»Gib mir noch eine Zigarette.«

Er hält ihr das Paket hin, schnipst eine heraus und gibt ihr Feuer. Wieder spürt sie das Schwindelgefühl und wie ihre Fingerspitzen kalt werden, als sie den Rauch einsaugt. Aber das ist nichts gegen den anderen Schwindel, der sie erfasst, wenn sie daran denkt, dass so jemand ihren Kleinen Prinzen angehört und geklatscht hat und jetzt Wein trinkt und lacht.

»Die da bei ihm steht, das ist Ina Seidel.«

Hatü mustert die ältere Dame im gerüschten Schluppenkleid, deren Blicke die ganze Zeit umherhuschen.

»Sie hat Hitler treueste Gefolgschaft gelobt. *Hier stehn wir alle einig um den Einen, und dieser Eine ist des Volkes Herz.*«

»Und was ist mit dem dort?«

Hatü nickt bitter zu einem eleganten Mann hinüber, der alleine im Saal auf und ab schlendert.

»Nichts. Max Unold, ein Künstler. Holzschnitte, Lithografien, Radierungen. War Präsident der Münchener *Neuen Secession*, bis die Nazis sie aufgelöst haben. Siehst du, wie er einen Bogen um die Seidel macht?«

Hatü tut der Vater leid. Er steht in einem dichten Kreis von Akademiemitgliedern und erzählt und sie sieht, wie es ihn freut, dass alle ihm zuhören.

»Wieso kennst du die alle?«

»Tu ich ja gar nicht. Den Fischmund da hinten kenne ich zum Beispiel nicht.« Er nickt zu einem jungen Mann mit schütterem Haar und einer roten Fliege hin, der seine wulstigen Lippen gerade um ein belegtes Brötchen schließt. »Und Philemon und Baucis dort drüben kenne ich auch nicht.«

Er deutet mit einer Kopfdrehung in Richtung eines greisenhaften Paares. Hatü sagt nichts. Hanns, sieht sie, unterhält sich mit Ulla und nimmt gerade noch eines der russischen Eier. Max hat schon wieder ein volles Glas Wein, schwankend und verzweifelt steht er inmitten der Honoratioren. Hatü macht sich Sorgen um ihn und spürt zugleich, wie ihre eigene Anspannung sich zu lösen beginnt. Es war richtig, Fred das Stück schreiben zu lassen. Und es ist richtig, etwas anderes als Märchen zu spielen.

»Hatü?«

Zum ersten Mal, seit sie beieinanderstehen, sieht sie ihn an.

»Ich höre auf.«

Sie erschrickt. »Etwa wegen Hanns?«

Michel ist von ihrer Frage ebenso überrascht wie sie selbst. Dann lächelt er so spöttisch, wie er oft lächelt, und Hatü spürt, dass sie rot wird. Er macht eine vage Geste mit der Hand, als wollte er ihr all das zeigen, was sich vor ihnen abspielt.

»Das hier ist nichts für mich. Du hast schon das richtige Stück ausgesucht, Hatü. Man sieht nur mit dem Herzen gut. Ich will wieder malen.«

Kein Atemzug war zu hören, keine Bewegung zu sehen, wie eine erstarrte Armee warteten die Marionetten. Hatü war verschwunden, das Mädchen schon eine Weile ganz allein. Doch irgendwann bewegte sich etwas in der hölzernen Heerschar, das Mädchen hörte trippelnde Schritte und der Kleine Prinz trat hervor. Gebannt sah es dabei zu, wie er mit kleinen Schritten mitten ins Licht hineinging, das sich in seinen goldenen Haaren verfing. Er beugte sich hinab und begann über den Mondlichtteppich zu streichen, als könnte er das Licht anfassen, und das ging eine ganze Weile.

Schließlich aber drehte er sich um, sah das Mädchen an und sagte: »Die Wüste ist schön.«

Das Mädchen verstand sofort, was er meinte. Das Licht lag gleißend in der Dunkelheit, als wäre es eine unendlich weite Ebene. Es war sehr heiß. Die Luft flirrte über dem Sand. Aber es wusste nicht, was es sagen sollte.

»Komm, spiel mit mir«, bat der Kleine Prinz.

»Aber ich bin doch schon viel zu groß zum Spielen.«

Er lachte, als hätte es einen Witz gemacht. »Die großen Leute schieben sich in die Schnellzüge, aber sie wissen gar nicht, wohin sie fahren wollen. Nachher regen sie sich auf und drehen sich im Kreis. Das ist nicht der Mühe wert.« Und er sah es plötzlich ernst an: »Du musst dein Versprechen halten.«

»Welches Versprechen?« fragte das Mädchen, obwohl es genau wusste, was er meinte.

»Hab keine Angst«, sagte er und schüttelte den Kopf, als wunderte er sich über die Antwort des Mädchens. »Du wirst wieder nach Hause kommen.«

»Wirklich?«

Natürlich hatte es seinen Vater lieb. Das Mädchen verstand gar nicht, weshalb er das immer fragte: Hast du mich lieb? Es stellte sich vor, wie er jetzt in seiner Wohnung stand und nicht wusste, was er tun sollte. Längst hatte er überall nach seiner Tochter gesucht. Das Mädchen stellte sich vor, wie er jetzt Mama anrief. Wie die beiden miteinander sprachen. Das tat das Mädchen oft, lag nachts wach und malte sich lange Gespräche zwischen ihnen aus. In Wirklichkeit sprachen ihr Vater und ihre Mutter nur miteinander, wenn sie, das Mädchen betreffend, verschiedener Meinung waren. Weshalb es auch immer nur für einen kurzen Moment so war wie früher, eine kleine Weile, in der das Mädchen sich zusammenkuscheln konnte unter ihren Stimmen. Dann begann der Streit.

»Hab keine Angst«, sagte der Kleine Prinz noch einmal, als hätte er ihre Gedanken gelesen. Und dann lachte er wieder sein perlendes Lachen und das Mädchen erkannte deutlich die Triller der Flöte, die Fred hinter dem Vorhang dazu gespielt hatte.

»Ich höre dein Lachen so gern!«

»Gerade das wird mein Geschenk an dich sein.«

»Was denn für ein Geschenk?«

»Die Leute haben Sterne, aber es sind nicht die gleichen. Für die einen, die reisen, sind die Sterne Führer. Für andere sind sie nichts als kleine Lichter. Für wieder andere, die Gelehrten, sind es Probleme. Für meinen Geschäftsmann waren sie Gold. Aber alle diese Sterne schweigen. Du, du wirst Sterne haben, wie sie niemand hat.«

»Was meinst du damit?«

Das Mädchen war plötzlich traurig und verstand gar nicht weshalb. Was der Kleine Prinz ihm versprach, war ja etwas Schönes.

»Wenn du bei Nacht den Himmel anschaust, wird es dir sein, als lachten alle Sterne, weil ich auf einem von ihnen wohne, weil ich auf einem von ihnen lache.«

Der Kleine Prinz wandte sich ab und ging über den Mondlichtteppich davon. Über die Schulter rief er dem Mädchen zu: »Du allein wirst Sterne haben, die lachen können!«

»Bitte, bleib doch hier!«

Doch er sah sich nicht mehr um. Schon war er am Rand des Mondlichtteppichs, die Marionetten machten ihm Platz, dann war er zwischen ihnen verschwunden. Alles war wieder still und tot.

Traurig zog das Mädchen sein iPhone aus der Tasche des Kapuzenpullovers und schaltete das bunte Licht an. Wie gern hätte es jetzt seinen Vater angerufen, aber umsonst suchte das Gerät nach einem Netz, das es hier nicht gab. Und so saß das Mädchen einfach in dem gespenstisch bunten Licht.

»Das wird dir nicht helfen.«

Das Mädchen fuhr erschrocken herum. Hatü trat mit langsamen Schritten in ihrem Kostüm aus cremeweißer Seide ins Mondlicht. Einen Arm in den anderen gestützt rauchte sie. Das Mädchen sah die silberne Uhr an ihrem Handgelenk und dass Nagellack und Lippenstift ganz dieselbe Farbe hatten wie die Schuhe. Es wusste nicht, wo sie gewesen war.

»Das wird dir nicht helfen«, sagte sie noch einmal.

Von Frau zu Frau geht's fern und nah: Edeka, Edeka! Auch Sie kaufen Lebensmittel, Feinkost und Kolonialwaren gut und preiswert bei Ihrem Edeka-Kaufmann. Besuchen Sie uns unverbindlich in Halle 2, Stand 143 – 147. Nützen Sie die günstige Einkaufsgelegenheit.

Hatü schlendert durch die Messegänge, die Lautsprecheransagen scheppern ununterbrochen über die Stände hinweg. Da sind die Tische des Hotel- und Gaststättengewerbes, mit Rosenthalgeschirr, Damasttischdecken und Kerzenleuchtern eingedeckt, Hatü bleibt einen Moment stehen. Die Fleischerfachschule zeigt Fleischdekorationen, garnierte Wurst- und Feinkostplatten, täglich neu entworfen und zusammengestellt. Am Stand der Bäckerinnung gibt es Seelenbretzn, Gugelhupf und besten Augsburger Bienenstich. Wurstgirlanden am Stand von EMO: *Eugen Micheler, Fabrik feinster Fleisch- und Wurstwaren aus Ottobeuren.* Der Perlachturm aus Schokolade, sicher zwei Meter hoch. Kinder zerren an den Händen ihrer Mütter. BIOMARIS MEERESTIEFWASSER-Trinkkuren sind deshalb so wichtig, weil sie als Nahrungsergänzung den Gesamtorganismus günstig beeinflussen. BIOMARIS enthält alle Mineralstoffe und Spurenelemente in fast gleicher Zusammensetzung wie sie der Mensch in Blut und Körpersäften haben muss. BIOMARIS von Borkum erwartet auch Sie. Es wird laufend ein Kulturtonfilm mit aufschlussreichen Worten von Dr. med. Mensch, Kurarzt-Borkum kostenlos gezeigt. BIOMARIS MEERESTIEFWASSER ist mineralische Ergänzungsnahrung und offizielles Kurgetränk in den Seebädern Norderney, Büsum, St. Peter, in denen Millionen Gläser BIOMARIS mit sichtbarem Erfolg getrunken werden.

Hatü hat gehört, dass Vroni jetzt mit Michel zusammen ist, und kann nicht aufhören daran zu denken, während sie ziellos umherschlendert. Seit zwei Tagen führen sie auf der Herbstausstellung im Stadtgarten ein Werbespiel auf, eine willkommene Zusatzeinnahme. Ab 9.30 Uhr gibt es jede halbe Stunde eine Vorstellung. *Achtung, Achtung!* informiert Max' Stimme vom Tonband: *An unserem Stand sehen Sie laufend die beliebten Marionettenspiele der Flammer-Seifenwerke. Der Eintritt ist frei. Die Uhr am Stand zeigt Ihnen den Beginn der nächsten Vorführung. Wir freuen uns auf Ihren Besuch.* Der Vater hatte das Tonband für die Musik bei *Peter und der Wolf* anzuschaffen beschlossen, aber auch für ihre Tourneen, bei denen die Akustik in den Sälen oft so schlecht ist, dass die Sprecher allzu sehr brüllen müssen. Walter Schellemann ist schließlich in die Schweiz gefahren, um es direkt beim Hersteller Perfectone zu kaufen.

Das Stück, das sie spielen, ist einfach. Zur Melodie eines Werbeschlagers des Seifenherstellers öffnet sich der Vorhang, Kasperl und Seppl treten auf und Kasperl singt: »Ich, der Kasperl, bin sehr schlau,

Jeden Montag mach ich blau,
Da die Gretel gar nicht gütlich,
Sondern meist recht ungemütlich,
Denn am Montag wäscht die Frau.«
Weil aber Waschtag ist, gibt es kein warmes Mittagessen, was zu Streit zwischen Kasperl und Gretel führt.

»Dann frag ich mich, zu was ich dich geheiratet hab, vielleicht zwecks am lumpigen Leberkäs?«

»Ich muss doch waschen. Du hast kein Verständnis für meine Sorgen.«

Kasperl will sich scheiden lassen, Gretel weint. Da erscheint die blaue Flawal-Packung und beginnt ebenfalls zu singen: »Was ihr wünscht, es ist gefunden,
Und vorbei sind schwere Stunden.
Für die kleine Wäsche all
Gibt es was – das ist Flawal!
Alle Müh ist überwunden.«

Die Waschmittelpackung entleert sich in den großen Topf, der auf dem Herd steht, die schmutzige Wäsche hüpft hinein und kommt sauber wieder heraus. Und alle singen miteinander: »Mit Flawal, da ist es fein,
Dazu sagt auch ihr nicht Nein,
Kleine Wäsche wäscht es rein.
Darum sei nun eure Wahl:
Immer nur Flawal! Flawal!«

Flawal! Flawal! Hatü kann nicht vergessen, wie der Vater dem Kasperl das böse Gesicht weggeschnitten hat. Sie ist wie immer dagegen gewesen, dass er mitspielt, aber er ist nun mal die beliebteste Marionette der Puppenkiste.

Die Milchbar der Central-Molkerei Augsburg in Halle 2. Alfred Rauscher, der bekannte Milchbar-Mixer, und die Augsburger Milli-Maderl bieten erlesene Genüsse und führen in die Mischungsgeheimnisse der Milchcocktails und Milchflips ein. Wobei unsere Gäste sich mengenmässig durchaus etwas gestatten dürfen, da die Milch die Alkoholwirkung zu einem guten Teil neutralisiert. PERLA-Schwämme, Jupiter-Küchenmaschinen, die Waffelfabrik Bayer & Theisinger aus Ziemetshausen, ein Stand mit Wella-Suppen vom Frankenwald-Nährmittelwerk. *Jede Eintrittskarte nimmt an einer Tombola teil! Hauptgewinn ein Vespa-Roller, zweiter Preis ein Kühlschrank, weitere Preise: ein Besteckkasten, ein Radio, ein Fahrrad.* Hatü muss an die Rede von Ernst Wiechert denken, wie die Menschen, mager und frierend, ihm in ihren gestopften alten Wollsachen lauschten. Man ist nicht mehr mager. Alles drängt sich lachend zwischen den Ständen. Hübsch zurechtgemacht die Frauen, ihre Kinder an der Hand. Wenn ihnen etwas gefällt, sehen sie sich nach ihren Männern um. *Dann frag ich mich, zu was ich dich geheiratet hab,* bellt der Kasperl, und sein Gesicht wird wieder böse dabei. *Vielleicht zwecks am lumpigen Leberkäs?*

Hatü kann nicht glauben, dass Vroni mit Michel zusammen ist. Ich werde nicht am Montag waschen, denkt sie, und auch nicht weinen, wenn es kein Mittagessen gibt. Als sie vor der nächsten Vorstellung zur Bühne zurückkommt, findet sie den Vater im Gespräch mit einem Mann, den sie nicht kennt.

»Und Sie sind also das Fräulein Oehmichen?« Mit einer leichten Verbeugung gibt er ihr die Hand.

Herr Farenburg, erklärt der Vater, sei Oberspielleiter beim Nordwestdeutschen Rundfunk und auf der Suche nach TV-Attraktionen. Er habe sich ihre Vorstellung angesehen und auch vom Erfolg des *Kleinen Prinzen* gehört. Und nun wolle er wissen, ob die Puppenkiste nicht Lust hätte, ein Marionettenspiel fürs Fernsehen zu inszenieren.

»Fernsehen?«

Natürlich hat Hatü davon gehört: Radio mit Bildern, die durch die Luft kommen wie Musik. Aber sie hat noch nie ein Gerät gesehen. Das sei auch nicht verwunderlich, erklärt Farenburg, denn eigentlich gebe es noch gar keine. Sie hätten zwar schon vor dem Krieg in Berlin Fernsehen gemacht und die Olympiade aufgenommen und übertragen, aber das Projekt sei wieder eingestellt worden. In Amerika sehe das ganz anders aus. Da sei man in allem so viel weiter! Aber nun solle auch in Deutschland ein neuer Versuch unternommen werden.

»Bisher gibt es nur einen Probebetrieb, aber Ende des Jahres fängt es richtig an. Der offizielle Startschuss ist für den ersten Weihnachtsfeiertag geplant.«

»Und was machen Sie da so?« Der Vater sieht Farenburg skeptisch an.

»Vor einem Jahr haben wir Goethes *Vorspiel auf dem Theater* gesendet.«

»Und das zeichnen Sie auf, wie mit unserem Tonband?«

»Nein, das geht leider nicht. Es wird gespielt wie im Theater und im selben Moment überallhin gesendet. So hatten wir letzten Sommer eine Kriminalgeschichte des Schriftstellers Lenz, mit Alfred Schieske in der Hauptrolle.«

»Schieske, der war doch bei Gründgens?«

»Genau der.«

»Und jetzt wollen Sie uns?«

»Es wäre ein Experiment, nicht war? Aber was haben Sie zu verlieren? Kommen Sie doch mit Ihren Marionetten nach Hamburg, Herr Oehmichen!«

Auf ihrer langen Fahrt nach Norden, die sie an diesem Januartag durch das ganze Land führt, geht es zunächst über kleine Straßen nach Nürnberg, da kommt die Sonne hervor. Über den Hügeln um Würzburg liegt Schnee. Hier erreichen sie die Bundesstraße, die sie weiter nach Bad Hersfeld zur Autobahn bringt. Wie eine immer dünner werdende Schraffur verschwindet der Schnee. Schwarzes Krakelee die Äste der baumlosen Alleen. In Göttingen endet die Autobahn wieder, jetzt regnet es. Die Tropfen zittern waagerecht über die Scheiben des Busses, hinterlassen glänzende Spuren, und vielfach gebrochen und verzerrt schiebt so sich schließlich Hamburg vor Hatüs Blick, als sie am Abend endlich über die wundersamerweise unzerstörten Elbbrücken mit ihren weit geschwungenen Bögen in die Stadt kommen.

Die Elbe, der Hafen: Hatü denkt an England und Amerika, und hier klingen diese Namen nicht nach Krieg, sondern nach Schiffen und Ozeanen. Alle sehen gebannt hinaus, während der Bus sich seinen Weg sucht. Der Feuersturm ist in Hamburg noch viel schlimmer gewesen als in Augsburg, die ganze Stadt ein feuriger Ofen, in dem die Menschen zu Zehntausenden erstickt und verbrannt sind, doch all die Trümmer sind längst verschwunden. Überall wird gebaut, überall Ziegelhaufen und Lastwagen, dampfende Teerkessel und die weiß sprühenden Lichtbündel der Schweißgeräte in der Dunkelheit.

Sie übernachten in einer Pension in St. Pauli und machen sich am nächsten Morgen früh auf den Weg zum Heiligengeistfeld, wo sich der NWDR befindet. Die Größe des Geländes überrascht sie, vor allem die beiden riesigen Bunker, die drohend und düster die nackte Brache beherrschen, auf der über unzählige Pfützen der Wind den Regen in Böen treibt.

Einschüchternd hoch ragt der geschwärzte Beton auf, als handelte es sich um uralte Burgen oder trockengefallene Ozeanriesen. Auf einem der Bunker ein Sendemast. Ein Pförtner in dunkelblauer Uniform nimmt sie in Empfang. Nach einer Weile öffnet Farenburg das Scherengitter des Lastenaufzugs und begrüßt sie.

»Das Studio ist ganz oben«, erklärt der Oberspielleiter. »Mühsam, wenn der Aufzug ausfällt.«

Es dauert lange, bis sie die Reisebühne Stück für Stück heraufgeschafft und aufgebaut haben und mit der Probe beginnen können. Da es im ganzen Gebäude keine Fenster gibt, heizt sich das Studio unter dem halben Dutzend Vorkriegsscheinwerfern schnell auf. Die Beleuchter in Unterhemden und kurzen Hosen spotten auf der Beleuchterbrücke über die schwitzenden Puppenspieler, während die Kameramänner ihre weit gespreizten Dreibeine gleichmütig über das glänzende Linoleum führen. Vier Linsenaugen haben die Kameras, ihre langen Kabel werden von den Assistenten geduldig nachgeführt. Farenburg bekommen sie den ganzen Tag nicht mehr zu Gesicht, nur gelegentlich kommen seine Anweisungen über einen Lautsprecher aus dem Regieraum ein Stockwerk höher.

Am Ende beeilen sich alle, wieder in ihre Pullover und Hemden, Schals und Jacken zu schlüpfen, die im Laufe des Tages nach und nach auf einem Haufen in der Ecke des Studios gelandet sind, und aus der Hitze herauszukommen, froh, sich vor der Vorstellung noch eine Weile in der Pension ausruhen zu können.

Am Abend ist es dann eigentlich wie immer. Hatü spürt nur, wie sehr ihr das Stühlerücken und Gemurmel aus dem Zuschauerraum fehlt und dass sie kaum glauben kann, jemand werde bei dem zusehen, was sie gleich aufführen. Und so steigt sie, weil noch Zeit bleibt, zu Farenburg hinauf. Er ist überrascht, als sie in den kleinen, kaum erleuchteten Regieraum kommt, doch sie nickt ihm nur zu und sieht sich wortlos um. Bei ihm sitzt die Bildmischerin, vor sich haben die beiden ein Pult mit vielen Schiebereglern und Anzeigen, einem Mikrofon und Kopfhörern. An der Wand neben deckenhohen Schaltschränken hängt eine Stoppuhr. Durch ein kleines Fenster sieht man ins Studio hinab.

Hatü betrachtet die Kameras dort unten, deren blicklose Augen sie gleich ansehen werden. Gewiss, auch Marionetten haben nichts als Polsternägel, die man ins Holz schlägt, aber sie blicken einander doch an, wenn sie spielen. Und wenn sich ein Puppengesicht ins Publikum wendet, fühlen die Zuschauer sich von ihm angesehen wie von einem lebendigen Wesen. Die Kameraaugen aber, aus pupillenlosem Glas und so dunkel, als fände sich hinter ihrer Oberfläche das pure Nichts, sehen einen nicht an. Und sollen doch Millionen Augen sein. Lebendig, denkt Hatü, sind hier nur die Maschinen, in deren Hitze sie schwitzen und in deren gleißendem Licht sie stehen wie in einem unheimlichen Labor, in dem das Leben elektrifiziert abgesaugt wird. Marionetten, das ist Holz und Farbe und die Grazie der Schwerkraft, die sie fliegen lässt. In einem solchen Bunker, meterdicker Beton zwischen ihnen und der Welt, geht das nicht.

»Wer sieht denn das Fernsehen?«

Hatü klopft sich eine Zigarette aus der Packung. Der Oberspielleiter gibt ihr Feuer und schiebt den halb vollen Aschenbecher zu ihr hin.

»Wir senden ja erst seit knapp drei Wochen, Fräulein Oehmichen. Bisher gibt es ungefähr fünftausend Geräte, die meisten in Gaststätten und den Schaufenstern der Elektrogeschäfte.«

»Ich meine: Wer kann es sehen?«

»Das Sendegebiet des NWDR ist Norddeutschland. Aber im nächsten Jahr, da bin ich mir sicher, wird es auch bei Ihnen in Augsburg Fernsehen geben.«

Hatü nickt. Aber das war es nicht, was sie hatte wissen wollen. *Toitoitoi!* ruft Farenburg ihr nach, bevor sie die Tür hinter sich schließt. Und schon kommt seine Stimme durch den Lautsprecher, die den Countdown herunterzählt. Um 21 Uhr am 21. Januar 1953, zwanzig Tage nach der ersten offiziellen Sendung des deutschen Fernsehens, geht die Augsburger Puppenkiste auf Sendung.

Die Musik setzt ein, die Kistendeckel öffnen sich, der Vorhang geht auf. Neun Marionetten hat Hatü für *Peter und der Wolf* geschnitzt: Peter und seinen Großvater, den Vogel, die Ente, die Katze, den Wolf und die beiden Jäger. Und einen Papagei. Peter wohnt bei seinem Großvater in der Nähe eines dunklen Waldes. Obwohl es der Großvater verboten hat, beschließt er zusammen mit dem kleinen Vogel den bösen Wolf zu fangen, dem gerade die Ente zum Opfer gefallen ist, mit der sich der kleine Vogel so gern gestritten hat. Peter klettert auf einen Baum und lässt ein Seil mit einer Schlinge herunter, während der kleine Vogel um den Kopf des Wolfes herumflattert und ihn damit so lange reizt, bis er blind vor Wut gar nicht bemerkt, dass Peter die Schlinge um seinen Schweif zuzieht. Der Wolf ist gefangen und wird in den Zoo gebracht. Die Musik ist zu Ende.

»Herrschaften, es ist vollbracht!« kommt die Stimme Farenburgs aus dem Lautsprecher.

»Komm, wir gehen zum Hafen!« flüstert Hatü Fred zu, als alle sich um Farenburg scharen, der lobt, wie gut alles geklappt habe, und die Augsburger nun gern auf ein Glas einladen möchte.

»Warum?« flüstert Fred zurück.

»Weil wir jung sind«, sagt Hatü ein bisschen verzweifelt.

Sie geben Walter ein Zeichen und dann stürzen die drei das Treppenhaus hinab. Der Vater ruft ihnen noch etwas nach, was sie nicht versteht, und schon stehen sie im Freien. Es hat aufgehört zu regnen. Tief atmen sie die kalte Nachtluft ein. Sie beeilen sich, das unwirtliche Heiligengeistfeld hinter sich zu lassen. Hatü will an den Hafen, an der nächsten Straßenecke fragen sie einen alten Mann mit Heinrichsmütze nach dem Weg. Als sie eine belebte Straße kreuzen, die im Glanz bunter Leuchtreklamen liegt, erklären die beiden Jungs, dort sei die Reeperbahn, das berühmte Vergnügungsviertel. Ob man es sich nicht ansehen wolle, wenn man schon in Hamburg sei. Doch Hatü schüttelt energisch den Kopf und geht weiter. Die beiden folgen ihr und reden dabei über die Aufführung, über Farenburg und das Fernsehen, und während sie noch reden, endet die schmale unbeleuchtete Straße plötzlich an einer Brüstung und sie sehen auf die Elbe hinab.

Die drei hören dumpfes Tuten und sehen, wie ein Schlepper durch die Wellen stampft. Wie schön es wäre, wenn Hanns das jetzt sehen könnte, denkt Hatü, den breiten Fluss in der Nacht und direkt unter ihnen die Landungsbrücken. Von dort fuhren früher die Schiffe in die Welt hinaus. Jetzt sind die Piers verschwunden und nur die Stahlskelette der Empfangsgebäude übrig geblieben, aber in riesengroßer weißer Schrift steht da noch immer *Hamburg-Amerika Linie. Seebäder-Dienst.* Hatü hört die Glocke vom Pegelturm. In der Ferne entdeckt sie die

Ruinenfassaden der alten Speicherstadt mit ihren leeren Fensterhöhlen und abgebrochenen Spitzgiebeln. Dort wurde alles gelagert, was aus der ganzen Welt hierherkam, Tee und Kaffee, Seide und Elfenbein. Aus dem Eingang des alten Elbtunnels, der die Arbeiter hinüberbringt auf die Werften, glimmen hell erleuchtet die glänzenden Kacheln grün zu ihnen herauf.

»Ich brauche euch«, sagt Hatü und hakt sich bei Fred und Walter unter, die sie in ihre Mitte nehmen.

Der Mond steht tief und voll über ihnen. Jenseits der Elbe zeichnen sich die Kräne vor dem Nachthimmel ab, im schwarzen Wasser ein halb gesunkenes Wrack, dessen Aufbauten bleich im Mondlicht über die Wellen ragen. Wie ausgewaidete Wale, halb an Land, daneben die Reste mehrerer U-Boote. Hatü versucht den beiden zu erklären, was sie empfindet. Als ihr Vater im Krieg begann, Marionetten zu bauen, habe er etwas ganz Privates gemacht, etwas ganz Kleines. Und da hinein, erklärt sie, habe sie sich geflüchtet, als alles immer schlimmer geworden sei. Die Puppenkiste sei tatsächlich so etwas wie eine Kiste, unverbunden und niemandem verpflichtet.

»Und jetzt verknüpfen wir sie mit einem neuen Netz, einem Netz aus Kameras und Antennen und Fernsehapparaten. Versteht ihr: Ich weiß nicht, ob das gut ist.«

Fred und Walter sehen sie überrascht an. Sie wissen nicht, was sie sagen sollen.

»Gebt ihr mir bitte eine Zigarette?«

Ach Fredchen, jetzt hab dich doch nicht so!«
Margot greift Fred um die Taille, der sich lachend gegen die Umarmung wehrt, dann aber Wange an Wange mit ihr Brüderschaft trinkt.

Wieder Sliwowitz, denkt Hatü. Rosi, die Hanns und ihr geöffnet hat, fasst sich mit einem leichten Stöhnen an ihren Kugelbauch. Sie ist im neunten Monat, jeden Tag kann es so weit sein.

»Das wird wieder heiter«, sagt sie und verdreht die Augen.

Rosi, geborene Ostermeyer aus wohlhabender Augsburger Familie, ist eine blonde Schönheit. Ihre Eltern waren anfangs nicht begeistert, als sie einen Künstler nach Hause brachte, einen mittellosen zudem, doch als sie schwanger wurde, musste geheiratet werden und das Häuschen in Haunstetten gab es zur Hochzeit. Sie hat das Wohnzimmer für ihr Faschingsfest mit Luftschlangen dekoriert und die kleinen Sesselchen und den Nierentisch zur Seite geschoben, damit, wenn auch beengt, getanzt werden kann. Auf ihren Festen wird immer getanzt.

Fred ist ein Harlekin, er trägt ein weites weißes Taftgewand mit roter Halskrause und sieht, das Gesicht ganz weiß geschminkt, knallrot die Lippen, wie ein schönes Mädchen aus. Margot ist wohl Gretel in ihrem verschossenen Kinderkleidchen. Eigentlich seltsam, denkt Hatü, wie eng sie mit dem schönen Fred ist, mit dem sie so wenig gemein hat. Und vor allem gibt es ja Rosi und Walter. Hatü entdeckt Margots Freund im Gespräch mit seinem Bruder Carlo. Passend als Hänsel verkleidet, mit einer Joppe und denselben knielangen Hosen, wie sie die Mutter damals aus einem alten Kohlesack für die Marionette geschneidert hat, übersieht er beflissen, dass seine Freundin mit Fred flirtet. Carlo, einen Federschmuck auf dem Kopf, hat einen Kinderbogen in der Hand.

»Ach Fredchen!« ruft Margot enttäuscht dem Hausherrn nach, der sich aus ihrer Umarmung befreit hat und lachend zu den neuen Gästen hinübertänzelt.

»Na, Kleiner Prinz!« sagt er leise und umarmt Hatü.

Er ist schon ein bisschen betrunken. Sie lächelt ihn an und streicht sich durch das kurze blonde Haar ihrer Perücke.

»Und du bist wohl die Rose?« lacht Fred Hanns an, der verlegen nickt.

»Wieso Harlekin?« fragt Hatü. »Es war doch ausgemacht, dass wir uns alle als unsere Marionetten verkleiden.«

»Ich weiß doch, dass du den Kasperl nicht magst.«

Hatü freut sich, dass Fred das sagt. Sie sieht, wie aus Margots Gesicht, die jetzt allein am Fenster steht, das Lachen verschwindet.

»Ich bin entschuldigt!« sagt Rosi. »Erstens gibt es, so weit ich weiß, keine Schwangere in eurer heißgeliebten Puppenkiste. Und zweitens weiß niemand, ob ich nicht heute noch ins Krankenhaus muss. Ich hole euch was zu trinken.«

»Es gibt Kartoffelsuppe mit Würstchen«, erklärt Fred und sieht seiner Frau nach, die in die Küche verschwindet. »Und Krapfen. Mit Hagebuttenmarmelade.«

»Hagebutte? Das mag ich.«

Doch Fred hört Hatü schon nicht mehr zu, Magdalena hat sich ihm in den Arm gehängt. Sie trägt ein Dirndl mit einem großen Blechherz im Dekolleté.

»Wer bist denn du?« lacht er. »Unsere Hatü meint, nur Marionetten hätten heute Zutritt.«

Sie hält sich eine venezianische Maske vor das Gesicht. »Ich weiß nicht so genau«, sagt sie schnurrend. »Frau Holle?«

Da steht plötzlich Ernst bei ihnen, ganz weiß geschminkt, mit künstlicher Glatze und einem schwarzen Anzug.

»Und du, Ernstl?« will Fred auch von ihm wissen.

»Ich bin der Tod.«

Alle sehen ihn überrascht an und für einen Moment ist es tatsächlich so, als ob ein kalter Hauch durchs Zimmer wehte. Hatü muss daran denken, wie der Vater, als er aus dem Krieg wiederkam, das Skelett auf den Küchentisch stellte und die Knochen klappern ließ. Wie die Zeit vergangen ist. Mit einem Mal fühlt es sich seltsam an, dass die Eltern heute nicht dabei sind. Was habt ihr jungen Leute denn vor? hat die Mutter gefragt, das war alles. Und alles verändert sich. Vier Wochen ist ihre Fahrt nach Hamburg jetzt her. Inzwischen hat der Hessische Rundfunk sich gemeldet, neue Pläne werden gemacht.

»Weißt du noch«, flüstert Hanns ihr ins Ohr, als könnte er ihre Gedanken lesen, »wie ich zur Vorstellung ins Lazarett gekommen bin?«

»Das war schön!« sagt Hatü ebenso leise und schmiegt sich an ihn. »Ich hab mich irrsinnig gefreut.«

»Deinem Vater war es nicht recht. Und dabei ist es geblieben. Er traut mir nichts zu.«

»Ach Hanns …« Sie haben das schon so oft besprochen.

»Du bist die beste Puppenschnitzerin, die es gibt. Keine Ahnung, wie du das machst, aber deine Köpfe leben. Aber ich?«

Hatü streicht ihm über die Wange. »Du Dummkopf.«

»Ich liebe dich, Hatü. Und die Puppenkiste ist dein Leben. Aber ich will auch ein Stück von diesem Leben.«

Sie lächelt ihn an. »Dann müssten wir schon heiraten.«

»Ich weiß.«

»Sag jetzt nichts!« beschwört Hatü ihn und sieht sich erschrocken um, ob ihnen jemand zuhört.

Hanns grinst nur und schüttelt den Kopf. Dann nimmt er Hatü in den Arm und küsst sie lange.

»Ssssseiiiid ddooooch mmmmal stststill!«

Toni steht neben der Musiktruhe. Er hat sich als Laternenanzünder aus dem *Kleinen Prinzen* kostümiert, aber niemand hat ihn erkannt. Jetzt setzt er die Nadel auf die Platte und schon setzt die Musik ein, alle klatschen und singen mit: *Pack die Badehose ein, nimm dein kleines Schwesterlein / Und dann nischt wie raus nach Wannsee / Ja, wir radeln wie der Wind durch den Grunewald geschwind / Und dann sind wir bald am Wannsee*. Max beginnt zu tanzen. Er trägt rote Gummistiefel und ein weit offenes Hemd mit gerüschten Ärmeln, dazu hat er sich Schnurrhaare ins Gesicht gemalt. Er miaut wie der gestiefelte Kater und alle lachen. Jetzt tanzen auch Magdalena und Fred und Hanns und Hatü, und dann alle außer Rosi, die ihnen lächelnd zusieht und als Einzige das Klingeln hört. Dann steht plötzlich Ulla neben ihr, einen jungen Mann an ihrer Seite, ziemlich groß, in Anzug und Krawatte.

»Du bist ja gar nicht verkleidet«, begrüßt Hatü sie atemlos, während die anderen weitertanzen.

»Und das ist meine kleine Schwester«, sagt Ulla.

In diesem Moment legt Toni eine neue Platte auf, ein Klavier perlt und tänzelt durch den Raum, und eine traurige Frauenstimme beginnt zu singen. *Love me or leave me*, singt die Stimme und Hatü sieht sich nach den anderen um. Fred umarmt seine Rosi. Margot und Walter stehen jetzt endlich beieinander und sehen tatsächlich aus wie Hänsel und Gretel. Carlo sitzt noch immer auf einem der Sesselchen, der Indianerkopfschmuck ist ihm verrutscht, er zupft gedankenverloren an der Sehne des Bogens. Ernstl steht mit starrem Blick neben Magdalena, die aus dem Fenster schaut. Und Hatü sieht, wie Hanns, um dessen Kopf rote Rosenblätter aus Kreppapier liegen, ganz versunken dem Lied lauscht, und spürt, wie sehr sie ihn liebt.

Hatü will dagegen protestieren, dass der neue Fernseher, erst vorgestern geliefert, nun den Ehrenplatz im Wohnzimmer bekommen hat, weggerückt das Klavier und das Vertiko mit dem Radio, doch dann steht sie wie gebannt vor den flackernden Bildern.

»Setz dich hin, Depperle!« ruft Ulla vom Sofa, »ich kann nichts sehen!«

Es ist Dienstag, der 2. Juni 1953. Um zehn Uhr hat die Fernsehübertragung der Krönung der Königin von England aus Westminster Abbey in London begonnen. Zum ersten Mal sieht die ganze Welt einem Ereignis im selben Moment zu, in dem es geschieht. Die Puppenkiste bleibt heute geschlossen und auch das Mittagessen fällt aus. Auf dem Sofatisch ein Teller mit Schnittchen. Hatü setzt sich und beißt in ein Leberwurstbrot, ohne den Blick vom Bildschirm zu lassen. Die Kamera schwenkt über die Bankreihen hinweg und filmt die fremdartig aussehenden Staatsoberhäupter aus aller Welt, die Sultane in ihren Gewändern, die Königin von Tonga, afrikanische Potentaten. Der Reporter sagt *British Empire* und Hatü kann nicht anders, als an die Sondermeldungen im Radio zu denken, an Bomberverbände, Frontverläufe, Kesselschlachten, Geleitzüge. Und doch kommt es ihr so vor, als würde all das jetzt weggewischt von diesen schwarzweißen Bildern.

»Und wie geht es denn deinem Gspusi in Nürnberg?« will die Mutter von Ulla wissen.

»Er muss halt viel lernen, so kurz vor dem Diplom.«

»Ingenieur!«

Der Vater zündet sich eine Zigarre an.

Die Schwestern werfen sich einen Blick zu und Ulla verdreht die Augen. Der Vater hadert noch immer damit, dass sie nun einen Freund hat, der niemals zur Puppenkiste gehören wird.

»Ich hab mit Umgelter vom Hessischen Rundfunk gesprochen«, sagt er. Fritz Umgelter ist ein ehemaliger Kollege vom Theater, der ihn gleich nach der Ausstrahlung von *Peter und der Wolf* angerufen und überredet hat, zukünftig in Frankfurt aufzunehmen. »Wir haben für die nächste Spielzeit schon einige Aufzeichnungen ausgemacht.«

Hatü zündet sich eine Zigarette an. »Da komme ich nicht mit.«

»Aber wieso denn?«

»Ich mag Fernsehen nicht, das weißt du doch«, sagt sie, aber in diesem Moment ist sie sich gar nicht mehr sicher, ob das stimmt. Sie schaut in die flackernden Bilder und setzt leise hinzu: »Ich will meine Marionetten schnitzen, sonst nichts. Aber lass doch Hanns machen, was da zu tun ist.«

»Der Jenning wird das übernehmen.«

»Fred?« Es empört sie, dass der Vater Hanns noch immer nichts zutraut. »Und wieso nicht Hanns?«

Da erscheint Elizabeth. Mit einem glitzernden Diadem im Haar und einem prunkvollen Kleid mit langer Schleppe, die von sechs Ehrenjungfrauen getragen wird, zieht sie langsam in Westminster Abbey ein.

»Wie jung sie ist!« flüstert die Mutter.

Und Hatü denkt dasselbe: So jung und schön! Es ist, als würden die Märchen lebendig. Als Elizabeth am Altar angekommen ist, fragt der Erzbischof von Canterbury vier Mal, in alle vier Himmelsrichtungen, all die Peers und Lords, Earls und Dukes, die Knights und Baronets, in deren Mitte die junge Frau jetzt steht, ob sie Elizabeth als Königin annehmen. Und vier Mal rufen alle: »God save Queen Elizabeth!«

Elizabeth spricht ihren Eid und küsst die Bibel. Und plötzlich greifen die Männer von allen Seiten nach ihrem Diadem und ihrem diamantenen Collier, nach ihrem Kleid und ihrer Schleppe, entkleiden sie von all dem und streifen ihr stattdessen ein einfaches weißes Gewand über. Nun wird sie, endlich, auf den alten hölzernen Thron gesetzt. Jetzt, erläutert der Kommentator, werde die Königin mit heiligem Öl gesalbt, und diese sakrale Handlung dürfe nicht gefilmt werden. Man sieht, wie vier Geistliche einen Baldachin auf langen Stangen über dem Thron aufrichten, unter dem sie verschwindet. Man sieht nicht, was darunter geschieht. Und das ist es, was die Kamera zeigt.

Die Königin scheint unverändert, als der Baldachin nach ein paar langen Minuten wieder entfernt wird. Doch nun ist sie gesalbt und man stattet sie mit den Königsinsignien aus. Legt ihr zwei Armreife an, die in Wirklichkeit wohl golden und nicht schwarzweiß sind, steckt ihr einen sicherlich ebenso goldenen Ring an, gibt ihr den goldenen Reichsapfel in die Hand, das goldene Zepter mit dem Kreuz und jenes mit der Taube. Und der Erzbischof von Canterbury hält die goldene Krone hoch in die Luft, damit alle sie sehen, und setzt sie ihr auf.

Eine Königin! denkt Hatü und an all die Märchen, die sie in der Puppenkiste spielen. Eine Königin, was ist das überhaupt?

Wenn eine Brise über den See geht, wispert das Schilf für einen Moment rau und hohl. Dann ist es wieder still bis auf das Glucksen der winzigen Wellen in den Wurzeln der Bäume am Ufer. Hanns, auf die Ellbogen gestützt, sieht zu, wie Hatü aus dem Wasser steigt. Ein Tropfenregen geht auf ihn nieder, als sie über ihm steht. Er protestiert und sie setzt sich auf ihn. An ihren nassen Haarspitzen glitzert das Wasser. Er wischt es sich aus dem Gesicht. Sie küsst ihn und er zieht sie ganz zu sich herab. Sie spürt seine warme Haut, er spürt ihre Kälte. Morgen wird er nach Frankfurt fahren, um beim Hessischen Rundfunk als Bildmischer zu arbeiten. Hatü weiß nicht genau, was das ist, und es interessiert sie so wenig wie alles, was mit dem Fernsehen zu tun hat. Wichtig ist nur, dass er etwas Eigenes macht.

»Wann geht dein Zug?«

»Am Vormittag.«

Hatü nickt und sie küssen sich wieder. Sie schließt die Augen und spürt seine Hände. Die Hitze liegt schwer über der kleinen Bucht am See. Wie betäubt schlafen sie ein. Als Hatü wieder aufwacht, hat sich der Himmel bewölkt. Es ist schwül, kein Windhauch zu spüren. Vielleicht gibt es ein Gewitter. Hatü sieht zu, wie Hanns barfuß in seine Hosen steigt und den Gürtel zusammenzieht.

»Für Vater war es immer der Herzfaden zwischen der Marionette und dem Zuschauer, auf den es ankommt. Und den gibt es doch nicht bei all den Kameras und Bildschirmen.«

»Dein Herzfaden!« Hanns sieht sie amüsiert an. »Herzfäden, das sind die Sehnen, die im Herz die Klappen mit den Muskeln verbinden.«

Er zieht sie hoch und streicht ihr das Haar aus dem Gesicht.

»Liebst du mich?«

»Aber ja!« sagt sie. »Weshalb fragst du das immer?«

Es ist Ende August und der Abendhimmel flackert orange und hellblau in der Hitze, die nicht nachlassen will. Je näher Ulla und Hatü dem Kino kommen, um so größer wird die Menschenmenge auf der Maximilianstraße. Magda Schneider, die Mutter von Romy, stammt aus Augsburg, und es ist dem Besitzer des frisch renovierten Filmpalasts tatsächlich gelungen, beide zur Premiere einzuladen. Die Zeitung berichtet von einer Autogrammstunde im Hotel Drei Mohren, einem Empfang im Rathaus, Fototerminen. Vor dem Kino halten Schupos mit weißen Handschuhen die Menge der Schaulustigen im Zaum. Hatü und Ulla fühlen sich seltsam dabei, fotografiert zu werden. So festlich haben sie das Kino noch nie gesehen, blaues Licht fällt über die stoffbespannten Wände, die Männer tragen Smoking, die Frauen Abendkleider. Die Deutschmeister sei ein Farbfilm für alle, die Freude am Leben haben, lesen sie auf dem Programmzettel, den man ihnen am Eingang in die Hand gedrückt hat. Es handle sich um eine operettenhafte Geschichte aus Wien. Hans Moser spielt einen Friseur, Paul Hörbiger den Kaiser Franz Joseph, Romy Schneider die junge Stanzi, die nach Wien fährt, um ihre Tante zu besuchen.

»Wie geht es Hanns in Frankfurt?«

»Ach, ganz gut, glaube ich.«

Hatü nimmt die Hand ihrer Schwester. Sie genießt es, dass sie wieder einmal etwas allein unternehmen. »Aber mit dem Vater ist es schwierig. Für den wäre Fred nun mal der ideale Schwiegersohn.«

»Mach dir keine Sorgen, Schwesterchen. Du wirst die Puppenkiste mit deinem Hanns leiten, da bin ich ganz sicher. Und deshalb muss ich dir auch etwas sagen.«

»Was denn?«

»Ich wäre dann nur noch das dritte Rad am Wagen.«

»So ein Quatsch! Wie kommst du denn darauf?«

»Doch«, sagt Ulla sanft. »Jetzt ist es etwas anderes, der Vater bestimmt. Aber das wird nicht so bleiben, Hatü. Und seien wir ehrlich: Die Marionetten sind dein Leben, nicht meins. Mein Ingenieur, wie Vater ihn immer nennt, hat eine Werkswohnung von Siemens in Aussicht, in Nürnberg. Die bekommen wir aber nur, wenn wir verheiratet sind.«

Hatü wedelt so aufgeregt mit ihren Händen, dass man sich nach ihr umsieht. »Du willst heiraten?«

Ulla nickt und lächelt die Schwester glücklich an.

»Aber das darfst du nicht! Wir gehören doch zusammen.«

Hatü spürt, dass sie Angst hat vor dem, was ihnen bevorsteht, und weiß doch, dass ihre Schwester das Richtige tut. Sie wird glücklich sein mit einem Leben, in dem die Puppenkiste keine Rolle spielt.

»Dann heiraten wir auch!« platzt es aus ihr heraus. »Eine Doppelhochzeit! Und dann ziehen Hanns und ich auch in eine eigene Wohnung. Er würde das so gerne.«

In diesem Moment geht ein Raunen durch den Saal. Am Eingang ist eine Bewegung mehr zu ahnen als zu sehen, die Zuschauer recken ihre Köpfe, manche stehen auf, und dann kommen die Schauspielerinnen unter Applaus den Mittelgang herunter. Sie haben beide große Blumensträuße im Arm und tragen weiße schulterfreie Spitzenkleider, die Mutter auffallenden Granatschmuck. Romy wirkt furchtbar jung. Hatü hat sie in *Mädchenjahre einer Königin* gesehen und seither alles über sie gelesen, was in den Illustrierten steht. Sechzehn ist sie, denkt Hatü, und dass sie selbst kein Mädchen mehr ist. Gleich wird das Licht ausgehen und Romy Schneider wieder dort sein, wohin sie gehört: auf der Leinwand.

Als die Schwestern aus der Barfüßerkirche kommen, die keine Viertelstunde vom Theater entfernt liegt, weht Orgelklang mit ihnen heraus. Es ist ein kalter Februartag 1957 und beide lachen, als spürten sie die Kälte nicht. Sie haben sich eingehakt bei den Männern, deren Namen sie nun tragen: Hannelore Marschall und Ulla Döllgast. Jeder würde sie in diesem Moment für Zwillinge halten. Sie tragen dieselben kleinen Hüte mit Schleier über derselben lockigen Frisur und dieselben ein wenig ausgestellten Seidenkostüme, cremeweiß wie Mondlicht.

Das ist ja Ihr Kostüm!« Das Mädchen sprang vor Begeisterung auf. Aber sofort wurde es wieder ernst und fragte mit großen Augen: »Heißt das, dass Sie nach der Hochzeit gestorben sind?«

Die Marionetten um den Mondlichtteppich brachen in ein brausendes Gelächter aus, was ein unheimliches hölzernes Geräusch machte. Das Mädchen sah sich erschrocken nach ihnen um.

»Wie kommst denn darauf, Herzchen?« fragte lachend Hatü.

»Weil«, stotterte das Mädchen, »weil es so aussieht, als ob Sie nach Ihrer Hochzeit direkt hierhergekommen wären, auf diesen unheimlichen Dachboden. Als ob Ihre Geschichte damals zu Ende war.«

Hatü schüttelte lächelnd den Kopf.

»Nein, ich bin damals nicht gestorben. Hanns und ich haben noch lange gelebt. Und heute leitet einer meiner Söhne die Puppenkiste. Du warst mit deinem Papa in seiner Vorstellung und ihr habt seine Marionetten gesehen. Und vielleicht auch noch ein paar von meinen. Was habt ihr euch denn angeschaut?«

»Den *Gestiefelten Kater*.«

»Na, den kennst du ja inzwischen. Es ist noch immer derselbe, den ich damals geschnitzt habe. Hat nur mal ein neues Fell bekommen.«

»Den mag ich.«

»Aber hast du nicht gesagt, die Puppenkiste sei nichts für dich, weil du kein Kind mehr bist?«

Das Mädchen sah Hatü unsicher an. Es wusste nicht mehr, was es denken sollte. So viel war geschehen.

»Glaubst du das immer noch?« insistierte Hatü.

»Was?«

»Dass du kein Kind mehr bist.«

»Ich weiß nicht«, sagte das Mädchen leise. In seinem Kopf wirbelte alles durcheinander. »Vielleicht ist das ja überhaupt nicht wichtig.«

»Ja, das könnte tatsächlich sein«, sagte Hatü sanft. »Und ganz unrecht hast du übrigens nicht, was mein Kostüm angeht. Was ich dir erzählen wollte, ist tatsächlich fast zu Ende. Nur etwas fehlt noch.«

»Was mit dem Kasperl war!«

»Du lässt nicht locker, oder? Ich meinte eigentlich etwas anderes.«

»Und was?«

»Meine Geschichte, Mädchen!« sagte Prinzessin Li Si.

Vroni hat ein Geschenk mitgebracht, ein kleines Päckchen aus Seidenpapier. Hatü hält sich die hellblaue Babymütze an die Wange.

»Wie weich! Vielen Dank. Und wie schön, dass du gekommen bist, Vronerl!«

Vroni lächelt zögerlich. »Ich bin doch neugierig!«

Hatü nimmt die Freundin bei der Hand und zieht sie durch die Wohnung ins Kinderzimmer. Vroni beugt sich über das Bettchen und Hatü betrachtet sie dabei. Acht Wochen ist ihr Sohn alt. Er hat seine Hände zu kleinen Fäustchen neben dem Gesicht geballt. Manchmal schmatzt er im Schlaf, als träumte er zu trinken. Vorsichtig schließt Hatü nach einer Weile die Tür des Kinderzimmers wieder. Es ist sehr still am frühen Nachmittag in der Wohnung, deren Fenster nicht zur Barfüßerstraße, sondern auf den Hinterhof gehen. Alles ist ganz modern mit Linoleumboden und Durchreiche von der Küche, die Sesselchen im Wohnzimmer haben dünne Beine und statt eines Bücherschrankes gibt es ein Wandregal aus filigranen Metallstreben.

»Schön habt ihr es«, sagt Vroni und setzt sich.

Hatü schenkt Kaffee ein. Sie hat am Morgen einen Kuchen gebacken, sie essen schweigend jede ein Stück.

»War es schwer?«

Hatü schüttelt den Kopf. »Nein, gar nicht. Die haben mir eine Spritze gegeben.«

»Und wie heißt der Kleine?«

»Jürgen.«

Hatü spürt, wie leid es ihr tut, dass die Freundin ganz aus ihrem Leben verschwunden ist. »Spielst du eigentlich noch Klavier?«

»Das Klavier ist doch mit dem Haus verbrannt.«

»Ich weiß noch, wie deine Finger über die Schulbank gehuscht sind, als hätte sie Tasten. Der Urwaldheini hat immer gebrüllt, wenn er es gesehen hat!«

»Der Urwaldheini!« Vroni schüttelt lächelnd den Kopf.

Hatü betrachtet ihre aufgeworfenen, immer etwas rissigen Lippen, die sie als Kind schon hatte. Um ihren schönen Mund hat sie die Freundin immer beneidet. Und jetzt sind sie erwachsen.

»Wie geht es Michel?«

»Gut. Manchmal verkauft er sogar ein Bild.«

»Michel in seinem Seemannspullover!« Hatü lacht.

Vroni sieht sie neugierig an.

»Du warst in ihn verliebt, oder?«

Hatü nickt verschämt, schenkt Kaffee nach und zündet sich eine Zigarette an.

»Sein Hinken«, sagt sie, fast zu sich selbst, »die Sache mit seinem Holzfuß, das war schon seltsam.«

»Was soll daran seltsam sein?«

Hatü erschrickt über den gereizten Tonfall der Freundin und ihre Unachtsamkeit tut ihr leid. Doch dann lächelt Vroni.

»Weißt du noch, wie wir an den Ammersee geradelt sind?«

Natürlich erinnert Hatü sich. Es war heiß an diesem Tag, im August 42 muss das gewesen sein. Wie sie am Ufer lagen und der See sanft über die Kiesel schwappte. Ihre knochigen Knie und dünnen Beine. Das eiskalte Wasser klar bis auf den Grund. Kleine Fische huschten ins Dunkel. Die Zeit hielt an.

»Und du?« fragt Hatü die Freundin zärtlich. »Was machst du?«

Vroni schüttelt nur den Kopf und Hatü kommt es vor, als hätte sie schon wieder etwas Falsches gesagt.

»Hast du *Nacht und Nebel* gesehen, den französischen Film?« fragt Vroni nach einer Weile.

»Nein. Ist er schön?«

»Schön?« Vroni sieht sie verzweifelt an. »Der Film zeigt die Konzentrationslager.« Ein bitteres Lächeln huscht über den Mund mit den aufgeworfenen Lippen. »Die Musik ist übrigens von Hanns Eisler.«

»Dem Freund von Brecht? Vater überlegt gerade, ob wir nicht die Dreigroschenoper machen sollten.«

»Ja, der große Sohn unserer Stadt, der lieber bei den Kommunisten in Ostberlin leben will.«

Vroni scheint einen Moment zu überlegen, was sie sagen soll, dann gibt sie sich sichtlich einen Ruck. »Jedenfalls sieht man in dem Film ein Lager, in Polen. Wie es heute dort aussieht. Man sieht das Gras, das zwischen Gleisen wächst, den verrosteten Stacheldraht, der einmal unter Strom gesetzt war, rissige Betonmauern von bunkerartigen Kammern. Und dazwischen Ausschnitte der Filme, die die Russen gemacht haben, als sie 45 dort ankamen.«

»Das ist sicher alles furchtbar.«

»Man sieht Berge von Schuhen und Brillen. Aber das Schlimmste sind die Haare.«

»Haare?«

»Berge von menschlichen Haaren. Man hat Filzdecken daraus gemacht.«

»Vroni!«

»Und man hört die Stimme eines französischen Schriftstellers, der erzählt, wie es dort zuging, Tag für Tag.« Vroni sieht Hatü verzweifelt an. »Ich hab die ganze Zeit an Frau Friedmann denken müssen.«

Hatü will nicht an Frau Friedmann denken, doch die Erinnerungen sind im selben Moment wieder da. An das Haus in der Hallstraße mit dem Judenstern aus Pappe an der Tür. An den alten gebückten Mann, dessen Blick einfach durch sie hindurchging. An den Gesang. Und wie Frau Friedmann dann plötzlich vor ihnen stand, den zwei Mädchen in ihren BDM-Uniformen. Hatü will nicht daran denken.

»Aber«, sagt sie, »der Bombenangriff damals, als deine Eltern starben, das war auch schlimm.«

Vroni sieht Hatü so lange reglos an, bis das, was sie gerade gesagt hat, wie ein Echo in der Stille zurückzukommen beginnt. *Das war auch schlimm, das war auch schlimm.* Hatü steht auf und zündet sich wieder eine Zigarette an, nur, um etwas zu tun. Sie geht ans Fenster, öffnet es und schaut hinaus. Sie spürt Vronis Blick in ihrem Rücken und dass ihre Freundschaft in diesem Moment vorbei ist. Oder schon seit langer Zeit. Sie hört, wie Vroni sich räuspert.

»Und Hanns?«

Hatü kann gar nicht aufhören zu erzählen. Von Hanns' Ausbildung beim Hessischen Rundfunk erzählt sie und wie sie die Wohnung bekommen haben, dass Ulla jetzt in Nürnberg lebe und ihr Mann Ingenieur bei Siemens sei und wie froh Hanns und sie gewesen seien, als sie schwanger wurde, und welches Glück es bedeute, Jürgen zu haben.

Vroni hört reglos zu. Und als Hatü zu Ende ist, sagt sie: »Komm, lass mich den Kleinen noch mal sehen, bevor ich gehe.«

Hatü fühlt sich unwohl, als sie zusammen am Kinderbettchen stehen. Vroni beugt sich lange über das schlafende Kind.

»Und die Puppenkiste?« fragt sie, ohne den Blick von dem Kleinen zu lassen.

»Die Puppenkiste?«

Vroni schaut zu ihr hoch und sieht sie ernst an. »Es war gut, dass wir das damals hatten, im Krieg.«

»Nicht wahr? Aber heute? Ich schnitze meine Marionetten und wir spielen jeden Tag.«

Vroni nickt nur.

Ja, dös isch scho a seltsame G'schicht. Unser lieber Herr König, der hat drei Mädele, drei Prinzessinnen. Er hat sie furchtbar gern, aber die drei machen ihm seit am Vierteljahr furchtbare Sorgen. Denn in der Nacht, do wo jeder anständige Mensch schlaft, do gehen die zum Tanzen. Koi Mensch woiß wohin dass gehen und mit wem dass tanzen. Dös hat no niemand rausbracht. Aber in der Fruah san die Schuah durchtanzt.«

Hatü, Margot und Romy Niebler sehen sich auf der Spielbrücke kurz an. Kaum ist der Kasperl weg, ist der König da, dann die Prinzen Balduin der Schöne, Ignaz der Dicke und August, der stets Berauschte. Die Marionetten fliegen nur so auf die Bühne. Die Hitze der Scheinwerfer steigt herauf, die drei wischen sich immer wieder die Stirn mit dem Ellbogen, damit ihr Schweiß nicht auf die Bühne hinuntertropft. Jetzt haben die Prinzessinnen Akeleia, Dahlia und Peonia ihren Auftritt, ohne hinzusehen, reichen sie sich die Marionetten weiter, jetzt kommen die Pferde, der Esel.

Im Korsett des unbarmherzig ablaufenden Tonbands ist es wie ein Ballett, das die Puppenspieler aufführen, und was auf der Bühne geschieht, ist unendlich weit weg und doch ganz nah. Hatü richtet sich kurz auf, um den schmerzenden Rücken für einen Moment zu entspannen. Sie lächelt Romy zu. Noch einmal der Kasperl. Schließlich die Prinzessinnen auf ihren Schaukeln im Garten. Dann ein letzter Blick auf die Marionetten, die schon wieder unbeweglich und mit starrem Blick dahängen, nichts als Holz und Stoff und Farbe, als wären sie nicht gerade eben noch lebendig gewesen.

Die Zuschauer verlassen lachend das Theater und es wird still. Nur das Klappern der Biergartenstühle ist noch eine Weile zu hören, die von den Aushilfen wieder ordentlich aufgestellt werden, und wie die Garderobiere die klimpernden Bügel ordnet. Die Eltern sind gleich nach der Vorstellung gegangen, das tun sie in letzter Zeit öfter, der Vater hat in die Runde gewinkt und die Mutter sich bei ihm eingehakt. Hatü setzt sich in die erste Reihe. Sie hat die Fenster zur Spitalgasse aufgemacht, frische Nachtluft weht herein. Fred bringt ein paar Bier und setzt sich zu ihr, Romy, Margot, Max und Walter kommen hinter der Bühne hervor, und dann auch Hanns. Sie trinken und reden. Es dauert immer eine Weile, bis die Aufregung der Aufführung sich gelegt hat und sie nach Hause gehen können. Bei den Bühnenarbeitern ist das anders, die sind gleich wieder im normalen Leben. Hatü betrachtet den kleinen Max, der so gerne ein richtiger Schauspieler geworden wäre, weshalb er viel zu viel trinkt und keine Puppen mehr führt. Wie immer macht er Faxen und redet auf die stille Romy ein.

»Das würde ich euch gern zeigen«, sagt mit einem Mal Fred. Alle sehen neugierig das Buch an, das er herumreicht. *Jim Knopf und Lukas der Lokomotivführer* steht auf dem Einband, daneben zwei bunte Köpfe, ein großer und ein kleiner, mit breitem Lachen und Kulleraugen.

»Die Mauersberger vom Hessischen Rundfunk hat es mir geschickt.«

»Und wer ist dieser Michael Ende?«

Walter blättert neugierig in dem Buch herum.

»Ein junger Autor aus München. Mehr wusste die Mauersberger auch nicht.«

»Und worum geht es?« fragt Hatü neugierig.

»Ja, worum geht es?« Fred überlegt einen Moment.

»Es ist ein Märchen und doch wieder keins. Es geht um ein Baby, das versehentlich in einem Paket auf der winzigen Insel Lummerland abgegeben wird. Auf dieser Insel leben nur vier Personen: König Alfons der Viertel-vor-Zwölfte, der immerzu telefoniert, und ein Fotograf namens Ärmel, der den ganzen Tag spazieren geht, weil er hauptsächlich Untertan ist und regiert wird.«

»Das ist lustig«, sagt Walter.

»Dann gibt es den Lokomotivführer Lukas, der mit seiner Dampflok Emma immer im Kreis um die Insel fährt. Und Frau Waas, die Ladenbesitzerin.«

»Und die Geschichte?« will Margot wissen.

»Zunächst einmal ist das Baby dunkelhäutig, was aber nur insofern eine Rolle spielt, als man deshalb beschließt, es Lukas, dem Lokomotivführer, in Pflege zu geben. Wegen dem schwarzen Ruß und so. Es bekommt den Namen Jim Knopf. Und als Jim herangewachsen ist, verlassen Lukas und er mit der Lokomotive die Insel, fahren über das Meer nach China, wo sie den Kaiser kennenlernen und erfahren, dass dessen Tochter, Prinzessin Li Si, entführt worden ist.«

»Jetzt beginnt die Geschichte!« Margot freut sich.

»Aber es ist eine seltsame Geschichte. Die beiden schlagen sich zur Drachenstadt durch, wo man die Prinzessin gefangenhält. Auf dem Weg dorthin lernen sie den Scheinriesen Tur Tur kennen und den Halbdrachen Nepomuk.«

»Was ist ein Scheinriese?«

»Ein Riese, der nur von fern riesenhaft wirkt, aber immer kleiner wird, je näher man ihm kommt.«

»Eine lustige Idee! Das lässt sich auch schön mit Marionetten machen«, sagt Hatü. »Aber ein Halbdrache? Das klingt ja wie Halbjude.«

Fred nickt.

»Das stimmt. Der kleine Nepomuk ist tatsächlich ein Mischling, seine Mutter war ein Nilpferd, weshalb man ihn aus der Drachenstadt ausgeschlossen hat. Er empfindet das aber nicht als Unrecht, sondern schämt sich im Gegenteil dafür und betont ständig, sein Vater sei ein richtiger Drache gewesen. Und es kommt noch besser. Über dem versteckten Eingang zur Drachenstadt, den Nepomuk unseren Helden zeigt, hängt ein Warnschild: *Der Eintritt ist nicht reinrassigen Drachen bei Todesstrafe verboten.*«

Hatü schüttelt den Kopf. »Das ist doch nichts für Kinder!«

»Geht die Geschichte denn gut aus?« fragt Margot.

»Ja. Lukas und Jim befreien die Prinzessin und der gefangene Drache, Frau Mahlzahn, verwandelt sich in einen Goldenen Drachen der Weisheit.«

»Der böse Drache bleibt am Leben?« Walter ist verblüfft.

»Ja, seltsam, nicht? Kein Drachentöter, kein Siegfried! Am Ende bedankt der Drache sich bei Jim und Lukas.«

Fred schlägt das Buch auf und liest: »Wer einen Drachen überwinden kann, ohne ihn umzubringen, der hilft ihm, sich zu verwandeln. Niemand, der böse ist, ist dabei besonders glücklich, müsst ihr wissen. Und wir Drachen sind eigentlich nur so böse, damit jemand kommt und uns besiegt. Leider werden wir allerdings dabei meistens umgebracht.«

»Reeducation«, sagt Hanns und alle lachen.

Hatü nimmt das Buch und schlägt die erste Seite auf. *Das Land, in dem Lukas der Lokomotivführer lebte, hieß Lummerland und war nur sehr klein. Es war sogar ganz außerordentlich klein im Vergleich zu*

anderen Ländern wie zum Beispiel Deutschland, Afrika oder China. Es war ungefähr doppelt so groß wie unsere Wohnung und bestand zum größten Teil aus einem Berg mit zwei Gipfeln, einem hohen und einem, der etwas niedriger war.

»Die Mauersberger hat vorgeschlagen, aus dem Roman einen Mehrteiler zu machen«, erklärt Fred. »Die Folgen würden wöchentlich gesendet.«

»Das hat es noch nie gegeben«, sagt Hanns. »Eine Fortsetzungsgeschichte im Fernsehen!«

Fred nickt. »Und außerdem will die Mauersberger kein abgefilmtes Theater, sondern richtige Spielfilme.«

»Dann machen wir das hier bei uns!« Hanns ist begeistert. »Hier haben wir alles, die Werkstatt, die Puppen. Wir bauen eine ganze Welt auf. Und die Leute vom HR sollen zu uns kommen, am besten in der Sommerpause, wenn wir sowieso nicht spielen.«

Hatü lässt das Buch sinken. Das ist eine tolle Idee! Stolz betrachtet sie Hanns. Aber ist diese Geschichte überhaupt etwas für die Puppenkiste? In Märchen gibt es keine Rassenschande. Als ihr dieses furchtbare Wort in den Sinn kommt, muss sie wieder an den Nachmittag mit Vroni denken und an den Film, von dem die Freundin erzählt hat, an den verrosteten Stacheldraht und die Berge menschlicher Haare. Danach hat sie sich nicht wieder gemeldet, zwei Jahre ist das her. Hatü spürt, wie sehr sie ihr fehlt, und begreift plötzlich, wie groß die Sehnsucht ist, die sie alle seit dem Krieg haben. Eine Sehnsucht, ohne zu wissen wonach. Und dass *Jim Knopf* etwas mit dieser Sehnsucht zu tun haben könnte, denn um nichts anderes scheint es dem kleinen Nepomuk und dem kleinen Jim zu gehen, nämlich um die Sehnsucht nach einer Familie. Und Hatü versteht zum ersten Mal, dass die Puppenkiste auch so etwas wie eine Familie ist und dass sie alle sich genauso gesehnt und gesucht und gefunden haben, wie Jim Knopf nach Lummerland.

»Ich finde«, sagt sie, »wir sollten das machen. Und zwar so, wie Hanns es vorgeschlagen hat.«

Peter Frankenfeld trägt wie immer seine großkarierte schwarzweiße Jacke. Die Kamera schwenkt über das Publikum im Saal, das seinen Fragen und den Antworten der Kandidaten auf der Bühne gespannt folgt. Je nach Rateglück können sie Punkte auf großen Tafeln mit Linien verbinden, doch noch ist bei keinem das prominente Gesicht zu erkennen, das sich so ergeben wird. Hatü steckt sich eine Zigarette an. Sie will Jürgen abholen. Seit die Eltern immer weniger im Theater sind, bleibt er bei ihnen, wenn sie Vorstellung hat. Sie mag die Sendung nicht.

»Willst du was trinken? Mutti kommt mit dem Kleinen sicher gleich wieder.«

Der Vater sieht nicht, dass sie den Kopf schüttelt. Alt ist er geworden, denkt sie und betrachtet ihn in seinem Sessel. Er ist keiner dieser Männer wie Frankenfeld, denen man den Krieg ansieht, und doch hat sie ihn als Kind vielleicht gerade deshalb so liebgehabt, weil er nicht da war. Alles hat sich daraus ergeben, die Puppenkiste und ihr ganzes Leben. Sie setzt sich zu ihm.

»Was macht eigentlich Theo?« fragt sie.

Auf der Treppe ist sie den Kratzerts begegnet und musste wieder an die Nächte im Luftschutzraum denken und jenen Kriegssommer, als Theo in seiner HJ-Uniform plötzlich vor ihr stand. Der Vater zuckt nur mit den Achseln.

»Papa?«

»Hol dir ruhig auch ein Bier, Kind!«

Er schaut gebannt zu, wie auf der Mattscheibe Strich für Strich, Antwort für Antwort aus den Punkten Gesichter werden. Das eine der beiden kann man fast schon erkennen, Hatü liegt ein Name auf der Zunge, ohne dass sie ihn nennen könnte.

»Weißt du noch, Frau Friedmann?«

»Natürlich!« sagt er, ohne sie anzusehen. Das Publikum klatscht über eine von Frankenfelds Pointen. »Du bist die arme alte Frau mit deiner kleinen Freundin suchen gegangen und warst furchtbar aufgeregt, als du aus dem Judenhaus nach Hause gekommen bist. Mutti und ich hatten Angst, dass du in der Schule etwas Falsches sagen würdest. Es gab da diesen einen Lehrer bei euch.«

»Den Urwaldheini.«

»So habt ihr ihn genannt?« Der Vater muss lachen. Jetzt sieht er Hatü zum ersten Mal an. Und wird gleich wieder ernst. »Wir mussten vorsichtig sein, damals. Ich hab ja Stücke am Theater gemacht, die eigentlich verboten waren. Das war nicht ungefährlich.«

»Habt ihr das gewusst mit den Juden?«

»Max Schmeling!« ruft der Kandidat und reißt die Arme hoch. Der Saal jubelt und Frankenfeld grinst in die Kamera. Der Vater steht auf und macht den Fernseher aus.

»Tatsächlich gewusst haben wir nichts«, sagt er langsam in die Stille hinein. »Wollten es wohl auch nicht.«

Sie haben nie darüber gesprochen. Und jetzt, da sie es zum ersten Mal tun, kommt es Hatü vor, als ob die Wörter wie schwerer Schlamm an ihren Schuhen hingen. Sie weiß nicht, was sie sagen soll. Nimmt seine Hand und streichelt sie.

»Es gibt Neuigkeiten. Die Mauersberger hat Fred einen Roman geschickt und angefragt, ob das nichts für uns wäre. Wir wollen das gern machen.«

»Wer ist wir?« Die Stimme des Vaters klingt belegt.

»Hanns, Fred und Margot und ich.«

Der Vater nickt. »Und worum geht es?«

»Um einen Jungen namens Jim Knopf, der verrückte Abenteuer erlebt und eine Prinzessin befreit. Es gibt Drachen und eine lebendige Lokomotive und Chinesen. Es ist ein Märchen, aber doch auch wieder nicht.«

»Ein Märchen, das kein Märchen ist?«

»Ein bisschen ist es wie der *Kleine Prinz*, man weiß nicht recht, ob es ein Buch für Kinder oder Erwachsene ist. Und beim Lesen kam es mir plötzlich so vor, als ob es Geschichten für Kinder oder Erwachsene gar nicht gäbe.«

Sie holt Michael Endes Roman aus der Handtasche und gibt ihn dem Vater. Und während er darin blättert, erzählt sie vom Vorschlag des Hessischen Rundfunks, diesmal kein abgefilmtes Theater zu machen, sondern einen richtigen Film, und von Hanns' Idee, alles hier in Augsburg zu filmen, im umgebauten Foyer. Der Vater lässt das Buch sinken und hört ihr aufmerksam zu. Hatü hat erwartet, dass er Einwände gegen ihre Ideen haben würde, die sich so sehr von allem unterscheiden, was die Puppenkiste bisher gemacht hat. Stattdessen sprechen sie bald schon über das Bühnenbild, das völlig anders sein müsste, über Kameraperspektiven, über den notwendigen Umbau der Spielbrücke.

»Ich frage mich nur«, sagt Hatü irgendwann, »wie machen wir das Meer?«

»Das Meer?«

»Ja, die Wellen. Die Insel liegt doch mitten im Meer.«

Der Vater schaut sie nachdenklich an. Er hat es immer geliebt, sich technische Lösungen auszudenken.

»Wir nehmen einfach eine dünne Klarsichtfolie«, sagt er und seine Augen blitzen dabei auf. »Die haben alle diesen blauen Schimmer, obwohl man das natürlich im Fernsehen nicht sehen wird. Die beleuchten wir von unten. Und sie muss sich natürlich heben und senken, als gäbe es Wellen. Das machen wir mit einem Gebläse.«

Hatü stellt sich vor, wie schön das aussehen wird. Und sie betrachtet glücklich ihren Vater, der jetzt gar nicht mehr alt wirkt, sondern genauso begeistert vom Theater, wie sie ihn seit ihrer Kindheit kennt. So glücklich ist sie darüber, dass sie gar nicht bemerkt, wie die Freude wieder aus seinem Blick verschwindet.

»Ich muss dir endlich etwas erzählen«, sagt er.

»Was denn?«

»Es geht um deinen Kasperl.«

»Meinen Kasperl?«

Hatü spürt, wie ihr das Herz bis zum Hals schlägt.

»Ja. In der Kriegsgefangenschaft hatte ich einen Kameraden, der mir das Puppenschnitzen beigebracht hat.«

Hatü nickt. »Das hast du uns oft erzählt. Ich weiß noch, wie du damals mit dem Storch und dem Tod nach Hause gekommen bist.«

»Aber ich hab nie erzählt, dass dieser Kamerad gar kein Holzschnitzer war.«

»Was war er denn?«

»Frontpuppenspieler. Man hat ihn überall hingeschickt, um die Soldaten zu unterhalten, nach Frankreich, nach Russland, sogar nach Kreta. So hat er überlebt. Und seine Handpuppen hatte er im Lager immer noch, mit denen hat er uns die Zeit vertrieben. Vielleicht haben die Amerikaner sie ihm deshalb nicht weggenommen, wer weiß. Du musst wissen, es gab damals vom Reichsinstitut für Puppenspiel einen Standard-Puppensatz für die Wehrmacht. Und den hatte er. Und zu diesen Puppen gehörte auch ein blondes Kerlchen mit breitem Lachen und blauen Perlenaugen unter der Soldatenmütze, sozusagen der Wehrmachtskasperl. Den habe ich mir damals im Lager als Vorlage ausgesucht, um das Schnitzen zu lernen.«

»Und?« Hatü versteht nicht, was er ihr sagen will.

»Na ja. Als du deine erste eigene Marionette geschnitzt hast, damals, während der Kinderlandverschickung, war das auch ein Kasperl. Du hast ihn mir gezeigt, weil du furchtbare Angst vor ihm hattest, erinnerst du dich?«

»Natürlich! Denn er war böse.«

»Er war nicht böse. Er hatte einfach nur eine Hakennase und einen wulstigen, grinsenden Mund.«

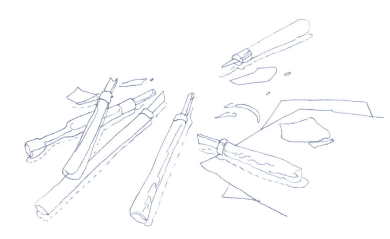

Hatü starrt ihren Vater an. Es dauert einen Moment, bis sie begreift, was er da sagt. Dann schüttelt sie heftig den Kopf. Doch zugleich versteht sie endlich entsetzt, was sie damals getan und weshalb sie sich all die Jahre so sehr vor dieser Marionette gefürchtet hat.

»Jedenfalls«, sagt der Vater sanft, »hab ich deinen Kasperl damals so korrigiert, wie ich es an dem Kerlchen aus dem Puppensatz für die Wehrmacht geübt hatte. Und es hat funktioniert. Du hattest keine Angst mehr.«

»Das stimmt nicht!«

Das ist das Geheimnis?«
»Ja, das ist das Geheimnis.«
»Aber ich verstehe es nicht.«
»Vielleicht kann man das auch nicht verstehen, wenn man damals nicht gelebt hat.«
»Erklären Sie es mir! Sie haben gesagt, der Kasperl dürfe das iPhone nicht benutzen, weil er damit alles zerstören würde. Das war gelogen, oder?«
»Ja, das war gelogen, Herzchen.«
»Und was ist die Wahrheit?«
»Die Wahrheit? Als Kind hatte ich Angst vor dem Kasperl, obwohl ich ihn ja selbst gemacht habe. Und obwohl mein Vater sein Gesicht dann veränderte, verschwand diese Angst seltsamerweise nicht. Erst, als mein Vater endlich mit mir darüber sprach, begriff ich, was ich damals getan hatte. Und als der Kasperl dann hier auf dem Dachboden erschien, und zwar genau so, wie ich ihn als Kind geschnitzt hatte, war er mir so peinlich, dass ich ihn ins Dunkel vertrieb. Niemand sollte ihn sehen!«

»Und was ist es, was Ihnen so peinlich war?«

Hatü holte tief Atem. Ernst und traurig sah sie das Mädchen an.

»Mir war peinlich, dass ich als Kind einen Kopf geschnitzt hatte, der genauso aussah wie die furchtbaren Bilder der Juden, die die Nazis überall zeigten. Und dass ich vor einem solchen Zerrbild Angst hatte. Denn das bedeutet, ich bin überhaupt nicht besser gewesen als sie. Verstehst du?«

Das Mädchen begriff nicht ganz, was Hatü sagte, aber es verstand, dass es nun sein Versprechen erfüllt hatte: Die Geschichte des Kasperls war erzählt. Wie still es auf dem Dachboden war! Starr warteten die Marionetten am Rande des Mondlichtteppichs, keine von ihnen rührte sich. Hatü saß zwischen ihnen, rauchte und schwieg. Prinzessin Li Si, die neben ihr kniete, hielt ihren Kopf gesenkt.

»Die ganze Zeit habe ich überlegt, weshalb du wohl hier bist«, sagte Hatü leise und drückte ihre Zigarette in dem kleinen silbernen Aschenbecher aus. »Jetzt weiß ich es.«

Das Mädchen nickte.

»Du musst bald gehen.«

»Ich weiß.«

Wie seltsam es doch war, dass es erst unbedingt weggewollt hatte von diesem unheimlichen Ort, an dem es keinen Tag und keine Nacht gab, nur das gleichbleibende Dunkel und das Licht, das von dem unveränderlichen Mond hereinschien, und dass es sich dann gar nicht mehr hatte vorstellen können, woanders zu sein als in der Geschichte, die Hatü ihm erzählte. Und jetzt? Ich bin keine Marionette, dachte das Mädchen. Aber den Herzfaden kannte es jetzt. Und es dachte an seinen Vater und freute sich darauf, ihn wiederzusehen. Ohne ein Wort zu sagen, stand es auf und ging an den Rand des Mondlichtteppichs. Stumm machten die Marionetten ihm Platz. Lange stand es einfach da und sah ins Dunkel.

Hatü dreht sich um sich selbst auf dem weiten Königsplatz, der so anders aussieht als jener in Augsburg, und das luftige Sommerkleid tanzt ihr um die Beine. Da sind, säulenstarrend, Glyptothek und Antikensammlung, und da die Propyläen, durch die sie hindurchgeht und an der Alten Pinakothek entlang. Auf dem Markt unter dem Karree alter Bäume am Elisabethplatz, die den Krieg überstanden haben, isst sie eine Leberkässemmel. Sie hat beschlossen, zu Fuß vom Hauptbahnhof zu der Adresse in Schwabing zu gehen, die Michael Ende in seinem Brief genannt hat, obwohl das, im achten Monat ihrer Schwangerschaft, ein bisschen beschwerlich ist. Der Riemen der Kameratasche des Vaters, die den Vorwand ihres Besuches abgibt, drückt auf der Schulter. Sie bräuchten unbedingt ein Foto, hat sie Ende geschrieben, dabei kann sie gar nicht fotografieren und möchte ihm vor allem ihre Marionetten zeigen.

Der Schriftsteller hat vorgeschlagen, sie solle gegen 17 Uhr kommen. Vorher, schrieb er, gehe es leider nicht, da er die Angewohnheit habe, nachts zu arbeiten. Pünktlich steht sie vor der richtigen Hausnummer in der Ainmillerstraße und wischt sich den Schweiß von der Oberlippe. Es ist eines der schönen Jugendstilhäuser, die es hier neben den zum großen Teil schon bebauten Trümmergrundstücken noch gibt, verschwenderisch das Dekor an der Eingangstür und im Treppenhaus. Ende wartet an der Wohnungstür. Er hat es seltsam eilig, sie durch den Flur der offenbar sehr großzügigen Altbauwohnung zu expedieren. Das Parkett knarrt unter ihren Schritten. Durch eine halb offene Flügeltür erhascht sie einen Blick in ein Wohnzimmer, und es kommt ihr so vor, als säße dort jemand in einem Sessel am Fenster, aber dann sind sie schon in der Wohnküche, die ganz am Ende des langen Flurs liegt, und er schließt die Tür.

Vielleicht, weil es in der Küche besondern seltsam wirkt, fällt Hatü erst jetzt auf, dass Ende einen grauen Dreiteiler trägt, sehr modisch mit schwarzer Krawatte und weißem Hemd. Im dichten schwarzen Haar glänzt Brillantine. Sein Vater, hat sie gelesen, ist ein bekannter Künstler, der surrealistische Bilder malt. Kaffeekanne und Brötchenkorb, Marmelade, Aufschnitt, Butter stehen auf dem Küchentisch, er nimmt Tasse und Teller für sie aus dem Schrank und sie setzen sich.

»Sie gestatten doch?« fragt er, sieht sie durch seine Hornbrille an und greift nach der Pfeife im Aschenbecher.

Er ist, denkt Hatü in diesem Moment, so alt wie ihre Schwester.

»Ist da Ihre Kamera drin?«

Er deutet mit dem Mundstück auf ihre Tasche.

»Nicht nur. Ich habe noch etwas anderes dabei, das ich Ihnen gern zeigen will.«

Hatü hat Jim Knopf extra mit kurzen Fäden versehen, um ihn vorführen zu können, schon trippelt er auf dem Tisch zwischen den Tellern herum. Ende springt überrascht auf, lachend, aber auch, als wollte er sich vor der Marionette in Sicherheit bringen. Hatü kennt das, die unverständliche Lebendigkeit der hölzernen Puppen ist den Menschen immer auch ein wenig unheimlich. Sie lässt Jim tanzen und sich schließlich vor seinem Autor verbeugen.

»Gefällt er Ihnen?«

Er nickt nur und hält Jim seinen Zeigefinger hin. Hatü lässt die Puppe ihm die Hand geben.

»Ich habe als Kind mit meinem Vater auch Puppenköpfe geschnitzt«, sagt er, ohne den Blick von der Marionette zu lassen. »Sie müssen unbedingt einmal nach Sizilien reisen, nach Palermo, die Marionettentheater dort sind unbeschreiblich. Moritaten voller Ritter, Jungfrauen, feuerspeiender Drachen. Dort habe ich auch die Cantastorie erlebt, Geschichtenerzähler, um die sich alle versammeln. Die Menschen brauchen Märchen.«

»Aber was ist eigentlich ein Märchen?«

»Man wünscht sich etwas und es geht in Erfüllung. Das ist ein Märchen. Oder man wird verwünscht und muss wieder gelöst werden. Dazu findet man Helfer in der ganzen Welt, Tiere, die Sonne, Zwerge. Das Märchen sagt: Nichts ist folgenlos und nichts Schicksal.«

Hatü lächelt. Sie versteht genau, was er sagt, wenn sie es auch selbst nicht so ausdrücken könnte.

»*Hänsel und Gretel* war das erste Stück, das wir gespielt haben, als Kinder noch, meine Schwester, meine Freundin und ich. Mich hat immer beschäftigt, wie realistisch alles ist, die grausamen Eltern, der Wald, der Hunger, der Ofen der Hexe. Und zugleich ganz symbolisch. Ohne dass man sagen könnte, was denn die Geschichte eigentlich symbolisiert.«

»Ich habe einmal einen russischen Puppenspieler gekannt, der im KZ gewesen ist. Der hat mir erzählt, er habe dort aus winzigen Restchen von Kartoffelteig kleine Fingerpuppen geformt, mit denen er vor den Kindern, wenn keine Wächter in der Nähe waren, Märchen gespielt habe. Das brachte die Kinder zum Lachen. Aber er spielte ihnen auch ihr eigenes

Schicksal vor, sogar ihren Tod. Später kamen auch erwachsene Häftlinge. Oft, hat er mir erzählt, habe er noch in der Nacht vor der Hinrichtung ihr Schicksal gespielt. Sie mussten sterben, aber sie seien dann anders gestorben, gelassener, manche sogar getröstet.«

Hatü sieht den Schriftsteller reglos an. An so vieles muss sie denken bei dieser furchtbaren Geschichte, und es kommt ihr vor, als würden sie beide ein Gespräch fortsetzen, das sie vor langer Zeit begonnen haben.

»Seit dem Krieg versuchen alle, die Vernunft zu retten.« Er schüttelt den Kopf. »Mich interessiert das andere. Nicht die Mythen, wie sie uns die Nazis eingetrichtert haben, verstehen Sie mich nicht falsch. Denen ging es immer um Schicksal und Schuld, bei den Nibelungen nicht anders als bei Ödipus. Im Märchen aber gibt es keine unaufhebbare Schuld. Im Märchen gibt es auch keine Geschichte. In ihm ist immer Gegenwart.«

Erst, als sie in diesem Moment Schritte im Flur hört und wie jemand sich räuspert, bemerkt Hatü, wie leise der Schriftsteller spricht. Fragend sieht sie ihn an.

»Meine Mutter.«

Er lächelt verlegen und spricht dann weiter. »Ich wehre mich einfach dagegen, zu werden, was man einen richtigen Erwachsenen nennt. Eines jener entzauberten, banalen, aufgeklärten Krüppelwesens, das in der entzauberten, banalen, aufgeklärten Welt sogenannter Tatsachen existiert. Wissen Sie: In jedem Menschen lebt ein Kind, ob wir neun Jahre alt sind oder neunzig. Und dieses Kind, das so verletzlich und ausgeliefert ist, das leidet und nach Trost verlangt und hofft, dieses Kind in uns bedeutet bis zu unserem letzten Lebenstag unsere Zukunft.«

Hatü ist gerührt von dem, was er sagt, aber sie weiß nicht, was sie erwidern soll. Und so ist sie eigentlich ganz froh, dass das Rumoren im Flur nicht aufhört. Kleine, trappelnde Schritte. Offenbar macht die Mutter keine Anstalten hereinzukommen, doch die Geräusche, mal leiser, mal lauter, hören nicht auf, und als schließlich vernehmlich eine Tür ins Schloss fällt, springt Ende auf und greift seine Rauchutensilien.

»Kommen Sie, wir gehen in mein Arbeitszimmer! Das ist auch besser für das Foto.«

Hatü beeilt sich, die Marionette in ihre Tasche zurückzuräumen, und folgt ihm, als wäre es feindliches Gelände, schnell durch den Flur in sein Zimmer. Das hat etwas so Albernes, dass sie dort unmöglich wieder an das anknüpfen können, was sie besprochen haben, und so bleibt Hatü nur, ihr Foto zu machen. Ende nimmt auf einem Cocktailsesselchen Platz, das vor dem Bücherregal steht, in den Händen seinen aufgeschlagenen Roman, und Hatü setzt ihm Jim Knopf so in den Schoß, dass es aussieht, als betrachtete er das Buch, dem er entstammt. Die Idee gefällt Ende so gut, dass er, die Pfeife im Mundwinkel, zufrieden in die Kamera lacht, als Hatü abdrückt. Dann wissen sie nicht weiter, und nach einem Moment verabschiedet sie sich.

»Wie geht Ihre Geschichte denn aus?« fragt sie, schon zwischen Tür und Angel. »Ich hab gehört, es wird einen zweiten Band geben.«

Ende lacht. »Am Schluss heiraten Jim Knopf und Prinzessin Li Si natürlich.«

»Und erfährt man, woher Jim stammt?«

»Ja, auch dieses Rätsel wird gelöst! Jim ist eigentlich ein Prinz und der Nachfahre des Heiligen Königs Kaspar aus dem Morgenland.«

»Kaspar, die Marionette?« platzt es aus Hatü heraus.

Als sie Michael Endes verständnislosen Blick sieht, muss sie laut lachen und verabschiedet sich schnell von dem Schriftsteller. Den ganzen Weg zum Bahnhof denkt sie an ihre erste Marionette, die Krone aus silberner Pappe, der hölzerne Kopf schwarz angemalt, krause Wolle das Haar, und freut sich darüber, dass Jim Knopf also ihr ferner Enkel ist.

Lassen Sie mich bitte noch einmal fliegen!«
Hatü stellte sich über das Mädchen, streckte die Hände aus, die Handflächen nach unten, spreizte die Finger, und das Mädchen spürte, wie es leicht zu werden begann, seine Arme, seine Beine, der Kopf wurden federleicht, als hingen seine Glieder tatsächlich an Fäden. Dann riss die Puppenspielerin ihre Hände hoch und das Mädchen flog durch die Luft, das Herz klopfend vor Aufregung und Glück. Dieses Mal dachte es keinen Moment daran, Tänzerin sein zu wollen, sondern sah die ganze Zeit hinab auf den Mondlichtteppich, der ihm plötzlich vorkam wie eine Insel in einem nächtlichen Meer. Li Si war dort unten und der Kleine Prinz, Jim Knopf und das Urmel und der kleine König Kalle Wirsch, und ihre Augen mit den glänzenden Polsternägeln folgten seinem Flug. Alles, was es hier erlebt hatte, flog noch einmal an dem Mädchen vorüber, und es schien ihm, als wäre es die Geschichte selbst, die es fliegen ließ.

Es ist ein warmer Juniabend. Hatü steht vor dem Theater und schaut zu, wie der Himmel langsam eindunkelt. Das Rote Tor versinkt schon im Dämmer, die Lichter in der

Spitalgasse gehen an. Morgen werden die Leute vom Hessischen Rundfunk kommen, übermorgen beginnen die Aufnahmen, heute aber hat sie das Theater noch einen Abend lang für sich allein. Sie sieht den Schwalben nach, die über den Häusern ihre Pirouetten fliegen, und streicht sich mit der Hand über den Bauch. Noch nicht! denkt sie beschwörend, als das Baby sie tritt.

Inmitten der Säulen und Bögen des Foyers steht nun das Stahlrohrgestell der Reisebühne mit den beiden Spielbrücken, aufgebaut zu einem Geviert ohne Kistendeckel und Vorhang und Bühnenwagen, denn all das gibt es nicht mehr. Dafür aber eine ganze Landschaft, die jetzt im Dämmer liegt und für die Hatü keinen Blick hat. Erst in der Werkstatt schaltet sie das Licht ein. Da hängen all die Figuren, die sie in den letzten Monaten geschnitzt hat: Herr Ärmel und Frau Waas, König Alfons der Viertel-vor-Zwölfte, Lukas der Lokomotivführer, der Postbote und Jim Knopf als Säugling und als erwachsene Marionette, der Türhüter, Ping Pong und der Oberbonze Pi Pa Po und der Kaiser Pung Ging und ein halbes Dutzend weiterer Chinesen, der Hauptmann der Wilden 13 und vier seiner Räuber, der Scheinriese Tur Tur und Nepomuk, der Halbdrache, zwei Drachenwächter und Frau Mahlzahn, ein Indianer- und ein Eskimojunge aus ihrer Drachenschule und natürlich Prinzessin Li Si.

Hatü hat versucht, sie so aussehen zu lassen, wie Kinder sie zeichnen würden. Immer wieder hat sie ihrem kleinen Sohn die Köpfe gezeigt, während sie geschnitzt hat, und darauf geachtet, was ihm gefiel. Nun gleichen sie seltsamen Heiligenfiguren, die Rundungen ihrer Wangen, das rote Erdbeermündchen der Prinzessin. Die Vergangenheit ist Gegenwart, die Gegenwart ist Vergangenheit, hatte der Holzschnitzer Königsberger gesagt. Hatü betrachtet die Hobelbank mit den Sägen, Messern und Schnitzeisen und muss nach langer Zeit wieder einmal an jene andere Werkstatt in Schwangau denken, und der Geruch nach Holz und Sägemehl und Spinnweben steigt ihr wieder in die Nase und sie sieht den Kopf ihres Kasperls wieder vor sich, der sie so lange verfolgt hat. Sieht ihre weinende Schwester, und das hohe Feuer im Schnee, hört die Lieder.

Vorsichtig nimmt sie Prinzessin Li Si von ihrem Haken und legt sie vor sich auf die Hobelbank, betrachtet lange ihre Zöpfe und das grüngoldene Gewand, den Blick ihrer schrägen Augen und den roten, lächelnden Mund. Sie versteht schon, dass Jim sich in sie verliebt hat. Nur etwas will sie noch ändern. Sie hat ihr kleine Füßchen aus Blei gegossen, die sie jetzt anbringt. Das Klappern der Schuhe ist ja das einzige Geräusch, das auf der Bühne von den Marionetten selbst stammt, und Li Si, findet Hatü, sollte ordentlich mit ihren Schuhen klappern können!

Kaum ist sie damit fertig, hört sie Stimmen im Foyer und hängt die Prinzessin zurück. Hanns hat die Scheinwerfer eingeschaltet und Jürgen steht mit großen Augen vor der Bühne, die eine Landschaft ist. Als sie mit den Proben begannen, wussten sie zunächst nicht, wie sie spielen sollten, da es keine Prospekte und keine Perspektive mehr gibt, die den Blick des Zuschauers führen, keinen Vorder- und keinen Hintergrund. Das ist kein Puppentheater mehr, das in eine Kiste passt, sondern fast die wirkliche Welt. Hanns hockt neben ihrem Sohn auf dem Boden und zeigt ihm die Insel mit den zwei Bergen, das Schloss des Königs, die Tunnel der Eisenbahn und den Laden von Frau Waas, und um die Insel das Meer, das, wie der Vater es versprochen hatte, tatsächlich

glitzert wie Wasser, obwohl es nur eine durchsichtige Plastikfolie ist über dem blau angemalten hölzernen Boden.

»Und spielt der Kasperl auch mit, Mama?«

Jürgen sieht sich mit großen Kinderaugen nach ihr um und Hatü schüttelt lächelnd den Kopf. Der Herzfaden, hat sie die Stimme ihres Vaters im Ohr, ist der wichtigste Faden einer Marionette. Er macht uns glauben, sie sei lebendig, denn er ist am Herzen der Zuschauer festgemacht.

»Nein«, sagt sie, »der Kasperl spielt nicht mehr mit.«

Der alte Storch richtete sich auf und zum ersten Mal sagte er etwas. »Du musst jetzt gehen, Mädchen.«

Das Mädchen erschrak.

»Stimmt das, Hatü?«

Hatü, die in ihrem Kostüm aus cremeweißer Seide am Rande des Mondlichtteppichs saß und rauchte, die Beine mit den roten Schuhen nebeneinandergelegt wie ein Reh, nickte ernst.

»Wir wünschen dir viel Glück in der Welt der Menschen, Mädchen«, sagte der Storch, »und bedanken uns dafür, dass du den Kasperl vertrieben hast.« Seine Knopfaugen sahen das Mädchen genau an. »Andererseits warst du es ja, die ihn mit deinem leuchtenden Telefon überhaupt erst aus dem Dunkel hervorgelockt hat.« Sein Kopf mit dem langen roten Schnabel pendelte nachdenklich vor dem Gesicht des Mädchens hin und her. »Aber wiederum andererseits gehört Mut dazu, den Blödsinn, den man angerichtet hat, wieder zu korrigieren.«

Bevor das Mädchen etwas erwidern konnte, war dem Storch der Kopf schon wieder auf seine langen Beine gesunken und die zartbewimperten Lider schlossen sich über seinen Knopfaugen.

»Sehen wir uns wieder, Hatü? In der wirklichen Welt?«

»Aber Herzchen, ich bin doch schon lange gestorben in der wirklichen Welt.«

»Meinst du, mein Vater wartet auf mich?«

»Ganz sicher.«

»Und du?«

Hatü drückte ihre Zigarette in dem kleinen silbernen Aschenbecher aus, der vor ihr stand, und klappte ihn zu. »Meine Geschichte ist zu Ende. Aber deine Geschichte hat gerade erst angefangen.«

Prinzessin Li Si trippelte heran, nahm das Mädchen bei der Hand und führt es aus dem Schein des Mondlichtteppichs heraus. Immer wieder sah es sich nach den Marionetten um, konnte aber weder Jim noch das Urmel oder den kleinen König Kalle Wirsch entdecken. Wie gern hätte es sich von ihnen verabschiedet! Doch immer schwächer wurde der Lichtschein, immer kleiner wurden die Gestalten, und schließlich war nichts mehr um das Mädchen als die Dunkelheit. Seufzend fasste es die Hand der Prinzessin fester und schweigend gingen die beiden weiter und immer weiter. Bald schon würden sie das Ende des Dachbodens erreichen. Da hörte das Mädchen mit einem Mal ein Trippeln und Trappeln, das schnell näher kam. Es blieb stehen und lauschte ins Dunkel hinein. Und bekam einen heftigen Schlag an die Stirn.

»Auts«, sagte das Urmel. »Tsuldigung.«

»Urmel!« rief das Mädchen glücklich, die vertraute Stimme wieder zu hören.

»Hallo, Mädchen!«

Das war Jim Knopf. Das Mädchen stellte sich vor, wie er im Dunkel vor ihm stand, die Hände in den Taschen.

»Hallo, Jim! Wie schön, euch noch einmal zu hören! Wenn wir uns schon nicht sehen können.«

»Wir müssen uns doch von dir verabschieden.«

»Ohne mich kommst du hier sowieso nicht raus. Niemand kennt sich im Dunkel so gut aus wie der König der Erdmännchen.«

»Kalle Wirsch!« Das Mädchen musste lachen.

»Und? Wohin müssen wir?« fragte Kalle Wirsch und man hörte seiner Stimme an, dass auch ihm der Abschied schwerfiel.

»Nirgendwohin«, sagte Prinzessin Li Si ruhig.

Sie hatte das Mädchen ganz vergessen. Jetzt, wusste es, war es so weit. Die Prinzessin nahm die Hand des Mädchens und legte sie an das vertraute Holz der alten Tür, die mit einem Mal direkt vor ihnen war.

»Hab keine Angst, Mädchen. Wenn du unten bist, wirst du wieder groß sein.«

Das Mädchen nickte, auch wenn niemand das sehen konnte.

»Auf Wiedersehen, Prinzessin Li Si!« sagte es leise und bemühte sich, im Dunkel noch einmal ihr lächelndes Gesicht zu erkennen. Doch da war nichts als absolute Dunkelheit.

»Auf Wiedersehen, Mädchen.«

Das Mädchen drückte die Tür auf und schlüpfte hindurch. Und als die Prinzessin sie hinter ihm geschlossen hatte, tastete es sich Schritt für Schritt die Treppe hinab.

Dieser Roman erzählt die Geschichte der Augsburger Puppenkiste, und wie jeder Roman ist er selbst ein Marionettenspiel. Personen und Ereignisse, die darin vorkommen, hat es wirklich gegeben, und sind doch erfunden. Nicht vor allem um Fakten ging es mir, sondern um ein Portrait der Puppenschnitzerin Hannelore Marschall, genannt Hatü, die für die junge Bundesrepublik so wichtig gewesen ist. Generationen von Kindern sind mit ihren Marionetten aufgewachsen, seit Jim Knopf 1961 als erste deutsche Fernsehserie ausgestrahlt wurde.

    Mein Dank gilt Klaus Marschall, Hatüs Sohn und heutigem Leiter der Augsburger Puppenkiste, ebenso wie ihrer Schwester Ulla Döllgast. Fred Steinbach danke ich für seine vielfältige Unterstützung und Matthias Böttger, dass er sein stupendes Wissen mit mir geteilt hat. Julia Voss' kluges Buch über Jim Knopf war mir ein wichtiger Anstoß. Dem Aargauer Literaturhaus Lenzburg und dem Künstlerhaus Edenkoben danke ich für ihre Gastfreundschaft.

T. H.

Die Zeichnungen von Matthias Beckmann in diesem Buch entstanden nach Puppen der Augsburger Puppenkiste, die wiederum zum Teil angefertigt sind nach Originalbuchillustrationen mit entsprechenden Rechteinhabern. Dies betrifft den *Kalle Wirsch* aus Tilde Michels/Annette Swoboda: »Kleiner König Kalle Wirsch« (© 2016, Verlag Herder GmbH, Freiburg); *Jim Knopf, Lukas, Emma* und *Prinzessin Li Si* aus Michael Ende/Franz Josef Tripp: »Jim Knopf und Lukas der Lokomotivführer« (© Thienemann in der Thienemann-Esslinger Verlag GmbH, Stuttgart), das *Urmel* aus Max Kruse/Erich Hölle: »Urmel aus dem Eis« (© Erich Hölle Nachf., München). Wir bedanken uns bei diesen Verlagen für die freundliche Einräumung der Nutzungsrechten. Darüber hinaus finden sich Zeichnungen folgender Puppen der Augsburger Puppenkiste, die nach mittlerweile gemeinfreien Vorlagen entstanden sind: der *Kleine Prinz* und der *Fuchs* (nach Antoine des Saint-Exupéry), der *Storch, Hänsel und Gretel,* der *Gevatter Tod,* der *Gestiefelte Kater, Peter und der Wolf,* der *Kasperl* und nicht zu vergessen: die *Original-Puppenkiste* selbst (© Augsburger Puppenkiste/Oehmichens Marionettentheater). Hier gilt, für die Einräumung der Nutzungsrechte ein weiteres Mal unser herzlicher Dank der Augsburger Puppenkiste.

Lizenzausgabe für die Mitglieder der Büchergilde Gutenberg
Verlagsgesellschaft mbH, Frankfurt am Main, Wien und Zürich
www.buechergilde.de

Mit freundlicher Genehmigung des Verlags Kiepenheuer & Witsch, Köln

© 2020, Verlag Kiepenheuer & Witsch, Köln
Alle Rechte vorbehalten
Zeichnungen Matthias Beckmann
Lektorat Christian Döring, Helge Malchow, Jan Valk
Einbandgestaltung Cosima Schneider
Einbandillustration © Matthias Beckmann
(nach den Puppen der Augsburger Puppenkiste nach
F.J. Tripp aus Michael Ende: Jim Knopf und Lukas,
der Lokomotivführer, © Thienemann Verlag)
Gesetzt aus der Trinité
Satz Dörlemann Satz, Lemförde
Druck und Bindung CPI books GmbH, Leck
ISBN 978-3-7632-7250-1

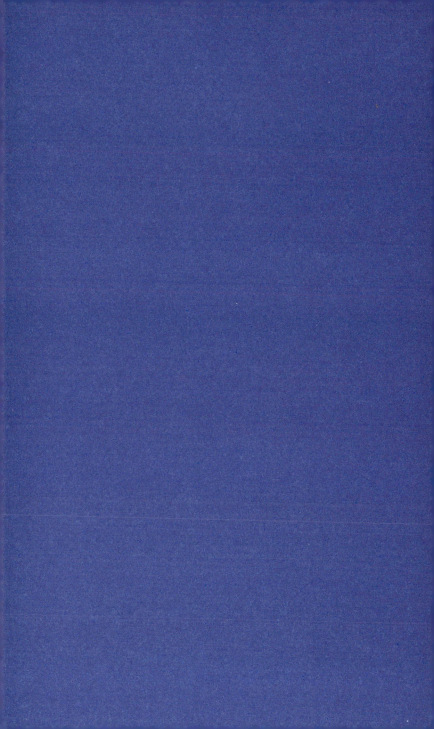